DİRİLT KALBİNİ

Nouman Ali Khan

Çeviri: Feyzanur Can

TİMAŞ

NOUMAN ALİ KHAN

4 Mayıs 1978 doğumlu Nouman Ali Khan, "Tek gayesi Kur'ân farkındalığını ve değerini yaymaya çalışan bir kurum" olarak tanımladığı Bayyinah Enstitüsü'nün kurucusu ve yönetim kurulu başkanı olmakla birlikte, Enstitü'nün "Klasik Arapça'nın Temelleri" ve "Kutsal Kelâm" da dâhil olmak üzere bir kısım derslerinin ana okutmanıdır. Suudi Arabistan'ın Riyad şehrinde tamamladığı giriş seviyedeki eğitimi, onun Arapça çalışmalarının başlangıcıdır. Arapça dil bilgisi çalışmalarını, 1993 yılında ülke çapında yapılan Arapça sınavlarında ilk 10'a girdiği için burs aldığı Pakistan'da sürdürdü. Esas eğitimi ise 1999 yılında Amerika Birleşik Devletleri'nde, Faysalabad/Pakistan'daki Quran College'ın kurucusu ve müdürü olan Dr. Abdus-Samie'nin tefsir ve Arapça çalışmaları konusunda yoğun dersler vermek üzere ABD'yi ziyaretleri sırasında başladı. Dr. Abdus-Samie'nin eğitimi ile yoğun ve muntazam bir Arapça dil bilgisi anlayışı geliştirdi. Dr. Abdus-Samie'nin özgün eğitim metotlarını benimseyerek öğrencilerine yardımcı olması için onun çalışmaların İngilizceye çevirdi.

Nouman Ali, 2006 yılına kadar Nassau Üniversitesi'nde Arapça öğretmenliği yaptı. Neredeyse yedi yıl boyunca ABD çapında 10.000'den fazla öğrenciye çeşitli merkezlerde Standart Modern Arapça ile Klasik Arapça dersleri verdi.

2016 Ağustos'unda yoğun bir katılımla İstanbul Haliç Kongre Merkezi'nde ağırlanan Nouman Ali, Kur'ân çalışmalarıyla Arapça derslerine Bayyinah Enstitüsü'nde ve internet ortamında devam etmektedir.

iyi ki **kitap**lar var...

TİMAŞ YAYINLARI

İstanbul 2022

timas.com.tr

DİRİLT KALBİNİ
Nouman Ali Khan

İslamiyet

TİMAŞ YAYINLARI | 4254
Din Kitaplığı-İnceleme Araştırma | 51

YAYIN YÖNETMENİ
İhsan Sönmez

EDİTÖRLER
Yasemin Muş
Hande Yıldırım
Büşra Arslan

KAPAK TASARIMI
Erdi Demir

İÇ TASARIM
Tamer Turp

1. BASKI
Ekim 2017, İstanbul

20. BASKI
Ekim 2022, İstanbul

ISBN
ISBN: 978-605-08-2599-2
9 786050 825992

TİMAŞ YAYINLARI
Cağaloğlu, Alemdar Mahallesi,
Alayköşkü Caddesi, No:5, Fatih/İstanbul
Telefon: (0212) 511 24 24

timas.com.tr
timas@timas.com.tr
timasyayingrubu

Kültür Bakanlığı Yayıncılık
Sertifika No: 45587

BASKI VE CİLT
Sistem Matbaacılık
Yılanlı Ayazma Sok. No: 8
Davutpaşa-Topkapı / İstanbul
Telefon: (0212) 482 11 01
Matbaa Sertifika No: 49687

İÇİNDEKİLER

Sunuş / 7

Hikmet Ehlinin Dilinden... / 7

Önsöz / 11

1. BÖLÜM
ALLAH'A DUA İLE BAĞLANMAK

Dua ve Hayal Kırıklığı / 17

Dua ne değildir? / 24

Hazreti Musa da Aynı Kulluk Tavrıyla Rabbine Yakarıyor / 26

Bu Hayatın İmtihanı / 28

Dua Ederken Hatırımızda Tutmamız Gereken / 34

Çaresiz Zamanlarımız için Bir Dua / 38

İyilik Yapabilme Fırsatı Arayın / 45

"Mızmızlık" Etmeye Hakkımız Var mı? / 48

Müteşekkir İnsanlar Olmak / 52

2. BÖLÜM
BİRLİK İÇİNDE MÜSLÜMAN BİR TOPLUM İNŞA ETMEK

Eleştiri / 57

Eleştiri Modunda Yaşıyoruz / 60

Kendinizi Aldatmayın / 64

Öğüt Vermeyi Seviyoruz / 68

İlişkilerimize Özen Göstermeyi Öğrenmeliyiz / 73

Varsayımlar / 75

Yargıç mıyız? / 79

Zannın Çoğundan Kaçının / 82

Şeffaf İnsanlar Olmak / 88

Liderlik / 90

Hepimiz Lideriz / 91

Sinirlenme Konusunda Çok Becerikliyiz / 105

3. BÖLÜM
FİNANSAL TUTUMLARIMIZ

Nasıl Kazanıyoruz? / 113

Birbirinizi Öldürmeyin / 121

Tepe Taklak Olan Dengeler / 125

Para Meseleleri / 130

Her Hak Sahibine Hakkını Ver / 133

Canavarlaştırdığımız Çocuklarımız / 141

4. BÖLÜM
GÜNCEL MESELELER

Müjde! Bir Kızınız Oldu... / 149

Paris Üzerine Düşünceler / 166

İncinme Hakkımız Var / 172

Çıldırmış İnsanlar / 176

Müzik Dinlemenin Sakıncaları / 184

5. BÖLÜM
AHİRET ODAKLI YAŞAMAK

Hayatı Bir Perspektife Yerleştirmek / 189

Kendi Hakikatimizin Farkında mıyız? / 191

Ahireti Nasıl Düşünebilirsiniz? / 196

Küçük Başlangıçlar / 199

Bu Dünya İçin Yaratılmadık / 203

Öteki Dünya / 218

Sunuş

Hikmet Ehlinin Dilinden...

Sıklıkla, biz Müslümanları ilgilendiren konuları istişare etmek ve dertleşmek üzere genç arkadaşlarla bir araya geliyorum. Bazen öğrenci yurtlarında, bazen konferans salonlarında, bazen de özel sohbet ortamlarında... Her seferinde, konuşulan konu hele de dinî bir içeriğe sahipse, gençlerin daha "kendilerinden" bir dil aradıklarına şahit oluyorum. Onları kalplerinden yakalayacak, nasihatlerin hayatlarına yansımasına yarayacak, durumlarını küçümsemeyen, aksine anlayan ve içlerini dupduru görebilen bir dil...

Üst perdeden nasihat buyuran üsluplar, gençleri hiçbir şekilde etkilemiyor. Kendilerinin sansürsüzce ve yargılamaksızın anlaşılmasını ve gündemlerinin yakalanmasını istiyorlar. Konuşan kişinin kullandığı "biz"li üslup, fena halde itici geliyor; dinleyenleri, mevzunun sıcaklığından koparıyor. Konuşmacının tehdit içerikli "ağır bir din dili" kullanması yerine, İslâmî ilkelerin içine yedirildiği güncel ve neşeli örneklerle bezeli, aktüel bir tarzı tercih ediyorlar. Asla uygulanamayacak uzak ve afakî idealler yerine, yakın ve mümkün hedefler gençlere daha fazla tesir ediyor. Kişisel tecrübelerle süslenen ve yer yer özeleştiri de içeren bir üslup, daha kalıcı oluyor. Sadece başkalarının "kusursuz", "mükemmel" ve "örnek" hayatlarının anlatıldığı, insanlara "kusursuzluğu" ve "mükemmelliği" dayatan teorik konuşmalar, bir noktadan sonra dinleyiciye bir şey söylemez oluyor.

Teknolojinin önümüze serdiği sınırsız imkânları da düşündüğümüzde, bu ilkeleri özümsemiş samimi ve bilge üsluplara ihtiyacımız var. Gençlerimizin artık eski, kalın kitapları karıştırıp kafa yoracak ne vakitleri var ne de istekleri. İslâm'ın ilkelerini ve güzelliklerini, tahrif etmeden ama muhatabı taltif ederek sunmamız gerekiyor. Buna "din dilinin restorasyonu" dememiz caiz olursa eğer, yapmamız gereken tam da bu.

* * *

Türkiye kamuoyunun da yakından tanıdığı davetçi Nouman Ali Khan, yukarıda çizmeye çalıştığım çerçeveyi gerçek anlamda dolduran bir isim. İslâm ve Kur'ân hakkındaki derin bilgisini keyifli ve bilgece bir üslupla dile getirebilmesi, bunu yaparken kendi hayatından aktardığı sıcak ve sıra dışı anekdotlarla dinleyicinin ilgisini her an canlı tutması, hepsinden önemlisi de "insanlar kendisini dinlesin ve söyledikleriyle ilgilensin diye" İslâm'ın ana ilkelerinden asla taviz vermemesi, onu dünya çapında tanınır ve sevilir kılan başlıca unsurlar.

Geçtiğimiz yıl Türkiye'ye geldiğinde, Nouman Ali Khan hakkında sosyal medya üzerinden bir soruşturma yapmış ve şu sorunun cevabını aramıştım; "Kendisini neden dinliyorsunuz ve söylediklerinde ne buluyorsunuz?" Gelen cevapların çoğu, şu noktaya odaklanmıştı; "Dini anlatırken, çoktan geçmişte kalan arkaik örnekler yerine hayatımıza dokunan, somut ve güncel meseleleri gündeme getiriyor. Dili çok sıcak ve dostça. Üstten bakmıyor. Düzeltmemiz gereken yanlışları dile getirirken bile, kendisini muhatap kitleden ayrı tutmuyor. Onu dinlerken, sizi sizden çok düşünen bir kardeşin samimi derdini hissedebiliyorsunuz."

Evet, aynen öyle.

* * *

Nouman Ali Khan'ın "Dirilt Kalbini" adıyla Türkçeye kazandırılan elinizdeki kitabı, günümüzdeki bazı meseleler hakkında Kur'ân ayetlerinden damıttığı kıymetli dersleri ihtiva ediyor. Ayetlerin sadece mesajı değil, Arapça ifadelerin dil özellikleri ve gramer yapısı da laf arasında takdim ediliyor. Kelimelerin anlamları, anlamlar arasındaki hoş nüanslar, bunların ayetlere kattığı derinlik ve zenginlik... Bütün bunlar, okuyucuyu hem anlatılan konuya hem de bir bütün olarak Kur'ân'ın harikulâde üslubuna yaklaştırıyor, ısındırıyor.

"Dirilt Kalbini"yi okurken, şu ayet hep hatırınızda olsun, zira ayette anlatılan şeyin aynıyla tezahür ettiğini göreceksiniz:

"Allah, hikmeti dilediğine verir. Kime hikmet verilmişse, ona çok büyük bir hayr verilmiş demektir. Bunu ancak, temiz akıl sahipleri düşünüp anlar." (Bakara Suresi 2:269)

Taha Kılınç

22 Eylül 2017, İstanbul

Önsöz

Günümüz dünyası bitmek bilmez bir devinimin uğultusu ile dolu. Siyaset, ekonomi, sosyal medya, eğlence ve teknoloji gibi birçok alan, gösterdiği gelişmelerle sürekli dikkatimizi çekmeye çalışıyor. Daha da önemlisi, tüm bu alanlar kalplerimizi huzursuz etmek için kıyasıya yarışıyor gibiler. Pervasız serbest piyasa ideolojisi doğrultusunda sürekli tüketmeye "teşvik ediliyoruz." Allah'ın vahyettiği "Çoklukla övünmek sizi, kabirlere varıncaya (ölünceye) kadar oyaladı (Tekasur Suresi 102:1)" ayeti, daha önce hiçbir döneme bu kadar uygun düşmemişti belki de. Bizi Allah'a karşı görevlerimizden uzaklaştıran etmenler neredeyse kurumsallaştı. Eğlence sektörü hiç şüphesiz modernitenin en dayatmacı sektörlerinden biri.

Vaziyet elbette bununla da sınırlı değil. Modern toplumda bireyler neredeyse atomize edilmiş tüketiciler hükmünde. Böyle bir ortamda, dinimiz de bir eğlence formunda metalaştırılabiliyor. Benliğimizi müşterilik rutinine tamamen kaptırmadan evvel bir zamanlar manevi liderler olarak takip ettiğimiz ulema, bir bakıyorsunuz şan şöhret sahibi kimselere dönüşmüş. Ümmet bir yandan dini kimlik krizi yaşarken, diğer yandan saldırgan gruplar devamlı surette İslam'ın evrensel imajını zedeliyor. Akıllara ziyan şiddet eylemleriyle manşetleri boydan boya kaplayan bu grupların safları, dinin gerçek manasına nüfuz edememiş kimi Müslüman gençler için ise cazibe merkezi oluyor.

Krizin ve karmaşanın bu raddeye geldiği bir ortamda, maneviyat odaklı kalmak hayli zor. Ait olduğumuz topluluklar ve camiler ise ihtiyaç duyduğumuz manevi irşad ve desteği her zaman yeterli düzeyde sağlayamayabiliyorlar.

Peygamberimiz "Din nasihattir; nasihat ise samimiyettir." hadis-i şerifi ile bizlere dinin özünün nasihat olduğunu öğretmiştir. Dolayısıyla yozlaşmanın ve karamsarlığın her yana nüfuz ettiği bir çağda, olumlu ve yapıcı hatırlatmalar hepimiz için olmazsa olmaz.

Nouman Ali Khan'ın bu hatırlatmalar derlemesi, içinde bulunduğumuz zihin dağınıklığı dönemine sunulmuş önemli bir katkıdır. Nouman Ali Khan'ın hatırlatmaları doğrudan kalplerimize hitap ederek, bizleri Allah'a karşı olan vazifelerimiz hususunda idrak üzere olmaya ve hayatımızı bir perspektif dahilinde düzenlemeye teşvik ediyor.

Dinimiz, bizlere ölümün ancak gerçek hayatımızın bir başlangıcı niteliğinde olduğunu öğretirken, günümüz kültür anlayışı yalnızca bir haz tecrübesinden ibaret saydığı hayatımız için ölümü de nihai bir son olarak düşünmemizden yana.

Eserin alt başlıklarından "*Hayatı Bir Perspektife Yerleştirmek*", hakikatin gerçek mahiyetini kendimize hatırlatmanın gerekliliğinden bahsediyor. Bu dünyadaki yaşamımız bir taraftan geçici iken, diğer taraftan Allah'ın bizlere cennetini ikram edip etmeyeceği hususunda belirleyici rol oynayacak salih amellerde bulunabilmemiz için birer fırsat penceresidir.

Yazar bu çalışmada, kişiselden evrensele birçok meseleye değiniyor. Eser, her birinde iki ya da üç konuya değindiği toplam beş bölümden oluşuyor.

Bölümler, dualarımızda Allah'a olan tavrımızın nasıl olması gerektiği yahut eş, dost ve akrabalarımız hakkında niçin asla olumsuz düşünmememiz gerektiğine dair son derece şahsi konulardan, Allah Resulü'nün kız çocuklarını ve genel olarak kadınları onurlandıran sarih öğretilerine rağmen birçok Müslüman topluluğun kız çocuklarına karşı takındığı kabul edilemez tavırlar gibi toplumsal hastalıklara kadar geniş bir aralıkta dağılım gösteriyor.

Nouman Ali Khan'ın çalışmaları, Beyyine minvalinde enstitüler kurarak dünya çapında bir dinleyici kitlesine nasıl erişileceğine ve her kesimden insana hitap edebilmek amacıyla sosyal medyanın nasıl etkili bir şekilde kullanılacağına dair Müslüman topluluklar ve alimler için mükemmel bir örnek teşkil ediyor.

Emperyal savaşlar ve yozlaşmış hocalar yüzünden geleneksel eğitimin neredeyse birer harabeye dönüştüğü bölgelerde artış gösteren radikalliğe karşı bir duruş sergileyebilecek güvenilir ve sıhhatli İslami öğretilerin hayat bulacağı kurumlara yatırım yapmak, günümüz Müslümanları ve özellikle batıdaki Müslümanlar için son derece önemli bir meseledir.

Umudumuz o ki, bu çalışma günümüz Müslümanlarının kalplerine diriliş muştulasın, görüş açılarını toplumsal sorumluluğu yüklenecek ve müttaki kullar olacak şekilde genişletsin. Dünyamız için birer nûr menbaı olmaları yolunda nice gönüllere ilham kaynağı olsun.

Kube Yayınları

Ocak 2017

1. BÖLÜM

ALLAH'A DUA İLE BAĞLANMAK

Dua ve Hayal Kırıklığı

Her Müslümanın hayatında çok temel bir mevzu olan "dua" üzerine gençler ve yaşlılarla çeşitli vesilelerle sohbet ediyorum. Birçok insan bana gelerek diyor ki; "Çok dua etmeye çalışıyorum çünkü sahip olmaya çalıştığım şöyle şöyle bir şey var." Gelen bir delikanlı olduğunda o şey evlenmek istediği bir kız, bir iş ya da halledilmesi gereken göçmen evrakları oluyor. Eğer gelen kişinin yaşı biraz ileriyse duası bazen çocuklarının hidayete ermesi yönünde oluyor. Çocukları isyankâr olmuş, artık namaz kılmıyor ve hatta ebeveynlerini dinlemiyorlar. Anne de bana gelip ağlayarak diyor ki; "Oğlum için çok dua ediyorum, yıllardır yapıyorum bunu ama hiçbir şey değişmiyor. Vaziyet iyiye gitmiyor, aksine kötüye gidiyor. Ne yapmam gerekiyor? Niçin duam bir işe yaramıyor?"

Bazen de şöyle söyleyen insanlarla karşılaşıyorum; "Uzun süredir hastayım ve hastalığım günden güne ilerliyor. Umreye gittim, hac bile yaptım. Mescid-i Haram'da dua ettim, Mescid-i Nebevi'yi ziyaret ettim. Gece yarısı kalkıp dualar ediyorum, gece boyunca ibadet ediyorum, ancak dualarım kabul olmuyor. Ne yapmalıyım?"

Şöyle söyleyenler de var; "Bir zamanlar ben de dua ederdim, Allah'a ibadet ederdim." Tanıştığım çok enteresan bir delikanlı olmuştu mesela. Dedi ki; "Dostum, normalde pek ibadet ettiğim yok ama bir sınavım vardı, epeyi zor olduğu için çok dua etmeye karar verdim; on dakika boyunca dua ettim ama yine de sınavda başarısız oldum. Onun için artık dua etmiyorum çünkü istediğimi elde edemedim."

Bu ve benzeri pek çok konuşma sonrasında vardığım sonuç şu oldu; duanın gerçek manası hakkında insanların zihninde büyük bir karmaşa var. Allah'tan bir şey istediğimizde hakikatte bu ne manaya gelir? Hangi konumdan istiyoruz? Allah'tan istemek ebeveynlerinizden yahut herhangi birinden istemek gibi midir? Eğer aynı değilse, arada nasıl bir fark var? Allah'a dua ettiğimizde nasıl bir tavır içinde olmalıyız?

Bu çok temel mesele ile ilgili Müslümanlar arasında ciddi bir kafa karışıklığı var gibi görünüyor. Dinimizin esası duadır. Kur'an'ın açılışı ve kalbi olan Fatiha Suresi başlı başına bir duadır. Allah'ın Kur'an'da bahsettiği tüm Peygamberler dua etmişlerdir. Tek tek hepsi etmiştir, bu onların süregelen mirasıdır. Her ayrıntıyı bilemiyor olabiliriz; Hazreti Nuh kavmi arasında dokuz yüz elli yıl yaşadı. Hayatının tüm ayrıntılarını tam bilmiyoruz, ama kendisinin Allah tarafından kayda geçirilmiş dualarından haberdarız. Hazreti İbrahim hakkında da çok fazla bilgiye sahip değiliz fakat onun dualarını gayet iyi biliyoruz. Eğer Rabbimizin bize peygamberler hakkında bildirdiği kesin bir şey varsa, o da onların ettiği dualar ve Allah'a yakarma şekilleridir. Bu bakımdan, dua İslam'ın en temel konularından biridir.

Peygamberî âdetlerin en güzellerinden biri duadır. Evimize girmekten tutun, elbiselerimizi değiştirmeye, birbirimizi selamlamaya ve evlenmeye kadar neredeyse her hal ve davranışımız için bir dua vardır. Hayatta peygamberî geleneğin dua ile değmediği hiçbir alan yoktur.

Bu inanılmaz bir şey!

Özetle söylemek gerekirse, dua dinimizin en merkezinde duruyor. Dolayısıyla duanın manasına dair kafa karışıklığına sahip olmanın çok ciddi bir problem olduğunu düşünüyorum.

Her ne kadar bu konu böyle kısaca ele alınmayacak kadar genişse de önemine binaen Kur'an'daki birkaç ayetten bazı örnekler vererek mümkün olduğu kadar bu konuya değinmek istiyorum. Ayetlerin ilk ikisi Meryem Suresi'nden. Meryem Suresi'nde çeşitli peygamberlerin yer aldığını görüyoruz ancak ben sizlere iki tanesini vurgulayacağım.

قَالَ رَبِّ إِنِّي وَهَنَ الْعَظْمُ مِنِّي وَاشْتَعَلَ الرَّأْسُ شَيْبًا وَلَمْ أَكُن بِدُعَائِكَ رَبِّ شَقِيًّا ﴿٤﴾

"Kâle rabbi innî vehene'l azmu minnî veşteale'r re'sü şeyben ve lem ekün bi duâike Rabbi şakıyyâ"

"Şöyle demişti: 'Ey Rabbim! Şüphesiz (artık öyle bir durumdayım ki) benim kemiğim zayıflayıp gevşedi ve başım(ın saçı) bembeyaz alev gibi tutuştu. Sana dua etmekle de ey Rabbim, hiçbir zaman bedbaht olmadım.'"

(Meryem Suresi 19:4)

Surenin başlangıcında yaşı kemâle ermiş olan Hazreti Zekeriya, "*innî vehene'l azmu minnî*" "Rabbim kemiklerim güçsüzleşti ve bana itaat etmiyorlar" diyor.

Modern tıptan biliyoruz ki, kemikler ve eklemler yaş ilerledikçe eskisi kadar güçlü olamaz. İnsanlar eklemlerindeki kireçlenmeyi yahut içerisinde her ne rahatsızlık varsa onu hissederler. Hazreti Zekeriya tam olarak bundan bahsediyor. Rükû etmekte güçlük yaşıyor, oturmak onun için kolay değil. Gençler hiçbir problem olmadan hareket ederken yaşlı bir adamı yahut yaşlı bir kadını görmüşseniz oturup kalkmalarının hayli zaman aldığını fark etmişsinizdir. Öyle hemencecik oturamazlar. Genç delikanlılar gibi yataktan bir anda fırlayamazlar. Bütün bunlar uzun zaman alır. Gençler yataktan düştüğünde hemen sorunsuzca ayağa kalkabilir, ancak kemikleri güçsüzleşmiş bir yaşlı düşerse soluğu acil serviste alması gerekebilir. Tedavisi çok uzun zaman alır.

Hazreti Zekeriya da kemiklerindeki zayıflığı hissediyor. Allah ile arasındaki konuşmanın başlangıcı bu şekilde; "*İnnî vehene'l azmu minnî veşteale'r re'sü şeyben*" "Saçlarım ise başımdan uçup giden ve geriye sadece külleri kalmış bir ateş gibi." Kül gri ve beyazdır, o da saçına bakıp diyor ki; "Saçlarım eskiden simsiyahtı, şimdi ise bembeyaz. Ondan geri kalanların tamamı işte bu."

Arapçada bir deyim vardır; "Saçına düşen kırlar sana ölümünden haber verir." Diğer bir deyişle, ne zaman kırlaşmış saçlarına baksan, kırlaşan her bir telinin seni son nefesine bir adım daha yaklaştırdığını göreceksin.

Hazreti Zekeriya bütün bunların farkında olarak duasına güçsüzlüğünden dem vurarak başlıyor; gerçekten artık çok yaşlanmış ve ölüme çok yaklaştığının bilincinde. Böyle bir durumda çok önemli bir şey söylüyor. Size burada duanın kendisinin ne olduğundan bahsetmeyeceğim bile, çünkü asıl mesele onun duaya olan yaklaşımı.

Diyor ki; "*Ve lem ekün bi duâike Rabbi şakiyyâ*" "Rabbim, Sana yakarmamdan ötürü ne perişan, ne de üzgün oldum."

"Ne zaman kırlaşmış saçlarına baksan, kırlaşan her bir telin seni son nefesine doğru yaklaştırdığını göreceksin."

Ne zaman Sana dua ettiysem, daima mesud oldum. Sana dua ettiğimde hiç depresif bir hale girmedim.

Dönüp hayatının bütününü gözden geçiriyor ve böyle söylüyor. Bu sözleri söyleyen Hazreti Zekeriya, çocuğu olmayan bir adam. Artık saçları kırlaşmış, kemikleri zayıflamış, ölümü de yaklaşmış yaşlı bir adamın hayatındaki en üzücü olay, takdir edersiniz ki kendi adını taşıyacak bir evladının olmamasıdır. Bu sebeple Hazreti Zekeriya'nın bir evlat için ilk kez dua etmediğini tahmin edebilirsiniz. Ömrü boyunca belki de bunun için dua etmiş aslında. Ancak diyor ki; "Senden isterken hiç kederli değildim. Senden isterken hiç şaki değildim." *Şaki* kelimesi için sözlüklere bakarsanız, mutluluğun zıddı, keder, üzüntü, depresyon gibi anlamları olduğunu görürsünüz. Aynı zamanda uzun ya da kısa süreli üzüntü veya kötü ruh hali anlamına da geliyor. Çevrenizde sürekli olumsuz bir ruh haliyle gezen insanlar vardır; onlar için bu ruh hali süreklidir. Bazı insanlar da nadiren negatif ruh haline bürünürler. Her iki durum için de *şaki* kullanılıyor.

Bu ifadede bizim dua ederken takınmamız gereken tavrın nasıl olması gerektiğine dair inanılmaz güçlü bir metot veriliyor.

Kimden istiyoruz en başta? Rabbimizden... Ve genelde sahip olmadığımız bir şeye ihtiyaç duyduğumuzu hissedince yapıyoruz bunu. Birçok insan için bu geçerli, değil mi? Neredeyse şöyle bir sınırdayız: Çocuklarımızdan biri hastalanıyor, doktora gideceği zaman sağlığı için dua ediyoruz.

İş görüşmesine girecek oluyoruz, ellerimizi açıp diyoruz ki; "Ey Allah'ım, bu işe gerçekten ihtiyacım var." Ev için çeşitli evraklar imzalayacak oluyoruz, "Ey Allah'ım, bu eve bereket ihsan eyle. Ey Allah'ım, bu büyük bir mevzu, yüklü bir yatırım işine giriyorum."

Dua ediyoruz çünkü hayatta bir şeye çok ciddi ihtiyaç duyduğumuz kritik bir noktada oluyoruz...

Bir adım geri atalım ve düşünelim; her gün kalktığımızda, ciğerlerimizi gece boyunca çalışması için solunum cihazına bağlamak zorunda kalmamış buluyoruz. Her gece uyumaya gittiğimizde, kalplerimiz halen atmaya devam ediyor. Her gün yataktan kalkıp gözlerimizi açtığımızda hala görebiliyor, duyabiliyor oluyoruz. Ve onların otopilot özellikleri de yok. Pilleri hiç bitmiyor! Bize bir nefes daha, bir kalp atışı daha ve uzuvlarımızı hareket ettirebildiğimiz bir gün daha lutfeden Allah'tır. Fakat biz O'na yalnızca bir şeye ihtiyaç duyduğumuz, bir şeyin eksikliğini hissettiğimiz zaman yöneliyoruz. Allah ise biz talep etmezken dahi sürekli ikramlarda bulunmaya devam ediyor. Nefes alabilmemiz için dua etmemiz gerekmiyor. Hayal edebiliyor musunuz tersi olsa nasıl olurdu? İşitebilmek, görebilmek ve konuşabilmek için Allah'a dua etmek zorunda değiliz. Bir hayal etsenize... Her konuşmam gerektiğinde Allah'a dua ediyorum, O da dilime konuşabilme yeteneğini lutfediyor ve ben de bir şey söyleyebiliyorum.

Subhanallah! Allah'ın bize ihsan ettiği ve bizim kesinlikle ihtiyacımız olan, onlarsız yaşayamayacağımız o kadar çok şey var ki. Ve Allah hiç durmadan veriyor, veriyor, veriyor.

Anlamaya çalışıyorum; "Nasıl olur da bana onu vermez? Nasıl olur da şu duamı cevapsız bırakır?" diyerek Allah'ın bize vermediği şeyleri düşünmektense, sürekli benim için ve sizin için ihsanda bulunduğunun farkına varabılsek... Rabbimiz buyuruyor; "*Külle yevmin hüve fî şe'n*" (Rahman Suresi 55:29)" Her gün size ihsanda bulunmaktadır. Dolayısıyla biri duasından ötürü perişan, üzgün yahut kötü bir ruh halindeyse, belli ki Allah'ın onun için sürekli yapmakta olduğu ihsanların farkında değil.

Meseleye şöyle bir örnek üzerinden bakalım: Anneniz sizi seviyor. Annesi hayatta olan şanslılarınız, aynı zamanda annesiyle aynı şehirde yaşadığını yahut onu ziyarete gittiğini düşünsün. Uzun bir zaman sonra annenizi ziyarete gittiğinizde, artık iyice de yaşlanmış olan anneniz sizin için yemek pişiriyor, size sofra kuruyor ve sizi kucaklıyor. Yemeğe başlar başlamaz diyorsunuz ki; "Anne, yemeklerin tuzsuz olmuş; tuz nerde? Allah Allah, bilmiyor musun tuza ihtiyacım olduğunu! Ketçap nerde? İçecek bir şey de mi yok!"

Nasıl bedbaht bir insansınız ki sizin için bunca şey yapan annenizde sadece eksik olan şeyler için kusur bulup duruyorsunuz? Sürekli yapmadıklarına odaklanıyorsunuz. Bu annenizin sizin için geçmişte yaptıklarını, hala yapmakta olduklarını, sevgisini ve ihtiyaçlarınızı gidermek için gösterdiği emeği hiç takdir etmediğinizi gösterir.

Bu sadece siz ve anneniz. Biz ise Alemlerin Rabbi'nden bahsediyoruz. Öyle birinden bahsediyoruz ki sevgisi asla tartılamaz, ölçülemez. İnsanlar şöyle sorular soruyorlar; "Nasıl olur da Allah benim duamı dinlemez?" Bu çok saldırgan bir dille sorulmuş, incitici bir soru. Nasıl olur da O'nun dinlemediğini iddia edebilirsiniz? Allah, sadece dinlemekle de kalmıyor, her duaya cevap verdiğini söylüyor.

Nasıl oluyor da sizin ve benim arzu ettiğimiz şekilde cevap vermiyor? Benim yanıtlamaya çalışacağım asıl soru bu.

Dua ne değildir?

Bu bölümde duanın ne "olmadığının" herkes tarafından anlaşıldığından emin olmak istiyorum. Dua bir restoranda sipariş vermece değildir. Bir ürün için siparişte bulunmaca da değildir. Bir sipariş verdiğinizde, ücretini öder ve istediğiniz ürünü alırsınız. Patates kızartması için sipariş verdiğinizde örneğin, önünüze bir hamburger gelmemesi gerekir. Dizüstü bilgisayar için sipariş verdiğinizde kargodan telefon çıkmasını beklemezsiniz. Siparişiniz ne ise onu alırsınız ve siparişinizin bedeli ne ise onu ödersiniz. Ödemede bulundunuz, sonuç olarak umduğunuz ürünün önünüze gelmesini beklersiniz.

Dua ettiğimizde ise "hiçbir" ödemede bulunmayız. "Hiçbir şey" ödemeyiz. Hiçbir şey ödemediyseniz, o zaman bir beklenti içerisinde olmazsınız, önünüze gelenlerle ilgili şikâyet etme hakkınız da olamaz. Şöyle demezsiniz; "Hey! Dur bir dakika, ben sınavımdan yüz almak istemiştim. Dün gece boyunca dua etmiştim. Yine de kırk aldım. Bu ne Allah'ım? Ben doğru sipariş vermiştim!" Biz bunu diyecek kadar ileri gidemeyiz.

Bizler hizmet etmek zorunda olduğu müşterisiymişiz gibi davranmak Allah'ın vazifesi değil.

Biz bu dünyanın müşteri hizmetlerine alışkınız. Doğrusu ona o kadar alışkınız ki Allah ile de aynı yolla her meselemizi çözeriz zannediyoruz. Günümüzde bazı gençlerin anne babaları ile olan ilişkileri, maalesef, sanki onlar kendilerine müşteri hizmeti sağlamalıymış gibi bir hale geldi. "Anne, bana GTA alacaktın! Neden hala almadın?" "Ödevimi ya-

"Duanın ne olmadığını anladığımızdan emin olmak istiyorum. Dua bir restoranda sipariş vermece değildir."

pacağıma söz verdim ya sana!" Sanki ödev yapmak siparişin ön ödemesiymiş gibi, değil mi? Daima kendimizi hak sahibi gördüğümüz için, bu "hak" arama tavrımızı Allah'a yönelirken de aynen devam ettiriyoruz; "Ey Allah'ım, beni iyileştir!" "Ey Allah'ım, beni terfi ettir!" "Allah'ım benim için şunu yap! Bunu yap!" İsteklerimiz gerçekleşmeyince de tavrımız şöyle oluyor; "Amaan boş ver, benim bu duaya ihtiyacım yok. Dua edeyim diye onca iş güç arasında ara bile verdim. Ne işe yaradı sanki!"

Hazreti Zekeriya'nın duasında anlamamız gereken ilk nokta, Allah kim ben kimim? Şöyle dedi; "*Ve lem ekün bi duâike Rabbi şakıyyâ*" Rabbim! Efendi Sensin. Ben ise Senin kölenim. Yüceler yücesi Sensin.

Niçin "Rabb" kelimesini kullandı? Hiçbir dilde "Rabb"den, "efendi"den daha yüce bir kelime yoktur. Efendilik, gelinebilecek en yüksek mevkidir ve eğer bir efendiniz varsa bu sizi "köle" yapar. Öte yandan kölelikten daha kötü bir iş ve daha düşük bir mevki de yoktur. Yani, siz ve ben olabileceğimiz en düşük mevkideyiz, Allah ise en yükseğinde. Dua ettiğimizde, bir şeylerin siparişini verme konumunda değiliz. Boynumuzun bükük olduğu bir pozisyonda şöyle deriz: Efendim, ne verirsen kabulüm! Sultanım, ne verirsen

"Biz bu dünyanın müşteri hizmetlerine alışkınız. Doğrusu ona o kadar alışkınız ki Allah ile de aynı yolla her şeyi çözeriz sanıyoruz."

kabulüm! Eğer vermemeyi murad edersen, o da kabulüm, çünkü Sen benden daha iyi bilirsin"

Hazreti Musa da Aynı Kulluk Tavrıyla Rabbine Yakarıyor

Hazreti Musa evsizdi. Kanun kaçağıydı ve cinayet suçundan aranıyordu. Bu şartlar altında bir ağacın altında oturmuş şöyle yakarıyordu:

> *"Rabbi innî limâ enzelte ileyye min hayrin fakîr"*
>
> "Rabbim, tarafından bana her ne gönderirsen, kabulümdür."
>
> (Kasas Suresi 28:24)

Yemeği yok, elbisesi yok, evi yok. Hal böyleyken önüne pilav gelirse, "Aslında ben rejim yapıyorum. Biraz salataya ve biraz da..." demiyor. Hayır, hayır. Önüne ne gelirse kabulü. Ona bir iş teklif edildiğinde, "Doğrusunu isterseniz ben epeyce becerikli biriyim. Yeteneklerime denk bir işe ihtiyacım var. Eğer bana kendi pozisyonumdan daha düşük bir iş verecekseniz, teşekkür ederim, kalsın." demiyor. Hayır, bunu yapmıyor; aksine, "Her ne verirsen kabulüm Rabbim" diye Allah'a yalvarıyor.

Hazreti Zekeriya'nın duasında da aynı memnuniyeti fark ediyoruz; "Hiçbir zaman perişan değildim, hiç ye'se kapılmadım, hiç telaş etmedim."

"*Ve lem ekün bi duâike Rabbi şakıyyâ*"

Bu arada, "şikve" kelimesi aynı zamanda "telaş etmek" manasında kullanılıyor.

Bazı insanlar dua edince yanıtın nasıl gelmesini istiyor. Hemen! "Bana hemen ver! Ekspres teslim olsun! Göster bize bu duanın nasıl gerçekleştiğini! Oldur onu!" Gerçekleşmeyince de, "Unut gitsin, zaten kimin duaya ihtiyacı var ki!" Subhanallah!

"Şikve" kelimesi hakkında paylaşmak istediğim son şey ye's hali hakkında. Hesap günü Allah'ın huzuruna gelip şöyle söyleyen insanlar olacak:

> *"Kâlû rabbenâ ğalebet aleynâ şıkvetünâ ve künnâ kavmen dâllîn."*
>
> "Derler ki: Rabbimiz! Azgınlığımız bizi altetti; biz, bir sapıklar topluluğu idik."
>
> (Müminun Suresi 23:106)

Hesap gününde geliyorlar; kötü bir yere gitmek üzereler ve mazeretlerini sunuyorlar. Aslında iman eden insanlar fakat cennete girememişler. Niçin? Kendilerine şöyle açıklıyorlar: Bizim kaygımız, ye'simiz ve sana karşı olumsuz tavrımız bize galip geldi. Sana karşı olan bu tavrımız, Seninle ilgili endişelerimiz, ey Allah'ım, öyle ağırdı ki hiçbir zaman Seni iyi bir şekilde bilemedik. Senden iyi şeyler ummadık, bunun altında ezildik ve bu da bizi perişan, sefil insanlar haline getirdi.

Bugünlerde dünyada yaşanan enteresan şeylerden biri de gençler arasında ateizmin artması. Allah'a inanmayan gençlerin sayısı artıyor, aslında dünya genelinde de artıyor bu durum. Bu sadece Amerika'ya has değil; Avrupa'da, Asya'da,

Afrika'da, her yerde gerçekleşiyor. Bunun üzerine istatistik hesaplamalar var. Ve eğer Ateist liderlerin hayatlarına bakacak olursanız -son zamanlarda yaşamış olanların birçoğu aynı şekildedir- bazıları çok ciddi depresyon geçirmiş ve aşırı dozda uyuşturucudan hayatını yitirmiştir. Kim olursa olsun sırtını Allah'a döndüğünde elinde kalan tek şey kocaman bir "perişanlık" oluyor. Gerçekten geriye kalan tek şey karanlık, çok karanlık bir hayat. Bu yüzden, dua ederken tavrımız doğru değilse, bu bizi Allah'tan uzaklaşmaya götürebilir. Bu nedenle Rabbimiz ile aramızda sarsılmaz bir bağ kurmamız gerekirken, bunu başaramıyoruz.

Bu Hayatın İmtihanı

Benzer bir örnek olarak Hazreti İbrahim'i ele alalım. Tüm köy ahalisi ve babası putlara taptığı için ailesini terk ettiğinde dedi ki:

وَأَعْتَزِلُكُمْ وَمَا تَدْعُونَ مِن دُونِ اللهِ وَأَدْعُو رَبِّي عَسَى أَلَّا أَكُونَ بِدُعَاءِ رَبِّي شَقِيًّا ﴿٤٨﴾

"Ve e'tezilüküm ve mâ ted'ûne min dûnillâhi. Ve ed'û rabbî asâ ellâ ekûne biduâi rabbî şakıyyâ."

"Ben, sizden ve Allah'tan başka taptığınız şeylerden çekilip ayrılırım da Rabbime dua (ibadet) ederim. Rabbime yalvarışımda mahrum kalmayacağımı umarım."

(Meryem Suresi 19:48)

Hazreti İbrahim dedi ki; "Hepinizi terk ediyorum; Allah'tan başka tapındığınız her ne varsa onları da terk ediyorum ve Rabbimi çağırıyorum, O'na dua ediyorum." Sonra çok müthiş bir şey söylüyor; "Umuyorum ki, Rabbime dua ettiğimde perişan olmayacağım." "Umuyorum ki *asâ*-" diye ekliyor.

Hazreti Zekeriya duasında "hiç perişan olmadım" demişti, Hazreti İbrahim ise "umuyorum ki" diyor. Niçin?

Çünkü Hazreti Zekeriya, "Sana dua ettiğimde hiç perişan olmadım." derken geçmiş zamandan bahsediyor. Hazreti İbrahim ise geleceği ile ilgili tevazu içinde. Diyor ki; "Umarım imanımı koruyabilirim." "Umarım, ey Allah'ım, Sana dua edip de umut ile dolmadığım hiçbir dem olmaz. Umarım böyle bir şey hiçbir zaman gerçekleşmez." Yani aslında tevazu içindeydi, kendini beğenerek hiçbir zaman "asla yapmam" demiyordu. Her zaman hakkaniyetli olacağım; her zaman duamı doğru şekilde edeceğim demiyordu. Bu tevazusu "*asâ*" kelimesi ile belirtiliyor.

Son olarak, daha evvel belirttiğim gibi, insanlar bana gelip diyor ki; "Ne düşünmeliyim? Dualarıma icabet olunmuyor, çok fazla dua ediyordum halbuki. Allah dualarıma cevap vermiyor! Bu mesele ile ilgili ne düşünmeliyiz?" Her şeyden önce şunu kabullenin: Allah sadece size değil tüm âleme veriyor. Hem iman edenlere hem iman etmeyenlere veriyor. Onların da işleri, çocukları, mutluluğu, sofrada yemekleri, terfileri oluyor; onlar da hastalanıyor, onlar da şifa buluyorlar. Yani dua ehli olanlar da olmayanlar da bu dünyada sıkıntı ve zorluk çekiyor. Rabbimiz ikramını ve ihsanını sadece iman eden insanlara değil aynı zamanda inkâr edenlere, küffara ve en berbat hayatı yaşayanlara da veriyor.

"Dua ederken tavrınız doğru değilse,
bu hal sizi Allah'tan uzaklaşmaya bile götürebilir."

Hiç durmadan ihsanda bulunuyor ve ne zaman vereceğine de o karar veriyor.

"Vallâhu yakbidu ve yebsutu"

"Genişleten de daraltan da Allah'tır."

(Bakara Suresi 2:245)

Veren de alan da Allah'tır. Allah biraz daraltır, maaşınızı azaltır, sağlığınızdan alır. Bazen zorluklar verir, bazen de tüm darlıkları çekip alır; Allah'ı ilgilendirir tüm bunlar.

Duanın amacı Allah'ın huzurunda teslimiyettir. Verenin ancak O olduğunu, bizim ise ihtiyaç sahibi olduğumuzu itiraf etmektir. Firavun zamanında yaşayan mümin bir kimse, bunu çok güzel ifade etmiştir. Dua ile ilgili tavrı bir cümlede aktarılıyor:

"Ve ufevvidu emrî ilallâh"

"Ben işimi Allah'a havale ediyorum."

(Mü'min Suresi 40:44)

Et-tevfid Arapçada bir şeyi başkasının iradesine teslim etmek anlamında kullanılıyor. Örneğin, "Bir iş için başkasını görevlendirdi" buna *tevfid* deniyor. İlginç bir şekilde eski Arapçada şöyle deniyor; "*beynî ve beynehû fevdeh*". Buradaki *fevdeh* de aynı kökten geliyor. Benim bu adam ile ortaklığım var demektir.

Her ne hissediyorsam, Allah benim bildiğimden daha iyi biliyor. Eğer ben bir şeyi önemsiyorsam, bilmeliyim ki

"Duanın amacı aslında Allah'ın huzurunda kabullenmektir. Verenin ancak O olduğunu, bizim ise ihtiyaç sahibi olduğumuzu itiraf etmektir."

ben Allah ile *tevfid*'deyim (ortaklık içindeyim). Bu nedenle Allah'ın cümle muradına sadece güvenmekle kalmam, bilirim ki O'ndan istediğim her ne ise önemsiyor. Umurunda değilmiş gibi bir durum yok ortada.

Hiç kimse Allah sizin ya da benim beklediğim şekilde dualarımıza cevap vermiyor diye O'nun umurunda olmadığımızı söyleyemez.

Meselenin bir kısmı Allah'ın isimlerine olan imanımızla ilgili. Melekler dediler ki:

"Lâ ilme lenâ illâ mâ allemtenâ"

"Bize öğrettiğinin dışında bizim bir ilmimiz yoktur."

(Bakara Suresi 2: 32)

Allah'ın isimlerinden biri de el Alim'dir: Her şeyi bilen. Bildiğimizi düşünüyoruz; ancak Allah "hakiki olarak bilendir."

Arada şöyle bir fark var: Allah sizi annelerinizin karnından çıkardığını buyuruyor.

"Min butûni ümmehâtiküm lâ ta'lemûne şey'en"

(Nahl Suresi 16:78)

Diyor ki; "O sizi annelerinizin karnından çıkardı ve siz hala bir şey bilmiyorsunuz."

Şöyle demiyor; "O sizi annelerinizin karnından çıkardı, ki siz o zaman yeni doğmuş bir bebek olarak hiçbir şey bilmiyordunuz." Aksine buyuruyor ki; "Ben sizi annelerinizin rahminden çıkardım ve bu arada da, siz hala daha hiçbir şey bilmiyorsunuz." Subhanallah.

"Vallâhu ya'lemu ve entüm lâ ta'lemûn"

"Şüphesiz bilen yalnız Allah'tır."

(Âl-i İmran Suresi 3:66)

Bu bizim imanımızın bir parçasıdır: Allah bilir, ben ise bilemem.

Haydi bunu bir test edelim. Ben her şeyin en iyisini bildiğimi düşünüyorum ama aslında Allah her şeyin en iyisini biliyor. "İşlerin iyiye gitmesi harikadır," diye düşünüyorum. "Şu işe sahip olmak en iyisidir," diye düşünüyorum. "Eğer başımdan şu belayı def edebilirsem benim için en hayırlısı budur," diye düşünüyorum. Ancak Allah benim bildiğimden daha iyi biliyor. Benim bildiğimden kat be kat daha iyi biliyor. Ben kendim için en iyisi olduğunu düşündüğüm şey hakkında dua ederim, bir insan olarak yapabildiğim budur çünkü. Allah'a sadece sahip olduğum kısıtlı bilgiler dahilinde yakarabilirim, ama şükür ki Allah sizden, benden ve herkesten daha iyi biliyor ve dualara verdiği yanıtlar da mükemmel bir ilimle oluyor. Ve hatta, belki de size hemen cevap vermemesi, istediğiniz şeyi anında göndermemesi sizin hakkınızda en hayırlı olandır.

İslam tarihinde bu konu ile ilgili en inanılmaz örneklerden biri Hazreti İsa'nın havarîleridir. İslam tarihi ve Hz. İsa diyorum çünkü bütün peygamberler İslam'dandır.

Havarîler Allah'a dua ettiler; "Rabbenâ âmennâ bi mâ enzelte ve'tteba'ne'r resûle fektübnâ meaş şâhidîn"

(Âl-i İmran Suresi 3:53)

"Biz iman ettik, İsa peygamberin yoluna tabi olduk, bizi şahitler arasına yaz." Hazreti İsa'nın ise açıkça yardıma ihtiyacı olduğunu görüyoruz:

قَالَ عِيسَى ابْنُ مَرْيَمَ لِلْحَوَارِيِّينَ مَنْ أَنصَارِي إِلَى اللهِ قَالَ الْحَوَارِيُّونَ نَحْنُ أَنصَارُ اللهِ ﴿١٤﴾

"Kâle Îse'bnü Meryeme li'lhavâriyyîne men ensârî ilallâh. Kâle'l havâriyyûne nahnü ensârullâh."

"Meryem oğlu İsa havarîlere: 'Allah'a (giden yolda) benim yardımcılarım kimdir?' demişti. Havarîler de: 'Allah (yolunun) yardımcıları biziz,' demişlerdi."

(Saff Suresi 61:14)

Rabbimiz de aynı ayette buyuruyor, "*Fe eyyednellezîne âmenû alâ adüvvihim*" "Biz de iman edenlere destek olduk, düşmanlarına karşı onlara yardım ettik." Bu son kısmı dikkatlice düşünelim. Allah Hazreti İsa'nın takipçileri için şöyle söylüyor; "Onlara düşmanlarına karşı yardım ettik." Ancak tarih sayfalarına baktığımızda tevhid ehli insanların, Hz.

İsa'nın havarîlerinin birçoğunun katledildiğini ve yüzyıllar sonrasında bile geri dönüş yapamadıklarını biliyoruz. Diğer bir deyişle, Allah onlara yardım etti, ancak kendine has bir şekilde. Sizin veya benim bildiğim gibi değil.

Başka bir örnek olarak Hz. İbrahim'e bakalım. Hazreti İbrahim kendi soyundan Kur'an'ı, Allah'ın ayetlerini okuyacak bir çocuk yetişmesi için dua ediyor:

"Yetlû aleyhim âyâtike ve yuallimühümü'l kitâbe ve'l hikmete ve yüzekkîhim"

(Bakara Suresi 2: 129)

Dua ediyor. Çok samimi, içten bir dua. O çocuk Hazreti İsmail olmuyor. İsmail'in çocuğu da olmuyor, torunu da, torununun torunu da. Nice nesiller sonra, yalnız Allah'a bildiği o en iyi vakit geldiğinde Hazreti İbrahim'in duası hayat buluyor. O zaman geldiğinde Efendimiz Hz. Muhammed (sallallahu aleyhi ve sellem) doğuyor; kırk yaşında iken de kendisine vahiy geliyor. Çünkü neyin en iyi olduğuna karar kılan Allah'tır. O biliyor, biz ise bilemiyoruz.

Dua Ederken Hatırımızda Tutmamız Gereken

Her şeyden önce, iyice anlamamız gereken ilk nokta sipariş verme konumunda olmadığımız. İkinci olarak, "her ne istiyorsam ey Allah'ım, eğer benim hayrıma ise bana nasip eyle, değilse, ben Senin kararına güveniyorum." tavrını takınmamız gerektiği.

İçinde bulunduğunuz durumun eşi benzeri yok diye düşünmeyin, hepimizin içinde bulunduğu her halin o veya bu şekilde Kur'an'da bahsi geçiyor.

Hasta olanlarımız için Hazreti Eyyûb'un duası işte burada:

"Rabbî innî messeniye'd durru ve ente erhamü'r râhimîn"

"Ey Allah'ım, zarar bana dokundu. Sen ise merhametlilerin en merhametlisisin."

(Enbiya Suresi 21: 83)

Hazreti Eyyûb, her tarafı yara bere içinde hastalıktan kıvranırken Rabbine yönelerek diyor ki; "Ey Allah'ım, zarar bana dokundu." Dönüp "Allah'ım bana şifa ver" bile demiyor. Çünkü şifanın kendisi hakkındaki en hayırlı şey olup olmadığını bilmiyor. Sadece Rabbine dönüp şöyle söylüyor; "Ey Allah'ım, bana Senden daha çok sevgi, merhamet ve şefkat gösteren kimse yoktur. Bunu biliyorum. Duyduğum acı inancımı sarsmadı, ıstırabım imanımı sarsmıyor."

İnsanların birçoğunun imanı en ufak bir sıkıntıda sallanmaya başlıyor. Niyazım o ki, Allah bizi dua ehli, tevekkül ehli hakiki insanlar kılsın. Bizi Allah'tan hemencecik vazgeçen insanlardan eylemesin. Dualarımız bizi O'na gittikçe daha çok yaklaştırsın ve Allah bizleri ibadetleri vesilesi ile imanlarına kuvvet verdiği insanlar arasına katsın. Eğer Allah umduğunuzu anında nasip etmezse, kendi kendinize şunu

"Neyin en iyi olduğuna karar kılan Allah'tır. O biliyor, biz ise bilemiyoruz."

"İçinde bulunduğunuz durumun eşi benzeri yok diye düşünmeyin, hepimizin içinde bulunduğu her bir durumun o şekilde yahut bu şekilde Kur'an'da bahsi geçiyor."

demeyi öğrenin; "Allah'ın içinde bulunduğum şu durum için planladığı her ne ise, kesinlikle benim için o daha iyidir."

Bu hayatın imtihanı işte budur.

Kendinize "Ben bunu hak edecek ne yaptım?" diye sormayı bırakın! Bu soruyu sormayı bırakın artık. Allah sizden nefret etmiyor, sizi terk etmedi de. O yarattıklarını terk etmez; aksine yarattıklarını çok sever. Her şeyin ötesinde bizleri yarattı ve bizleri böylesi güzel bir şekilde var etti. Hayatta edindiğimiz her güzel tecrübe, tadını çıkardığımız her sevgi, ailelerimizde gördüğümüz her güzel çocuk Allah'ın bize hediyesi. Bizlerin üretimi değil hiçbiri. Tamamı Allah'ın bizlere ikramı, çünkü bizleri seviyor. Etrafınızdaki her şey için müteşekkir olmayı öğrenirseniz, o zaman Allah'a karşı olan tavrınız değişecek. Devamlı şikâyet eden insanlardan olmayacaksınız artık. Bu sebeple hem kendime hem sizlere hatırlatıyorum; "Ben daha iyisini hak ederim" tavrı iyi bir tavır değil. Sağlıklı bir tavır da değil. Neyi hak ettiğimizi Allah bilir. Hatırlarsanız en son hiçbir şeyi hak etmediğimizi fark ederek başlamıştık meseleye. Köle hiçbir şey hak etmez; efendisi ihsanından lutfeder, ikramda bulunur. Bu sebeple

"Etrafınızdaki her şey için müteşekkir olmayı öğrenirseniz, o zaman Allah'a karşı olan tavrınız değişecek."

"Köle hiçbir şey hak etmez; efendisi ihsanından lutfeder, ikramda bulunur. Sahip olduğumuz her şey Allah'ın bizlere birer ikramı."

sahip olduğumuz her şey Allah'ın bizlere birer ikramı. Rabbimiz bizleri şükür ve tevekkül ehli insanlar eylesin. Bizleri dualarına icabet olunan ihlaslı kullarından kılsın.

Çaresiz Zamanlarımız için Bir Dua

Bu kısımda, Kur'an'ın yirmi sekizinci suresi olan Kasas Suresi'nden bir ayet üzerine bazı düşüncelerimi sizlerle paylaşmak istiyorum. Hazreti Musa'nın kıssasından Kur'an'ın birçok yerinde bahsedilir. Bu bölümde de Allah bize, Tur Dağı'nda onunla konuşmadan önceki hayatına dair birtakım bilgiler veriyor. Olay olmadan önce Hazreti Musa'nın hayatından bazı sahneler Kasas Suresi'nde ele alınıyor. Bu sahnelerden biri, Mısır'dan kaçıp Medyen'e doğru yöneldiği zamanlara ait. Kaçmıştı, çünkü her ne kadar bir hatadan ötürü olduysa da bir cinayet ile suçlanıyordu. Yumrukladığı adam ölmüştü. Her yerde onu aradıkları için Mısır'dan kaçmak zorunda kalmıştı. Hakkında "Vur" emri çıkmıştı ve görüldüğü yerde öldürülecekti.

Allah onu çöle doğru yöneltti, Medyen'in sularına kadar götürdü. Medyen, çölün ortasında, içinde bazı su kaynakları, göl ve göletler bulunan bir yerdi. Konaklamak için de çok uygundu. Musa orada yolculuğunu bitirdi, sonunda oturup biraz rahatladı, su içti. Allah bize diyor ki:

وَجَدَ عَلَيْهِ أُمَّةً مِنَ النَّاسِ يَسْقُونَ وَوَجَدَ مِن دُونِهِمُ امْرَأَتَيْنِ تَذُودَانِ ﴿٢٣﴾

"Vecede aleyhi ümmeten mine'n nâsi yesgûne ve vecede min dûnihimü'mraeteyni tezûdân"

> ..."(hayvanlarını) sulamakta olan bazı insanlar gördü. Bunların yanında da koyunlarını suya salmamak için uğraşan iki kız gördü..."
>
> (Kasas Suresi 28:23)

Hayvanlarına su içiren bir grup insan ve tepenin üzerinde onlardan uzak durmaları için hayvanlarını çekiştiren iki kadın gördü. Diğer bir deyişle, tüm köy ahalisinin kuzuları, keçileri, develeri ve inekleri su içerken, tepenin üzerindeki bu iki genç kadın hayvanlarını su içmeye salmıyorlardı. Bunun için su içmek isteyen koyunlarıyla cedelleşip duruyorlardı.

O, bu sahneyi görünce yukarı onların yanına çıkıp dedi ki:

قَالَ مَا خَطْبُكُمَا قَالَتَا لَا نَسْقِي حَتَّى يُصْدِرَ الرِّعَاء وَأَبُونَا شَيْخٌ كَبِير ﴿٢٣﴾

> "Kâle mâ hatbuküma kâletâ lâ nesgî hattâ yusdira'r riâu ve ebûnâ şeyhun kebîr."
>
> (Kasas Suresi 28:23)
>
> "(Musa) ne yapıyorsunuz, niçin hayvanlarınızı sulamıyorsunuz, deyince dediler ki çobanlar gidinceye dek biz, hayvanlarımızı sulayamıyoruz ve babamız da pek ihtiyar bir adam."

"Medyen suyuna varınca orada, hayvanlarını sulayan bir bölük halk gördü. Gerilerinde de iki kadın vardı; onlar, hayvanlarını sudan men ediyorlardı. Musa, ne yapıyorsunuz, niçin hayvanlarınızı sulamıyorsunuz, deyince; dediler ki çobanlar gidinceye dek biz hayvanlarımızı sulayamıyoruz ve babamız da pek ihtiyar bir adam."

Hazreti Musa, "Bir sorun mu var? Neler oluyor burada?" diye sorduğunda onlar da dediler ki, "Bu adamların işleri bitmeden sürümüzü oraya yanaştıramayız."

Demeye çalıştıkları şey şuydu; "Bu adamların arasına karışmak istemiyoruz çünkü onların birçoğu kadınlara hürmeti olmayan sapkın kimselerdir. Bize sataşıyorlar, taciz ediyorlar, biz de bunlara maruz kalmaktansa bu bir grup insanın işlerini bitirmelerini bekliyoruz. Sonra biz kendi işlerimizi göreceğiz. Babamız yaşlı bir adamdır.

"*Ve ebûnâ şeyhun kebîr*" Ayetin bir manası da şudur: Babamız çok yaşlı bir adam; kendi işini artık göremiyor. Ailede bu işi yerine getirebilecek yegâne kişiler de bizleriz."

Hazreti Musa onlarla tek kelime etmeden koyunları aldığı gibi kuyunun başına gitti. Hayvanları suladıktan sonra kadınların yanına geri getirdi.

Sizinle beraber üzerinde düşünmeyi istediğim ayet bu. Meselenin arka planını da aktarıyorum ki hepimiz ortak bir paydada buluşabilelim.

فَسَقَى لَهُمَا ثُمَّ تَوَلَّى إِلَى الظِّلِّ فَقَالَ رَبِّ إِنِّي لِمَا أَنزَلْتَ إِلَيَّ مِنْ خَيْرٍ فَقِيرٌ ﴿٢٤﴾

"Fesegâ lehümâ sümme tevellâ ile'zzılli fe kâle rabbi innî limâ enzelte ileyye min hayrin fakîr."

"Musa, onların hayvanlarına su verdi, sonra da bir gölgeye çekilip Rabbim, dedi, bana, hayra ait ne indirdiysen, ne lütufta bulunduysan şüphe yok ki hepsine de muhtacım ben."

(Kasas Suresi 28:24)

Hayvanları onlar için suladıktan sonra bir gölgeliğe gidiyor Hazreti Musa. Orada biraz rahatladıktan sonra hemen ne yapıyor? Dua ediyor. Allah'a şöyle niyaz ediyor; "Rabbim bana, hayra ait ne indirdiysen, ne lütufta bulunduysan şüphe yok ki hepsine de muhtacım ben."

Hazreti Musa'nın bu duası, Kur'an'da en çok bilinen dualardandır.

Bu inanılmaz güçlü bir ifade. Müslümanlar var oldukça Hazreti Musa'nın kendi kendine iken yaptığı bu dua, tekrar tekrar okunmaya devam edecek. O, böyle dua ettiği sırada yanında kendisini takip eden bir topluluk yoktu, duasına binlerce insan *âmin* demiyordu. Öylece kendi halinde, bir ağacın altında oturmuş böyle dua ediyordu. Ancak duası Allah katında o kadar makbuldü ki, kıyamet gününe kadar Hazreti Musa'nın dilinden dökülen bu kelimeleri bizler anmaya devam edeceğiz.

Bu ayetle ilgili sizinle paylaşmak istediğim ilk şey, insanlara yardım ettiğinizde onlardan gelebilecek teşekkürü duymak için orada beklemeyin. Çünkü yardımda bulunmanızın amacı onlardan takdir sözleri işitmek olmamalı.

Hazreti Musa o iki kadına yardım ettiğinde Kur'an'da şöyle buyurulmuyor:

"Onların ikisi de dediler ki, çok teşekkür ederiz."

Bunun üzerine o da dedi ki:

"Hiç sorun değil, lafı bile olmaz."

Hazreti Musa'nın böyle bir beklentisi yoktu, öyle ki onlarla meseleyi konuşmaya devam etmedi bile. Hayvanları aldı, yürüyüp gitti. Bunu Allah için yaptı; tarafından takdir edilmeyi umduğu tek merci Allah'tı. O iki kadınla konuşmaya meraklı değildi. Gölgeliğe döner dönmez dua etmesinden anladığımız kadarıyla onun konuşmayı arzu ettiği zat Allah'tı.

Öte yandan pek çok iyilik yapıyoruz ama zihnimizin gerisinde fark edilme beklentisi taşıyoruz; bir takdir, bir menfaat... Başka pek çok ek kazanç umabiliyoruz. Burada çok önemli bir şey öğrenmemiz gerekiyor. Duru bir niyetle biri için iyilik yaparken kazancını sadece Allah'tan umar ve O'nunla konuşursak, o zaman Allah'ın bizim üzerimizdeki nimetleri hayal edemeyeceğimiz kadar artacak.

Şurası açık ki, bazen insanlar birbirlerine iyilikte bulunuyor çünkü şöyle umuyorlar; "Eğer ben bugün senin için bir iyilik yaparsam, belki yarın sen de benim için yaparsın. Senin de bana bir şey yapacağını umarak bunu gerçekleştiriyorum; al gülüm ver gülüm." Ancak bu duada başka bir şey fark ediyoruz: Hazreti Musa evsiz, yasalardan kaçıyor, sırtındakilerden başka ne bir elbisesi ne de yiyecek bir şeyi var. Belli ki bu göletin yanında da biraz su içmek için duruyor çünkü yiyip içebileceği hiçbir şeye sahip değil. Çok net bir şekilde "çaresizlik" yaşıyor. Bir insan ne kadar çaresiz olabilirse Hazreti Musa o kadar çaresiz. Tüm bunlara rağmen, o iki kadına yardım ederken onlardan bir şey beklemiyor, Allah'tan umuyor hala.

Bir şeyi gönüllü olarak yaptığınızda karşılık beklememeniz gerekir. Hazreti Musa da gönüllü olmuştu, değil mi? Şöyle demedi:

"Tamam, peki şimdi bana ne kadar ödeyeceksiniz?"

Bu arada, onun gerçekleştirdiği bir "iş"ti ve bir iş yaptığınızda ücret talebinde bulunmanız gayet normaldir. Bu bir soruna sebep olmaz. Eğer biri için çalışırsanız gönüllü olma mecburiyetiniz yoktur. Ancak Hazreti Musa kendiliğinden gönüllü olmuştu. Bu da demek oluyor ki bir kez gönüllü olarak öne geçtiğinizde insanlardan bir mükafat beklememelisiniz. Eğer bir karşılık bekliyorsanız, bunu en başta gündeme getirin. Başından şöyle söyleyin; "Benim bu iş için ücret almaya ihtiyacım var."

Çoğu zaman, mesela projeler için yahut mescit için gönüllü oluyoruz ancak zihnimizin gerisinde şöyle düşünüyoruz; "Ramazan ayı boyunca gönüllüydüm. Yirmi yedinci gece benim için bir ödül töreni düzenleyecekler; bana bir hediye verecekler, benim için takdirlerini belirtecekler." Beklentimiz bu şekilde olursa, duanın özünü kaçırmış oluruz. Böyle bir beklenti içinde olamayız. Hazreti Musa onlardan yüz çeviriyor, tekrar gölgeliğin altına oturup Allah ile konuşuyor ve Allah'a Kur'an'daki en inanılmaz sözlerden birini söylüyor:

رَبِّ إِنِّي لِمَا أَنزَلْتَ إِلَيَّ مِنْ خَيْرٍ فَقِيرٌ ﴿٢٤﴾

"Rabbi innî limâ enzelte ileyye min hayrin fakîr"

"Rabbim dedi, bana, hayra ait ne indirdiysen, ne lütufta bulunduysan şüphe yok ki hepsine de muhtacım ben."

(Kasas Suresi 28:24)

Rabbim, bana şimdiye kadar göndermiş olduğun her hayra muhtacım. Bu geçmiş zamandır. Her neyi çoktan gönderdiysen, ben ona çok derinden muhtacım. Başka bir deyişle, bu gölgelik ve önündeki su onun o anda elde ettiği her şey. Evi yok, yemeği yok, başka hiçbir şeyi yok; fakat önündekilere bakıp Allah'a şöyle dua ediyor; "Ey Allah'ım, çok teşekkür ederim bunlar için; onlara çok ihtiyacım vardı."

Diğer bir deyişle, Allah'tan daha fazlasını istemeden evvel Allah'ın ona çoktan bahşetmiş olduklarına odaklanıyor.

Eğer ona bizim perspektifimizle bakacak olursanız, resmen "hiçbir şeyi yok!" Kendisi bir çölün ortasında ve sıvı kaybından ölmemesi için hiçbir mantıklı sebep yok. Fakat onun açısından bakarsak suya kadar onca yolu gelmesi, oturabileceği gölgelik bir mekan bulması ve tüm bunların ötesinde salih amel işleyebileceği bir fırsat bulmuş olması onun kendisini müteşekkir hissetmesi için yeterli. Daha net ifade edecek olursak, Allah'a yöneliyor ve diyor ki; "Ey Allahım, cidden çok ihtiyacım vardı, teşekkürler! Senin bu yardımın olmasaydı ben çoktan ölmüş olurdum."

Verilen nimetler karşısında ne kadar farklı bir tavır! Sürekli "ne için teşekkür edebilirim?" diye düşünüyor.

Duanın dikkate değer başka bir parçası ise şöyle: Hazreti Musa kısa zaman önce kazara birini öldürmüştü. Başka bir adamı savunurken birini yumruklamış ve Firavun'un Kıpti askeri ölmüştü. Olanlardan ötürü kendisini affetmesi için Allah'a dua ediyordu fakat içinde bir suçluluk duygusu da taşıyordu.

Hepimiz hayatımızda küçük büyük pek çok hata yapmışızdır, yapmaya da devam ederiz. Peki bir hata yaptıktan sonra ne yaparsınız? Hazreti Musa'nın kazara da olsa başka bir insanın ölümüne sebep olması küçük bir hata değildi. Siz böyle bir hata yapsaydınız, muhtemelen ömrünüzün geri kalan kısmında uyku problemi çekerdiniz. Eğer biraz vicdanlıysanız, bu size hayatınız boyunca musallat olurdu; üstesinden gelmeyi başaramazdınız. Öyle hemencecik unutup gidemezdiniz değil mi?

Mesela bir anda kendinizi kaybettiniz, bir an gaflete düşüp birinin arkasından konuştunuz, dedikodu yaptınız. Ya da buna benzer şeyler... Bunlar hatalarınızdı; ancak onları unuttunuz. İki yıl önce ne yaptığınızı muhtemelen hatırlamıyorsunuz, fakat kazara birini öldürürseniz, işte o zaman mesele ciddileşir. Söylemeye çalıştığım şey şu; bizler yani siz ve ben mazide küçük büyük pek çok hata yaptık. Ancak bazılarımızın zihninde geçmişte yaptığı hatalar öyle büyüktür ki hiçbir şekilde hayata devam edemeyiz. Hiçbir zaman o hatanın geçmişte kaldığını düşünemeyiz, dönüp dönüp o hatayı zihnimizde tekrar tekrar yaşarız.

İyilik Yapabilme Fırsatı Arayın

Bu dua bize şunu öğretiyor: Eğer geçmişte bir hata yaptıysanız, eğer evvelce gerçekten kötü bir amel işlediyseniz ne düşünmeniz, ne yapmanız gerekir?

Eminim Hazreti Musa gibi bir hata işlemediniz ve eminim ki polis bir cinayet sebebiyle peşinizde değil; saklanmanız gerekmiyor. Rabbimiz meseleyi anlayalım diye bize bu fevkalade örneği veriyor. "Eğer Allah o hatayı örttüyse, o zaman benim de hatalarım örtülmüştür. Yani benim durumum zannettiğim kadar da kötü değil" diye düşünebiliriz.

Buradaki ders şudur:

Eğer hata işlediyseniz insanlara iyilik yapabilme fırsatını elde etmek için yana yakıla aranmanız gerekir.

Hazreti Musa açlıktan ve susuzluktan neredeyse ölmek üzereydi; zar zor hayata tutunuyordu. Tam da bu sırada yardıma ihtiyacı olan iki kadın gördü. Ne yaptı? Kalktı ve onlara yardım etti. Ne diye yardım etsindi ki? Onlar yardım istememişti; fakat o bu fırsatı görmüştü. Şöyle demedi; "Ta-

"Eğer geçmişinizde hatalarınız olduysa, içinizde iyi şeyler yapmak için bir yangın olmalı. Ne zaman bir fırsat çıksa ne kadar yorgun, bitkin ve motivasyonsuz olursanız olun, kendinizi motive edersiniz. Peki sizi motive eden nedir? Geçmişteki hatanız."

mam, şimdi birazcık dinleneyim de sonra belki gider bakarım orada neler dönüyormuş." Yahut kendi kendine tahmin yürütebilirdi; "Adamların işlerini bitirmelerini bekliyorlardır."

Zeki bir adamdı, hepsini kendi başına bilebilirdi. Ancak durum şu ki, gitmek ve onlara yardım etmek için derin bir arzu duydu, çünkü fena halde "yardım etmeye" ihtiyacı vardı.

Eğer geçmişinizde hatalarınız olduysa, içinizde iyi şeyler yapmak için büyük bir yangın olmalı. Ne zaman bir fırsat çıksa ne kadar yorgun, bitkin ve motivasyonsuz olursanız olun, kendinizi motive edersiniz. Çünkü geçmişteki hatalarınızdır sizi motive eden.

Bu duanın bir başka manası da şudur; "Ey Allahım, ben geçmişte kötü bir hata yaptım, bu yüzden karşıma onu telafi edebilmem için ne çıkarırsan benim kabulüm. Onu can havliyle değerlendiririm. Bana bu kadınlara yardım etmek şerefini önüme bir fırsat olarak sunduğun için çok teşekkür ederim."

"Bana bu kadınlara yardım etme şerefini verdiğin için çok teşekkür ederim."

Birine yardım ettiğiniz zaman siz onları onurlandırmazsınız; onlar sizi onurlandırır. Dilenen birine sadaka verdiğinizde onlara bağışta bulunursunuz; onlara yardım etmiş olmazsınız, işin aslı onlar size yardım etmiş olur. Hesap gününde sizin için şahit olurlar. Günahlarınız için mağfirete

"Birine yardım ettiğiniz zaman siz onları onurlandırmazsınız; onlar sizi onurlandırırlar. Hesap gününde sizin için şahit olurlar. Günahlarınız için mağfiret olurlar."

vesiledirler. Siz onlara sadece "dünyada" yardım edersiniz. Ancak onlar size "ahirette" yardım ederler. İnsanın tavrı böyle değişir; "Rabbi innî limâ enzelte ileyye min hayrin fakîr."[1]

Bu duada aynı derecede mühim başka bir nokta daha var. Hazreti Musa bu duayı yaptığı zaman sahip olduğu her şey için müteşekkir olması gerektiğini kabul ediyordu. Ancak aynı zamanda Hazreti Musa hepimizden daha iyi biliyordu ki kendisinin yemeğe, barınacak bir yere, korunmaya ve bir işe ihtiyacı var. Fakat işin ilginç tarafı bunların hiçbiri için Allah'tan talepte bulunmadı.

Eğer her şeyi Allah'tan talep etmeliysek, o niçin Allah'tan bunları istemedi? "Ey Allah'ım beni doyur!" "Ey Allah'ım bana daha çok ver!" "Ey Allah'ım bana bir ev bahşet!" "Ey Allah'ım hayatımı yoluna koy! Dert içindeyim."

Niçin bunların hiçbiri için dua etmedi? Anlayacağınız, "Bana her ne verdiysen ona çok muhtacım" diye dua ederken, bir şey istemiyor gibi görünse de aslında Allah'tan ihtiyacı olan her şeyi istiyordu Hazreti Musa.

Lütfen bu ifadenin içindeki inceliği anlamaya çalışın. Bu örneği sizin bu kavramı anlamanıza yardımcı olsun diye vereceğim, çünkü bu kavram dinimizde çok kapsamlı bir şekilde yer alıyor.

---

1 Rabbim, katından gönderdiğin her hayra muhtacım.

Çocuklarımız bazen yemek istedikleri şeyler konusunda çok seçici ve mızmız oluyor. Akşam yemeğinde sofraya bir sebze yemeği koyup masada oturan oğlunuza şöyle diyorsunuz; "Havuçlarını ye." O da diyor ki; "Bana ne! Ben havuç yemem, çikolata istiyorum." Sonuç olarak havuç değil çikolata, su değil meyve suyu istiyor. Yemekten önce dondurma yemek istiyor. Diğer bir deyişle, ona verdiğinizi değil sahip olmadığını istiyor. Buna üzülüyor musunuz? Biraz bozuluyorsunuz; "Niçin yaptığım şeyin kıymetini bilmiyorsun? Bu yemeğe ihtiyacın var. Hasta olacaksın, bu ilaca ihtiyacın var. Bu sofraya ihtiyacın var. Yemeğini bitir, istediklerin senin için iyi değil." Ancak o illa kendisi için iyi olmayan şeyi ister ve önünde olanlar umurunda bile değildir.

"Mızmızlık" Etmeye Hakkımız Var mı?

İnanan bir insan bilir ki Allah ona ne verdiyse, masaya hangi yemeği koyduysa, ona hangi işi bulduysa, ne ile meşgul ettiyse bu "kendisi" için en iyisidir ve onun tam olarak bunlara ihtiyacı vardır.

Allah'a mızmızlık edip şöyle diyemezsiniz; "Ey Allah'ım, bunu canım çekiyor mu pek emin değilim!"

Ona şöyle demeye cür'et etmezsiniz; "Biliyorum bu kayayı yahut bu ağacı altına oturayım diye bana gönderdin ama eğer şöyle rahat bir yatak verseydin daha iyi olurdu!"

"Biliyorum bu suyu bana Sen verdin ama belki hindistan cevizi işimi daha çok görürdü."

Hayır, hayır. Bana her ne verdiysen kesinlikle tam ihtiyacım olanı verdin ve ben ona gerçekten muhtaçtım. Ona çok derinden ihtiyaç duyuyordum. Kendini tarif etmek için hangi kelimeyi seçiyor? "*Fakîr*" "*Rabbi innî limâ enzelte ileyye min hayrin fakîr.*"

Kur'an'da kendilerine yardımları dokunmayan iflas durumundaki insanlar için kullanılan başka bir kelime daha var; "*Miskin*"

Burada hatırlatmalıyım ki, fakîr ve miskîn arasında önemli bir fark var.

Rabbimiz buyuruyor ki:

> *"İnneme's sadakâti li'l fukarâi ve'l mesâkîn"*
>
> "Sadakalar ancak fakîrler, miskînler içindir."
>
> (Tevbe Suresi 9:60)

Allah, "fakîrlere ve miskînlere" sadaka vermek durumundasınız buyurarak bu ikisini bir arada kullanıyor. İki kelimeyi bir cümlede bu şekilde yan yana kullanırsanız bu o kelimelerin birbirinden farklı iki ayrı kavram olduğu manasına gelir. İbn Manzur'un *Lisanu'l Arap* eserine göre, "fakîr" olabilecek en kötü vaziyette bulunur, ancak "miskîn" bazı mallara sahip olabilir. Kur'an'da Kehf Suresi'nde "mesakin" (miskînler) olarak geçen grubun bir gemiye sahip olması bu nedenledir:

> *"Emme's sefînetü fe kânet limesâkîne ya'melûne fi'l bahr"*
>
> "O gemi, denizde çalışan birtakım yoksul kimselere aitti."
>
> (Kehf Suresi 18:79)

Biri miskîn ise, yine de bir gemisi olabilir, balıkçı olabilir, çalışacağı bir işe sahip olabilir; ancak biri fakîr ise hiçbir şeyi yoktur! Allah'a şöyle yakarır; "Ben düpedüz hiçbir şeye sahip değilim."

Arapçada derler ki "Yaya olarak gidene her binek saadet olur." Bu söz ile neyi kastediyorlar? Adamın biri çölün ortasında yürürken biri ona eşek yahut at verse, hatta kaplumbağa bile verse, bineğin ne cins olduğuyla ilgilenmez. "Bu benim zevkime uygun bir binek mi pek emin değilim. Biraz daha lüks model bir şey olsa daha evla olurdu" demez. Der ki "O bineği ver bana, alırım." Neden? Çünkü hiçbir şeyi yoktur. Hazreti Musa Rabbine şöyle hitap ediyor; "Ey Allah'ım, hiçbir şeye sahip olmadığımı kabul ediyorum ve bir şey kazanabilecek gücüm de yok. Beni bu yöne sevk eden yalnız Sensin, asla şikayet etmeyeceğim."

Söylemeye çalıştığım şey şimdi geliyor. Fakir kelimesinin bir manası da "arkası sağlam olmayan kimse" demektir. O, Rabbine dönüp dedi ki; "Ey Allah'ım, benim arkam sağlam değil." Arkanız sağlam olmadığında hiçbir şeyi kaldıramazsınız, bir şeyler size verilmelidir çünkü gidip onları alacak gücünüz bile olmaz. Bu sebeple dedi ki, "Ey Allah'ım, bana her ne gönderirsen fakîr olduğum içindir ki, gidip onu kendim alamam. Onu bana getiren Sensin."

Bu ne muazzam yakarıştır. Bu Hazreti Musa'nın kabullenişidir. O bu duayı yaptıktan sonra Kasas Suresi'nde söylenen şudur:

> *"Fe câethu ihdâhümâ temşî ale'stihyâi kâlet inne ebî yed'ûke li yecziyeke ecre mâ sekayte lenâ."*

"Derken o iki kadından biri utanarak ona geldi de babam, dedi, hayvanlarımızı suladığından dolayı seni mükâfatlandırmak için çağırıyor."

(Kasas Suresi 28:25)

"Bundan dolayı", dikkat kesilin; "Bundan dolayı o iki kadından biri geri geldi ve dedi ki: 'Babam size ödemede bulunmak istiyor.'" "Bundan dolayı" bağlacı burada önemli. Para mı istemişti? Hayır. İş mi istemişti? Hayır. Evlerine davet edilmek mi istemişti? Hayır. Hiçbirini istememişti, sadece Allah'a dönüp demişti ki; "Bana her ne gönderdiysen hiç şüphesiz ben ona derinden muhtaçtım, müteşekkirim." Allah'a şükran ile teveccüh ediyorsunuz ve sonuç böyle oluyor. Burada bir formül, bir kanun var. "Doğa kanunları" dediğimiz gibi Kur'an'ın da kanunları var ve onlar doğa kanunlarından çok daha güçlü. Doğa kanunları değişebilir: Ateş yakar, ancak içine Hazreti İbrahim atıldığında yanmayı durduracaktır. Suyun şeklini koruması gerekir ancak Hazreti Musa asasını vurduğunda şeklini koruyamayacaktır; çünkü Allah suya hükmeder.

Allah isteğinde doğa kanunları esneyebilir, ancak Allah'ın kitabında yer alan kanunlar, O'nun hidayetinin kanunları esnemez. "Dua" kanunu esnemez.

Nedir bu kanun?

"Allah'ın size vermiş oldukları için müteşekkir olduğunuzda, Allah'ın üzerinizdeki nimetleri hayal edemeyeceğiniz kadar artar."

Ne oluyor? Kadın ona geliyor ve diyor ki:

"Babam sana ödemede bulunmak istiyor."

"Doğanın kanunları değişebilir; *Dua* kanunu ise esnemez. Nedir bu kanun? Allah'ın size vermiş oldukları için müteşekkir olduğunuzda, Allah'ın üzerinizdeki ikramları kat kat artar.."

O ise dönüp şöyle demiyor:

"Yok teşekkür ederim kardeşim, ben onu fisebilillah yaptım, bir ücret istemiyorum."

Hemen anlıyor, bu teklifin duasına yanıt veren Allah'tan geldiğini. Benim memleketimde dedikleri "tekellüf"e[2] sahip değil o; "Yok yok, teşekkür ederim. Benim hiçbir şeye ihtiyacım yok, buna ihtiyacım yok." Bazen insanlar size yardım teklif ettiklerinde, o Allah tarafından sizin duanıza bir cevap olarak gelmiş olabilir. Eğer biri size iş teklif ediyorsa ve siz de "Yok yok, ben bu iyiliği kabul edemem" diyorsanız, sorarım size, niçin Allah'ın iyiliğinden yüz çeviriyorsunuz? Hazreti Musa sizden çok daha kemal sahibiydi. Ancak utanmadı ve "Yok yok, o gönüllülük icabıydı, ben bir şey beklemiyorum" demedi. Başka hiç kimseden bir şey beklemedi evet, yalnız Allah'tan bekledi.

Allah, yoluna insanları çıkardığında onları elinin tersiyle itmedi.

Müteşekkir İnsanlar Olmak

Sonlandırırken size neler olduğunu söyleyeyim. O ihlasla yaptığı bu dua ile, sadece evlerine davet edilmek ve ücret almakla kalmadı, adam kızı ile evlenmesi için kendisine bir de teklifte bulundu. Evlendiler ve üstüne üstlük bir işi de

2 Tekellüf: Bir işi gösterişli bir biçimde yapmaya çalışma.

oldu. Sonuç olarak evi, işi ve bir ailesi oldu. Sadece bu dua sebebiyle tek seferde hepsine sahip oldu! Bunların herhangi biri için yakarmış mıydı? Hayır. Bir aile kurmuş oldu. Sadece Allah'ın ona vermiş olduklarını takdir ettiği için Hazreti Musa çölün ortasında, hiçliğin tam ortasında olmasına rağmen yeni bir hayata başladı.

"Şükür" ehli, müteşekkir insanlar haline gelmemiz gerek. Bu nedenle Hazreti Musa gibi bizler de hayat çölüne düştüğümüzde şükür halimizi korumalıyız. Hazreti Musa kendini iki defa çölde buluyor: İlkinde bir birey olarak askerlerden kaçarken, ikincisinde ise bütün bir kavmin lideri olarak Firavun'un ordularından kaçarken.

Kavmi ile ülkeden ayrıldığında onlara şöyle dedi:

وَإِذْ تَأَذَّنَ رَبُّكُمْ لَئِن شَكَرْتُمْ لَأَزِيدَنَّكُمْ...﴿٧﴾

"Ve iz teezzene rabbüküm le in şekertüm le ezîdenneküm"

"Hani Rabbiniz şöyle buyurmuştu; "Andolsun, eğer şükrederseniz elbette size nimetimi artırırım..."

(İbrahim Suresi 14:7)

Çölün tam ortasında sıcaktan, kıtlıktan ve susuzluktan şikayet eden Yahudilere dönüyor ve diyor ki; "Rabbiniz çoktan şöyle buyurdu: 'Eğer şükür haline erişebilirseniz, hiç şüphesiz size olan rızkımı genişletirim.'" Size daha, çok daha fazlasını ihsan ederim.

Hazreti Musa onlara salt bir teori öğretmiyordu; onlara kendi hayat tecrübesine dayanan bu duayı öğretiyordu. Bunu kendisi daha evvel yapmıştı zaten. Allah'a şükrettiğinde, Allah ona çok, daha çok ve daha da çok vermişti. İsrailoğullarına öğrettiği bir hayat dersidir.

"Le in şekertüm le ezîdenneküm" Bu dua o kadar güçlüdür ki, İsrailoğullarına verdiği bir hutbe olmasına rağmen Kur'an'da kayda alınmıştır.

Hasılı, siz ve ben sahip olduklarımız hakkında müteşekkir olmayı öğrenmek zorundayız. Bu bizim kolayca unutabildiğimiz bir şey. Sahip olamadıklarımıza çok fazla odaklanmaktan da vazgeçmemiz gerek. Şu an sahip olduğumuz her ne varsa, şunu kabullenmeyi öğrenmeliyiz ki, onsuz hayatta kalamazdık; biz onun *fakîr*'iyiz. Bu tavrı hakiki olarak ve içten gelerek geliştirdiğimiz zaman, bize tüm dünyayı ve içindekileri verecek. Hiçbir sınırlama olmadan bize ikramda bulunacak.

إِنَّمَا يُوَفَّى الصَّابِرُونَ أَجْرَهُم بِغَيْرِ حِسَابٍ ﴿١٠﴾

"İnnemâ yüveffe's sâbirûne ecrehüm bi ğayri hisâb"

"Sabredenlere mükâfatları elbette hesapsız olarak verilir."

(Zümer Suresi 39:10)

Sabır ehli insanlar sınırsızca mükafatlandırılacaklar. Allah bize bu latif ve dikkate değer duayı içselleştirebilmeyi nasip etsin. Amin.

2. BÖLÜM

BİRLİK İÇİNDE MÜSLÜMAN BİR TOPLUM İNŞA ETMEK

Eleştiri

Bu bölümde sizinle çok küçük bir surenin bir bölümünü paylaşmak istiyorum. Asr Suresi muhtemelen üzerine bir sürü sohbetler, seminerler dinlediğiniz bir suredir. Kendimize bu güzel surenin içerisinde ne kadar çok hikmet ihtiva ettiğini devamlı hatırlatmamız çok önemli. Asr Suresi bir açıdan neredeyse tüm Kur'an'ın özetidir, hatta tüm İslam dininin özeti olduğunu da söyleyebiliriz. Bu hayatta muvaffak olabilmenin veya daha doğru bir şekilde ifade edecek olursak bu hayatta hüsrana uğrayanlardan olmamanın yolu Asr Suresi'nde tarif ediliyor.

Sık sık tekrar ediyorum; Asr suresi başarı elde etme yollarını öğreten bir sure değildir. Müslümanlara nasıl başarılı olunacağını değil aksine ne yaparlarsa hüsrana uğramayacaklarını öğretir. Bazı öğretmenler vardır, derse başlar başlamaz tavsiyelerde bulunurlar; "Bu dersten A almak için yapmanız gerekenler," "En iyi öğrencim olmanın yolları." Bunlar bir yerde öğüt sayılır; bunlar Kur'an'da da mevcut. Ancak bir zaman gelir öğretmen der ki; "Tamam, şimdi size bahsedeceğim minimum gereklilikleri sağlıyor olmalısınız, eğer sağlayamazsanız dersten kalırsınız. A almayı bir yana bırakın, size D bile vermem, doğrudan F alırsınız. Bu dersten geçemezsiniz."

Asr Suresi de minimum gereklilikler üzerinedir. Kendimize o minimum gerekliliklerin ne olduğunu hatırlatmamız bizim olmazsa olmaz bri meselemiz. Çünkü dersten geçemeyeceksek, kendimize bizi bu dinde terfi ettirecek daha yüksek notları ve ekstra kredi getiren ödevleri hatırlatmamızın bir manası olmayacaktır. Eğer minimum gereklilikleri dahi sağlayamıyorsanız tüm bunlar hiçbir şey ifade etmez, değil mi?

Bu sebeple konuşmamız Asr Suresi'nin kendisi üzerine değil, başta da belirttiğim gibi, surenin çok kolayca görmezden gelinen bir parçası üzerine. Bu parçaya çok daha fazla dikkat kesilmemiz gerekiyor. Çünkü Allah minimum gerekliliği sağlayabilmemiz için birbirine bağlı dört durumu bizlere sıralıyor:

1. *İllellezîne âmenû*
2. *Ve amilu's sâlihât*
3. *Ve tevâsav bi'l hakk*
4. *Ve tevâsav bi's sabr*

Dört durum var, ancak ben burada sadece bir tanesine odaklanmak istiyorum. Rabbimizin şu cümlede bahsettiği düşünce üzerine sizinle beraber biraz tefekkür etmek istiyorum; "*Ve tevâsav bi'l hakk.*"

Kısa surelerden faydalanmanın, onlar üzerine sohbet ve muhabbet etmenin yararlı olduğu kanaatindeyim, çünkü neredeyse her Müslümanın, hatta çocuklarımızın bile ezberinde oluyorlar. Ezbere bilmiyorsanız da ezberlemek çok vaktinizi almayacaktır. Yani, bu kelimelerin ardında nice derslerin gizli olduğunu ve nice hikmetlerin barındığını kendimize hatırlatmak neredeyse hiç vaktimizi almayacaktır. Subhanallah.

Öncelikle, surenin genel olarak bir tercümesi şu şekilde:

وَالْعَصْرِ ﴿١﴾ إِنَّ الْإِنسَانَ لَفِي خُسْرٍ ﴿٢﴾ إِلَّا الَّذِينَ آمَنُوا وَعَمِلُوا الصَّالِحَاتِ
وَتَوَاصَوْا بِالْحَقِّ وَتَوَاصَوْا بِالصَّبْرِ ﴿٣﴾

"Vel Asr. İnne'l insâne lefî husr. İllellezîne âmenû ve amilu's sâlihâti ve tevâsav bi'l hakki ve tevâsav bi's sabr."

"Asr'a yemin olsun ki, insan mutlaka ziyandadır. Ancak iman edenler, salih amel (iyi işler) işleyenler, birbirlerine hakkı ve sabrı tavsiye edenler bunun dışındadır."

(Asr Suresi 103:1-3)

Surede Rabbimiz her insanın şüphesiz bir çeşit hüsranda olduğuna, geçen zaman üzerine yemin ediyor. Sonra buyuruyor ki yegane istisna iman edenlerdir; "*İllellezîne âmenû ve amilu's sâlihât.*" Kendilerinden istenmiş olan bazı cüz'i salih amellerde bulunurlar. "*Ve tevâsav bi'l hakk*" genelde şu şekilde tercüme ediliyor; "İyiliği emrederler." Bazı güncel mealler "Birbirlerini hakk'a teşvik ederler" tarzında bir tercüme sunuyor. Bunlar "*Ve tevâsav bi'l hakk*" ayeti ile ilgili olan tercümeler. "*Ve tevâsav bi's sabr*" ayetinin tercümesi için de benzer bir durum geçerli; "Sabrı emrederler", "Birbirlerini sabırlı olmaya teşvik ederler."

Öncelikle bu muazzam surede Allah'ın bize buyurduklarıyla ilgili bir perspektif oluşturması için "*Ve tevâsav bi'l hakk*" ifadesini biraz irdelemek istiyorum. Ancak bundan evvel, beni neyin bu sureyi tefekkür etmeye motive ettiğinden bahsedeyim.

Günümüzde eleştiri üzerinden serpilip büyüyen bir kültürde yaşıyoruz. İnsanlar sinemaya gittiklerinde hemen ardından filme iki, üç ya da dört yıldız veriyorlar. Eleştiride bulunmak hoşlarına gidiyor. YouTube videosu izliyorlar, altına yazdıkları yorumda eleştirilerini belirtmeyi seviyorlar. Facebook'ta bir gönderide bulunuyor biri, başkaları da gelip yorum yapıyor, eleştiriyor, kendi karşıt görüşlerini sunuyorlar. Arapçadaki şu deyiş gibi aynı; "Ne zaman biri fikrini beyan etse, mutlaka karşıtını söyleyecek biri de bulunur." Her zaman mutlaka bir karşıt argüman, eleştiri, değerlendirme gelir; "Biraz beğendim" "Genel manada katılıyorum ama şu hususta aynı fikirde değilim" "İdare eder" "İyi değil" vesaire. Dolayısıyla biz bu kültüre alışkınız. İçinde bulunduğumuz tüketim kültüründe gidip sadece alışveriş bile edemiyoruz. Alışverişe çıkacağımız zaman önce alacağımız ürün hakkında yapılmış yorumları okuyoruz. Google arama motorunda "falan bilgisayarın sorunları" "filan arabanın sorunları" diye aratıp insanların yaptığı oylamalara göz atıyoruz. Bir internet sitesinden bir şey alacağımız zaman, öncelikle satıcının kaç yıldız aldığına yahut müşterilerin, hakkında yaptığı yorumlara bakıyoruz.

Eleştiri Modunda Yaşıyoruz

Sonuç olarak, bu fikirle çepeçevre sarılı bir şekilde devamlı eleştiri modundayız. Bu mod yalnızca tüketici olduğumuz durumlarda geçerli olmakla kalmayıp, kültürümüzün bir parçası haline geldi. Şimdi ise öğretmenleri, öğrencileri, çocuklarımızı, iş arkadaşlarımızı, patronları, menajerleri, arkadaşlarımızı, konuşmacıları ve dinleyicileri eleştirmeyi seviyoruz. Kim olduğu mühim değil. İmam cami cemaatinden şikâyet ediyor; cami cemaati de imamdan. Arkadaşlar genelde beraber değilken birbirlerinden şikâyet ediyor. İnsanlar İslami kuruluşlardan şikâyet ediyor, kuruluşlar insanlardan... O kadar olağan bir hale geldi ki bu durum, üzerine bir kere daha düşünmüyoruz.

Seyahatlerim sırasında farklı topluluklardan insanlarla bir araya geliyorum, o insanlarla birkaç saat yahut bir gün geçiriyorum. Beni havaalanından aldıklarında onlara "Topluluğunuz nasıl?" diye soruyorum. Diyorlar ki; "İyi maşallah, ama bir sürü problemimiz de var." Ardından kırk tane eleştiri sıralıyorlar. Cümle "Maşallah" ya da "Elhamdülillah" ile başlıyor, ama devamı için sanki zihnimiz daimî olarak şikâyetlenme üzerine programlanmış. Bugünlerde sosyal medya sebebiyle umumi hale gelmiş yorumlarımıza, iletişim tarzımıza, hatta televizyon kanallarında yahut gündelik konuşmalarımızda geçenlere bakarsanız, çoğu zaman konunun eleştiri üzerinden yürüdüğünü göreceksiniz. Konuştuklarımızın tamamına yakını eleştiri tarzında. Bazen de insanlar şu müdafaanın arkasına saklanıyor; "Ama ben yapıcı eleştiride bulunuyorum. Geliştirmek, ilerletmek için eleştiriyorum." Can alıcı nokta burada ve ben de bu kısma vurgu yapmak istiyorum. Bu sure bize eleştiri hakkında çok önemli bir kıstas getiriyor. Bu kıstas surenin içerisinde yer alıyor ancak çoğu insan ona dikkat etmiyor.

Kökeni Arapça'daki "*vasiyyeh*" kelimesinden türemiş "*tevâsav*" kelimesi üzerine düşünelim; "*Vasiyyeh*" kelimesini bir isteğimizi insanlara sunduğumuz zaman kullanıyoruz. İnsanlar ölmeden evvel vasiyet bırakırlar. Mesela, ölüm döşeğinde, etrafına evlatları ve torunları dizilmiş yaşlı birinin ruhu bedeninden ayrılmadan evvel söylediği birkaç kelime "*vasiyyeh*" sayılır. Herkes gözyaşları döküyor, pür dikkat merhumun ağzından çıkan son sözleri dinliyorlar. Belki de son defa o sesi duyacaklar. Hayatları boyunca o kelimeler zihinlerinde çınlayıp duracak. Vasiyet böyle bir şeydir. Aynı zamanda, "*vasiyyeh*" "*veraseh*" ile bağlantılıdır. "*Veraseh*" de bir tür vasiyet bırakmadır.

Rabbimiz Kur'an'da buyuruyor ki:

"*Zâliküm vassâküm bihi* (En'am Suresi 6:151)" "İşte Allah size böyle vasiyet/tavsiye ediyor."

Başka bir deyişle, biri bu dünyadan ayrılacak olduğunda yahut ciddi bir hastalığı olduğunu öğrendiğinde, geri dönüp dönemeyeceğini bilemediğinde ne yapar? Sevdiklerini yanına çağırır ve der ki; "Dinleyin, sizi bir daha görüp göremeyeceğimi bilmiyorum, ancak şu vasiyetimi dinlemenizi istiyorum. Kardeş kavgalarınıza son verin, annenize güzel davranın, şunu yapın, bunu yapın..." Tavsiyelerde bulunur. Bu çeşit tavsiyelere de "*vasiyyeh*" denir. Bu sebeple, vasiyet yabancılara verilmez. Tanımı gereği, vasiyeti "sevdiğiniz" kimselere bırakırsınız. Meselenin linguistik kısmına girmedik bile, bu sadece işin sosyal gerçeklik tarafı.

Vasiyet teknik olarak yabancılara bırakılmıyor, önemsediğiniz, sizi seven, ayrılışınızdan ötürü üzgün olan insanlara bırakılıyor; bu nedenle de söyleyeceğiniz şeyleri duyabilmek için bir âciliyet söz konusudur. Her şeyi bir yana bırakırlar, siz vasiyet ederken kimse bir yandan telefonuyla mesajlaşmaz. Hem telefonda konuşup hem de size "Ben ikinizi de dinliyorum" demez kimse. Hayır, hayır. Bunu asla yapmazlar. Açık bir televizyon olmaz odada, onlara vasiyette bulunacağınız için tüm dikkatlerini size verirler. Ve o anlar insanların hayatlarındaki en güçlü anılardır; hatta bazıları için travma sebebi bile olabilir. Çok sevdikleri biri dünyadan göçüp gittiği sırada, onlar da sevdiklerinin baş ucunda oluyor, son sözlerinin ne olduğunu çok canlı hatırlıyorlar dolayısıyla. O

> "Birine haktan bahsetmek için, "vasiyyeh" kelimesi ile de tutarlı olarak, o kışıyı seviyor olmanız gerekir. Hakikatten bahsettiğiniz kişiye sevgi duyuyor olmanız gerekir."

veda cümleleri hatırlarına geliyor, hayatlarının geri kalanı boyunca zihinlerinde kalıyor.

Bu önemli bir mevzu. Vasiyetin öncelikle vurgulamak istediğim taraflarından biri. Daha sonra altını çizeceğim başka yanları da var, ancak bununla başlamak istiyorum. Niçin? Rabbimiz buyurduğunda, ancak biz onu "Birbirlerine hakkı emrederler" diye çevirdiğimizde, çok temel bir gerçekliği kaçırmış oluyoruz. Birine haktan bahsetmek için, "*vasiyyeh*" kelimesi ile de tutarlı olarak, o kişiyi "seviyor" olmanız gerekir. Hakikatten bahsettiğiniz kişiye sevgi duyuyor olmanız gerekir. Çoğu zaman eleştiride bulunduğumuzda, hakikat etiketi altında eleştiririz; "Kardeş, ben sadece hakikati söylüyorum." Peki hakikati söylediğin bu kimseyi seviyor musun? Eğer eleştiri yönelttikleriniz inanan kimselerse ve siz de diğer bir mümine katılmıyorsanız; birbirimize hiçbir zaman tam manasıyla katılmıyoruz, bu mümkündür. Eleştiri yapma sebebiniz o kimseye karşı olan sevginiz mi? O kimseyi önemsiyor musunuz? İlgi ve sevginiz mi sizi tenkit etmeye sevk ediyor?

Bundan sonra, ikinci önemli mevzu geliyor; bazen de tenkit etmekten korkuyoruz. Bu da tam zıttı bir sorun. Bir yanda gereğinden fazla eleştiriyoruz, öbür yanda hiç eleştiremiyoruz. Başka bir deyişle, bazıları üzülebilir diye doğruları dillendirmek istemiyoruz. "Bir şey söylemek istemiyorum, biliyorum amcam çok sinirli biri, eşine ve çocuklarına bağırıp duruyor, ama o yaşça benden büyük. Onun için bir şey söyleyemem." Yahut akrabalarınızdan biri inanılmaz dedikodu ediyor. Ne zaman onlarla görüşseniz mutlaka birinin arkasından konuşuyor oluyorlar. Siz de içinizden diyorsunuz ki; "Bir şey söylememeliyim. Ne bileyim, bir şey söylersem kendilerini kötü hissedebilirler." Bu şekilde kendinizi bir şey söylememek için tutuyorsunuz, ancak aslında onlara duyduğunuz sevginin bir parçası da onlara olan dürüstlüğünüz. Bu Müslümanların öğrenmesi gereken önemli bir şey, çok zor olsa da. Ne yapıyoruz biliyor musunuz? Sevdiklerimize sevgimizi onlara hakikati söylemeyerek ifade ediyoruz; "Ya onları incitirsem?"

Kendinizi Aldatmayın

Bu sevmek değil. Bu kendinizi aldatmak.

Önemli olan bir mevzuya dikkatlerini "çekmeyerek" onlara iyilikte bulunmuş olmuyorsunuz. Aleyhine yazılacak olan hatalar yapmaya devam etmelerine müsaade etmekle, onlara hayırda bulunmuyorsunuz. Tüm yaptıkları bir kenara yazılıyor, işledikleri şeyler uçup gitmiyor. Eğer onları seviyorsanız, onların başının daha fazla belaya girmesini istemezsiniz. Onlara yardım etmek istersiniz. Bunun için kullanacağınız ses tonu, tavsiyede bulunurkenki zamanlamanız, hisleriniz ve duygularınız, kullanacağınız kelimeler... Tamamı onlar için duyduğunuz sevgi tarafından yönetilmeli. Eğer sevgi yoksa, bu endişeler yoksa, o zaman saldırgan bir dille eleştirmekten başka bir şey yapmış olmazsınız.

Amcanızın sinir problemi var, siz de tutup ona diyorsunuz ki; "Bu arada amcacığım bugün bir makale okudum, kesinlikle öfke problemin var. Başın dertte. Asr Suresi'nde geçen sorumluluğumu yerine getirmek için söyleyeyim dedim.

"Eğer sevgi ortada yoksa, o zaman saldırgan bir dille eleştirmekten başka bir şey yapmış olmayız."

Haydi bana eyvallah." Sonra yürüyüp gidiyorsunuz. Aman aman. Birilerine bir mevzu açacağınız zaman sevgi dolu ve yenilikçi olmalısınız, bu da "*tevâsi*"nin bir parçasıdır. "Amcacığım, merak ediyorum da... Seni kırmak istemiyorum ancak oğlunu geçen gün çok üzgün gördüm. Ona kızmış mıydın?" dersiniz. O da, "Evet, bilirsin ya..." diye yanıtlar. Sonra şöyle devam edersiniz; "Amca, biliyorum kızıyorsun, oğlunun da yanlış şeyler yaptığını biliyorum, ama azıcık daha yumuşak olabilir misin çünkü o çok üzülmüş, seni önemsiyor ve hayal kırıklığına da uğratmak istemiyor."

Aynı şeyi söylemenin daha zarif yollarını bulabilirsiniz. Örneğin yukarıdaki amca örneğinde çok doğrudan ve agresif değildiniz, hakikati söylediniz ancak "*tevâsi*" fikri ile, "vasiyet" düşüncesi ile uyumlu olduğunuz için, yumuşak ve sevgi dolu oldu.

"*Vasiyet*" ile ilgili diğer bir husus da şudur: Birine vasiyette bulunduğunuzda söyledikleriniz doğrudan karşıdaki kimsenin kalbine işlemelidir. Vasiyet kalbi yumuşamış kimseye yapılır, gözleri zaten yaşlarla doludur ve siz o zaman vasiyette bulunursunuz. Birine duygusal olarak erişebilmek için bir yol bulmanız gerek. Bazen tavsiyede bulunduğunuzda insanlar daha da sinirleniyor. Sırf sizin öğüt verme *tarzınızdan* dolayı, tavsiye vermeden evvelki hallerinden daha beter oluyorlar. Sadece onlara konuşma biçiminizden dolayı daha kötü bir duruma geliyorlar. Özetle, bir şeyleri iyiye götürmüyorsunuz; "Kardeş, ben sadece hakikati söylüyorum!"

Hakikati emrediyor olabilirsiniz, ancak kesinlikle ayette geçen "*tevâsav bi'l hakk*"ta bulunmuyorsunuz. Bu ikisi tamamen birbirinden farklı. Belki ayetin mealinde takılıp kaldınız. Bu yaptığınız "*tevâsav bi'l hakk*" değil. Kelimenin yalnızca bir yönü bu şekilde.

"*Vasiyyeh*" kelimesinin çok latif olan diğer bir yönü de kelimenin fiil hali. Arapçada kökü çok kuvvetli olup sökmesi zor olan ot ve ağaçlar için kullanılıyor. Bazen toprakta kökü zayıf ot ve çalılar yetişir, rüzgâr estiğinde uçup giderler. Bazen de kökleri toprağa çok sıkı tutunmuş bitkiler olur, çekip almak epeyi zorlar insanı; işte "*vasiyyeh*" kelimesinin kökü bir anlamda bu manaya geliyor. Yeryüzünün bitki örtüsü sayesinde birbirine kaynaşıp tutunması anlamında. "*Tevâsav*" kelimesine uyarladığımızda ise insanların birbirlerine sıkıca bağlı olmaları manası çıkıyor.

Eğer birilerine hakkı tavsiye ediyorsanız, bu demektir ki ya onlar kötü bir fiilde bulundukları için siz hakikati bildiriyorsunuz yahut onlar bir şekilde geride kalıyorlar ve siz de onlara tavsiyede bulunuyorsunuz. Bu da aslında aranızda sürtüşme çıkabileceği anlamına gelir. Ancak Allah kullandığı kelimenin dil yapısı içerisine "sevdiklerinizle kuvvetli bir bağ içinde kalmalısınız" anlamını saklamış. Kırıp döken bir dille konuşup sonra da çekip gidemezsiniz. Birine tavsiyede bulunmaya çalışıp da ardından her şey elinizde patladığında; "Unut gitsin, bir daha asla onlarla konuşmayacağım" "Kuzenimden nefret ediyorum. Bitti artık. Zaten öfke problemi olan o" diyemezsiniz! Hayır, hayır. "*Tevâsav*" aslında Hakk'a tabi olma amacı ile birbirine bağlı kalmak demektir. Ailenizden, arkadaşlarınızdan ve diğer müminlerden vazgeçemezsiniz. Ayet şöyle başlıyor; "*İllellezîne âmenû ve amilu's sâlihat.*" Kimse bir diğerinden vazgeçemez. Kimse bir diğeri hakkında

"Onu boş ver, o zaten kayıp vaka" diyemez. Aynı zamanda, "*tevâsav bi'l hakk*" düşüncesi, Müslüman bir toplumun inşasında kullanılacak tuğlaları oluşturur.

Müslüman bir toplumda bazen hata yapan insanlar olur. Bizim bildiğimiz, tanıdığımız insanlar bir bakarız ki bir yanlışa düşmüşler. Kötü bir fiilde bulunmuşlar, sinirlerine hakim olamamış, söylememeleri gereken bir şey ağızlarından çıkmış yahut göndermemeleri gereken bir mail göndermişler. Diğerlerinin gözünde ilelebet kötü adam olurlar artık. "Bu adam var ya, 1998'de gönderdiği maili hatırlasana. Onu aramıza alamayız. Bak yine geldi, aman dikkat et!"

Hayır, hayır. Etrafınızdaki insanları bırakamazsınız. Ne kadar çok hata yaparlarsa yapsınlar onlardan vazgeçemezsiniz.

Bu "*tevâsav bi'l hakk*"ın bir parçasıdır. Birlik içinde olmak zorundasınız. Arapça'da "el vasiyy" kelimesinin anlamı için şöyle deniyor; "Palmiye ağacının kâğıda benzer soyulabilen bir kabuğu." Kabukları birbirine bağlayarak bir halat oluşturur ve onu da bağlamak için kullanabilirsiniz. Bu kelime de "*vasiyyeh*" kelimesinden türemiş, "hakikat sebebiyle birbirinize bağlısınız" anlamında. Ayetteki "be" harfi "*be es sebebiyye*" olabilir. "*Ve tevâsav bi'l hakk*" ise o zaman şu manaya gelebilir; "Hakikate olan bağlılığınız sebebiyle birbirinize bağlısınız." Bu tanım, hüsrana uğramayacak olan insanların kalitesini ifade ediyor.

Allah bize ne demek istiyor biliyor musunuz? Bunu yapmazsak, hüsrana uğrayacağız. "*Tevâsav bi'l hakk*"ı sağlamak

"Birbirimize sıkı tutunmak durumundayız. Bunu yapmazsak, hüsrana uğrayacağız."

minimum gereklilik, en yüksek beklenti değil. Birbirimize sıkı tutunmak durumundayız.

Bitirmeden önce "*Ve tevâsav bi'l hakk*" ifadesindeki "*tevâsav*" kelimesinin birkaç yönünden daha bahsedeyim. Bu metni okuyan öğrencilerden Arapça dilbilgisi (sarf) çalışmış olanlar "tefa'ale" kalıbını bilirler. Tefa'ale kalıbı iki taraf, iki cihet yahut daha fazlası beraber aynı işi yaptıklarında ve yardımlaştıklarında kullanılır. Diğer bir deyişle, ben size bir tavsiyede bulunuyorum, siz de bana bir tavsiyede bulunuyorsunuz. Siz benim öğüdüme kalbinizi açıyorsunuz, ben de sizin öğüdünüzün kalbime işlemesi için onu sonuna kadar açıyorum. *Tevâsav* böyle bir şeydir. *Teşharuk, ta'avvun, tehavur* gibi aynı kalıptaki diğer kelimeler de aynı şekilde iki taraf aynı işle meşgul olduğu zaman kullanılır.

Öğüt Vermeyi Seviyoruz

Ailelerimizde ve ailelerin bir uzantısı olarak toplumumuzda vuku bulan hadise ise, bazı insanların profesyonel tavsiye verici haline gelmiş olmaları. Tek işleri öğüt vermek olduğundan, olur da siz onlara bir tavsiyede bulunacak olursanız acayip alınırlar. Aman ha! "Dur bakalım, sen bana akıl mı öğretiyorsun?! Ben hocayım, ben bilirim. Bak yakama, mikrofonu görüyor musun? Senin mikrofonun da yok. Sen bana değil, ben sana akıl veririm, oldu mu güzel kardeşim!" Bu durum sadece hocalar, alimler ve konuşmacılar için geçerli değil. Ailedeki bir büyük olabilir, şirketin CEO'su olabilir, bir doktor olabilir. Amacım doktorlara sataşmak değil, sadece şunu belirtmek için söylüyorum: Hastalarınıza, hemşirelere yahut yönetime tavsiye vermeye alışkın olduğunuz için, biri size mescitte bir tavsiyede bulunduğunda "Ne oluyorsun?!" gibi bir tepki veriyorsunuz. Öğüt dinlemeye değil, akıl vermeye alışkın olmanız sebebiyle. Oysa *Tevâsi*'nin bir özelliği, tavsiye verdiğimiz insanlardan aynı şekilde tavsiye dinlemeye de açık olmamızdır.

İşte bu çok zor!

Zor, çünkü bazen eşimize bir öğüt verecek oluyoruz, ancak bakıyoruz ki o da bize biraz öğüt vermeye karar vermiş. Bilirsiniz, pek de iyi olmuyor o zaman. Tek yönlü cadde gibiyiz. Gençlere öğüt vermek hoşumuza gidiyor. Ancak bir zaman geliyor ve "Amca, biliyor musun, belki bunu şu şekilde yapsak daha iyi olur" diye bize akıl verecek oluyorlar, biz de, "Haddini bil evlat, kendini bir şey sanma" diye paylıyoruz onları. Bunun gerisindeki düşünce nedir? Açık ki "*tevâsi*" değil. *Tevâsi*, karşımdakinin de bana aynı şekilde sevgi ile tavsiyede bulunmasına istekli ve umarlıyım demektir. Onlara duyduğum sevgi beni onlara karşı yumuşak kıldı, dolayısıyla haklı veya haksız bir gerekçe ile bana bir şey sorduklarında, onları sabırla dinlemeye istek duyarım. Sırf konuşanlar onlar diye reddedecek değilim.

Yalnızca öğüt verebilmek değil, öğüt alabilmek de demek olan "*tevâsi*" mevzuu ile ilgili Hazreti Ömer'in başından geçen çok güzel bir hadise vardır. Kendisinin Mü'minlerin Emiri olduğu dönemde bir görevi de hutbe vermekti. İnsanlara yapmaları gerekenler hususunda tavsiyelerde bulunup onlara dürüstlüğü hatırlatıyordu. Bir gün gezinti esnasında bir pencereden içeriyi gördü. İçeride içki içen ve sarhoş gibi görünen bir genç vardı. Hazreti Ömer'in celâli hepinizin malumu! Kapıyı yıkıp içeri girdi, genci yakasından kavrayıp şöyle söyledi; "Demek benim gözetimim altında iken içiyorsun!?" Genç ise, "Ben bir haram işledim, sen ise üç." diye cevap verdi. Hazreti Ömer bu cevap karşısında şaşırıp kalmıştı. "Sen neden bahsediyorsun?" deyince genç; "Evvela benim penceremden içeri baktın. Bir Müslümanın mahremiyetine hürmet etmen gerekirdi; içeri bakmamalıydın. İkincisi, benim içki içtiğim zannında bulundun. Bunu bilemezdin. Su veya süt içiyor da olabilirdim. Müslümanlar hakkında zanda bulunmamalıydın. Üçüncüsü, evime benim müsaadem olmadan girdin, bunu da yapmamalıydın. Davet edilmediğin sürece iman eden birinin evine girme. Üç haram fiilde bulundun!" deyince, Hazreti Ömer özür dileyerek genci serbest bıraktı ve oradan ayrıldı.

Devlet reisiydi, "Bak bak, demek senin de ağzın var!" "Gel bakalım benimle, ben sana ne yapacağımı bilirim" diyebilirdi pekâlâ. Ama hayır. Sadece oradan ayrıldı. Aradan birkaç hafta geçti, Hazreti Ömer mescitte hutbe verdiği sırada aynı genç içeri girdi. Hazreti Ömer hutbeyi bitirince genci yanına çağırıp tenhada ona dedi ki; "O vakitten beri hakkında tek bir kötü söz sarf etmedim." Genç; "Ben de o vakitten beri ağzıma bir yudum içki koymadım." diye cevap verdi. İşte *tevâsi* böyle olur. Her ne kadar liderlik poziyonunda olsa da dinlemeye istekli. İçmiş bir genç olsa bile, kimseyi görmezden gelmiyor. Alkol kokan bir gencin öğüdünü tutuyor Hazreti Ömer. Onlar *tevâsav bi'l hakk* ne demek tam manası ile bildiler.

Sona doğru yaklaşırken, "*tevâsav bi'l hakk*" ile ilgili şu sorunun cevabını aramak istiyorum:

"Bizim bu düstur üzerine yaşamamız ne manaya gelir?"

"*Bi'l hakk*" dediğinizde başta yer alan "be" harfine Arapça dilbilgisi açısından baktığımızda "*mef'ulün bihi*" yahut "*hal*" olarak kabul edilebilir. Dilimize çevirecek olursak, "Birine akıl veriyorsanız, verdiğiniz öğütte dürüst olun" demektir. Tavsiyenizde samimi olun; sözleriniz iğneleyici olmasın.

Bana bir faydası dokunacağı için sana tavsiyede bulunmuyorum. Halledilmesi gereken işlerimden birini çözmeye faydası olur umuduyla da sana akıl vermiyorum. Sadece seni önemsediğim için yapıyorum bunu. Niyetim saf, berrak, çok içten bir şekilde konuşuyorum seninle; bunu bilmeni isterim.

Bazen sırf konuşmazsak işler yolunda gitmez korkusuyla yahut ilişkilerimiz kötü etkilenir endişesiyle tavsiye veriyoruz. İşin içine başka niyetler karışıyor. Verdiğiniz tavsiye sizin için önemli; bir şeyleri etkileyecek. Yoksa tavsiye verip vermemek umurunuzda değil, o insanı asla aramazsınız bile. Sadece aramanın size bir getirisi olacaksa ararsınız. *Tevâsav bi'l hakk* bu değildir. *Tevâsav bi'l hakk*'ta, insanları gerçekten önemsediğiniz için ararsınız, peşlerini bırakmazsınız, sorular sorarsınız.

İşin pratikteki yansımasını görün diye bir örnek vereyim: Bir arkadaşınız var, ancak onu hiç aramıyorsunuz. Boşanma sürecinde olduğunu, sıkıntılı zamanlar yaşadığını biliyorsunuz, yine de umursamadığınızdan iletişime geçmiyorsunuz. Sonra birden tam da ihtiyacınız olan biri ile bağlantısı bulunduğu ortaya çıkıyor. O kimsenin numarası onda var, sizin de numaraya ihtiyacınız var; bu sebeple de arıyorsunuz. "Nasıl gidiyor dostum? Durumlar nasıl? İyiye gidiyor mu? Bir de benim bir telefon numarasına ihtiyacım var." diyorsunuz. Durumunu aslında hiç önemsemiyorsunuz, ilgilendiğiniz tek şey o telefon numarası. *Tevâsav bi'l hakk* bu değildir. *Tevâsav bi'l hakk* insanları gerçekten önemsediğiniz zaman telefon açarsanız olur. Başka bir niyetle aradığınız zaman değil. *Bi'l*

"Size şunu söylemeliyim, duygularınızı şişelere doldurup durmaya sabır denmez. Aslında biriktirdiğiniz şey barut tozudur, ve en sonunda da patlar."

hakk kelimelerinin ardındaki içtenliğin bir tezahürü de bu şekildedir. Samimiyetle ilgilenmektir.

Son olarak, *Tevâsav bi'l hakk* ile ilgili bir husus da onu dilbilgisi yönünden *mef'ulün bihi* yani cümledeki nesne olarak ele aldığınızda geldiği manadır; "Hakikati kullanarak birbirlerine tavsiyede bulunurlar." Diğer bir deyişle, birçok sahabe buradaki "el hakk"ı "el Kur'an" manasında kabul etmişlerdir. Örneğin "Tevâsav bi'l Kur'an." Başka bir deyişle; "Birbirlerine en yüksek hakikat ile tavsiyede bulunurlar." Lafı evirip çevirmezler. Dostluklarınızı, aile ilişkilerinizi, ebeveynlerinizle olan ilişkilerinizi ve çocuklarınızla olan ilişkilerinizi iyi tutmanın bir parçası da "dürüstlük"tür. Anne babası tarafından incitildiğinde bunu onlara içtenlikle ifade edemeyen o kadar çok insan var ki! İnsanlar çocuklarına dahi, kullandıkları kelimelerin onları incittiğini söylemiyorlar. Eşlerine gerçek hislerini dürüstlükle açıklamıyorlar. Niçin açıklamıyorlar biliyor musunuz? Çünkü içlerinden diyorlar ki; "Eğer dürüst olursam kavga çıkabilir." "İnsanlara gerçekten nasıl hissettiğimi söylersem bana çok sinirlenebilirler." Ancak size şunu söylemeliyim, duygularınızı bastırarak beklemeye *sabır* denmez. Aslında içinizde biriktirdiğiniz şey barut tozudur ve en sonunda patlar. En sonunda çok üzücü bir şekilde o şişeden dışarı çıkar.

İlişkilerimize Özen Göstermeyi Öğrenmeliyiz

İlişkilerimizde sevgiyi, hürmeti ve birbirimize verdiğimiz önemi koruyarak dürüst olma alışkanlığını, diğer bir deyişle ilişkilerimizde *hakikat dilini* kullanma alışkanlığını edinmemiz gerek.

Kendime gösterdiğim önem kadar anneme de önem gösteriyorum. Bu yazıyı okuyan erkeklerden pek çoğu bilecektir, anneleriniz sizin istemediğiniz biri ile evlenmenizi isterler örneğin. Siz de içinizden şöyle dersiniz; "Ona karşı gelmemeliyim, o benim annem, ona bir şey dememeliyim." Aslında demelisiniz; ancak sevgi dolu bir şekilde, "Anneciğim, o kıza karşı ilgi duymuyorum. Seni seviyorum, istersen beni dövebilirsin bak terlik burada. Döv beni, ama o kızı sevmiyorum ben. Bunu yapamam." Kızlar için de aynısı geçerli. Sesinizi çıkarmak zorundasınız. Tabi ki tutup da şöyle söylemeyin; "Ben bunu yapmayacağım! Sen beni hiç anlamıyorsun!" Aman aman. Bu da *tevâsi* değildir, çünkü davranışlarınız sevgi dolu olmalı. Hürmet içerisinde olmalısınız. Ancak bu haliniz sizi hakikati söylemekten utanmaya itmemeli. İlişkilerimizde bize gereken en önemli şey, dengeli olabilmek.

Eğer aile içi ilişkilerimizde bunları yapmayı öğrenebilirsek, yavaş yavaş toplum içerisinde de yapabilir hale geleceğiz. Sonrasında ise eleştiri kabul edebilen insanlara dönüşürüz. Çünkü artık kendimiz edepsiz, çirkin, kaba ve hassasiyetsiz bir şekilde eleştiride bulunmuyoruzdur. Eleştiride bulunmamızın tek nedeni, insanlarla dürüstçe konuşabilecek kadar sıkı bir bağ içinde olmamızdır. Karşılıklı eleştiride bulunuruz ve bu hiçbir sorun teşkil etmez. Herkes hata yaptığını fark eder. İnsanın gelişmesi ise ancak bir diğerinden öğrendiğinde mümkündür. *Subhanallah.*

"Herkes hata yaptığını fark eder. İnsanın gelişmesi ise ancak bir diğerinden öğrendiğinde mümkündür."

Allah bize bu güzel ve sade ancak derin "*tevâsav bi'l hakk*" tavsiyesine uyma hususunda yardım etsin. Ey Allah'ım, bizi iman edenlerden, salih amel işleyenlerden ve *tevâsav bi'l hakk* ile *tevâsav bi's sabr* ehli insanlardan eyle. Amin!

Varsayımlar

Kırk dokuzuncu sure olan Hucurat Suresi'nde, sağlıklı bir toplum olarak yaşamamıza yardım edecek İslami ahlak kuralları ve ilkeler veriliyor. Bu kurallar sadece müslümanların birbirleriyle değil, aynı zamanda tüm insanlarla kurması gereken ilişki biçimini de kapsıyor. Etrafımızdaki insanlarla nasıl geçinmeliyiz? Bunların her biri kendi başına bir konu olarak seçilebilir. Ben de bu sebeple size bütün bir listeyi verip her birinden üstün körü bahsetmektense, sizi kendi başınıza iken okuyup üzerlerine tefekkür etmeye teşvik etmeye gayret edeceğim. Başından sonuna kadar kırk dokuzuncu sureyi okuyun ve bir Müslüman olarak size ifade ettikleri üzerine düşünün. Ben sadece bir ayet-i kerimede geçen bir ifadeye vurgu yapacağım. Bu konu da işte bu ayetin içinde geçen o ifade üzerine olacak:

يَا أَيُّهَا الَّذِينَ آمَنُوا اجْتَنِبُوا كَثِيرًا مِنَ الظَّنِّ إِنَّ بَعْضَ الظَّنِّ إِثْمٌ ﴿١٢﴾

"Yâ eyyühe'l lezîne âmenû'ctenibû kesîran mine'z zan. İnne ba'de'z-zanni ismun."

"Ey içinizden iman ettiğini söyleyenler, varsayımda (zanda) bulunmaktan uzak durun, kaçının, yaklaşmayın. Çünkü zannın bir kısmı günahtır."

(Hucurat Suresi 49:12)

Sizinle beraber üzerine tefekkür edeceğimiz ayet bu.

Her şeyden önce şunu belirtmeliyim, bu ayetten hemen bir önceki ayette insanlar ile alay etmemekten bahsediliyor; "*lâ yeshar kavmun min kavm.*" Biz başka insanları alaya alamayız, bir kavim ise başka bir kavmi alaya alamaz. Fark ettiyseniz komedi endüstrisi örneğin stand-up komedyenleri, komik çizgi filmler yahut komedi şovları belirli bir etnik grubu alaya alarak komiklik yapmaya çalışıyorlar. Arapların, Meksikalıların, siyahilerin, beyazların, Asyalıların yahut Hintlilerin komik olan bir yönünü dillerine dolarlar. Konuşma şekilleriyle, giyim tarzlarıyla ya da yemek yiyişleri ile dalga geçerler; izleyiciler de buna katıla katıla güler. Ancak komedinin bu çeşidi iyi değildir diye bu ayetin kendi söylüyor, "*lâ yeshar kavmun min kavm.*" bunu yapmamalısınız.

Toplum içinde insanlar arasındaki saygıyı besleyen bir hareket değil bu. Aksine, çekememezliği, diğer insanlara gülünecek nesnelermiş gibi bakmayı, kendini üstün, karşındakini ise aşağı görme fikrini besliyor. Bu çeşit komedilerin vardığı nokta zanda bulunmaktır. Şu laflarla başlar; "Şaka yapıyorum sadece... Sadece diyorum ki... Sadece takılıyorum..." ancak yapmaya devam ettiğinizde bu kanılar zihninizde yer eder ve sizi dinleyenlerin de hoşuna gitmeye başlar. Şaka olarak başlamıştır, fakat sonunda inanca dönüşür. Bir süre sonra bir bakarsınız uzun zamandır dalga geçtiğiniz o insanların gerçekten şakada geçtiği şekilde olduğuna ikna olmuşsunuz. Aynı durum sadece etnik kökenler için değil, dinler için, farklı inançlara sahip insanlar için de geçerli. Hint-paki'ler Hindu ve Sihlerle dalga geçmeye bayılırlar örneğin. Kabul edilebilir bir şey değil bu durum. Aynı zamanda ulusal bir mevzu: Bangladeşlilerin Pakistanlılarla, Pakistanlıların da Bangladeşlilerle ilgili şakaları var; bu iki tarafa da komik geliyor. Ancak mesele tamamen başka. Siz sadece bir şaka olduğunu düşünüyorsunuz, ancak bir noktadan sonra dilinize doladığınız her ne ise, toplumca kabul gören bir çeşit taassuba dönüşüyor. Bu tarz espriler kabul edilebilir bir hale geliyor onlar için ve ne zaman şaka yaparak alay ile ilgili kuralı ihlal etseler aslında zihinlerindeki o basmakalıp düşünceleri beslemiş oluyorlar. Başka bir etnik kökenden gelen insanlara baktıklarında, her ne kadar sadece bir düşünce, bir varsayım olarak zihinlerinden geçiyorsa da bu bile yeterince büyük bir şerre dönüşüyor. İşte tam da ayetin üzerinde durulacak kısım burası. Normal şartlar altında Kur'an'da düşündüğümüz için azarlandığımız bir yer bulamazsınız. Daha evvelden sadece fiile döktüğümüz şeylerden sorumlu olacağımızı öğrenmiş olabilirsiniz; "Eğer kötü bir şey düşündüysen, ama uygulamaya geçmediysen bir sorun yoktur" denir.

Ancak bu hususla ilgili bazı istisnalar var. Örneğin, niyetler en nihayetinde birer düşüncedir. Eğer niyetiniz bozuksa, yaptığınız amel iyi gibi görünse dahi, aklınızdan geçen o düşünce amelinizin nasıl tartılacağını etkiler. Bir diğer benzersiz ve önemli istisna ise işte bu ayet, "*İctenibû kesîran mine'z zan.*" Rabbimiz buyuruyor ki, "*Zan* denen bu kavramdan uzak durun." Ben "Varsayımlarda bulunmaktan uzak durun" diye çeviriyorum. Varsayımda bulunduğunuzda sadece zihninizden bir düşünce geçirirsiniz ne bir şey söylersiniz ne de bir fiilde bulunursunuz. Ancak Allah bu kadarı için dahi buyuruyor ki; "Bu şekilde *düşünmeyin* bile." Ayetin çok garip yanlarından biridir bu. Bir önceki ayette dendi ki insanlarla alay etmeyin. Haydi bu anlaşılabilir bir şey, çünkü alay ettiğinizde konuşmuş oluyorsunuz, bir fiilde bulunmuş sayılıyorsunuz. Ayetin devamında "İnsanları gizlice dinlemeyin, onların arkasından konuşmayın" diye buyruluyor, değil mi? Bunların tamamı insanların yaptıkları fiiller. Birbirlerini gizlice dinlerler, birbirlerinin kirli çamaşırlarını ortaya dökmek isterler; ayette bunları yapmayın diye geçiyor, iyi hoş. Fakat şimdi ise bize düşünme biçimimizi değiştirmenin yolları öğretiliyor. Bu ise çok kritik.

Burada sürecin nasıl işlediğine dair çok güçlü bir şey öğreniyoruz. Eğer insanların, sizin ve benim düşünme şekillerimiz değiştirilmezse, bir şeyler iyiye değil, daha kötüye gidecek. Allah'ın ayetin devamında bahsettiği, çok defalar duyduğunuz gıybet, birbirini dinleme, birbirine güvenmeme gibi suçların tamamı aslında belirli bir düşünce sisteminden doğuyor. Rabbimiz de buyuruyor ki, elinizden geldiğince o şekilde düşünmekten uzak durun.

Şimdi meseleye biraz daha yakından bakmaya başlayalım:

Öncelikle *ictinab* kelimesini ele alalım. *İctinâb* kelimesinin aslı Arapça'da *taraf* manasındaki "*cenb*" kökünden geliyor. İnsanlar yan tarafları üzerlerine uzandıklarında örneğin, ayette "*Ve alâ cunûbihim* (Âl-i İmran Suresi 3:191)" "Yan tarafları üzerine yatarlar." geçtiği gibi. Uçak ile seyahat ederken, metroda yahut otobüste otururken yanınızda oturan insana "*es sahib bi'l cenb*" (Nisa Suresi 4: 36) deniyor. Otelde veya hastanede bekleme odasında dururken ya da doktorun muayenehanesinde otururken yanınızda birisi oturur, bu kimse de "*sahib bi'l cenb*" ismini alır çünkü hemen yan "taraf"ınızda bulunuyordur.

Bu kökten "*el ictinab*" denilen ilginç bir fiil türüyor. "Hemen yanı başındaki bir şeyden kaçınmak" manasına geliyor. Kelime anlamı "kaçınmak" demek ama nasıl bir kaçınmak? Uzaktaki bir şeyden kaçınmak değil, hemen baş ucundaki bir şeyden kaçınmak. Kaçındığınız şeyin üzerinize bulaşma ihtimali var, bu yüzden çaba harcayıp zahmete giriyorsunuz. Demek ki, insanlar hakkında varsayımlarda bulunmak kaçınılmaz bir şey. Her zaman baş ucunuzda, her daim yanı başınızda. Şöyle söyleyemiyorsunuz; "Canım ben kimseyi yargılamam. Öyle bir insan değilim." Çünkü her zaman yanınızda. Arapçada kelime *iftial* kalıbına göre çekildiğinde *ictinab* ise bir şeyi gerçekleştirebilmek için efor sarf etmeniz gerektiği anlamı verir, kendiliğinden olmaz. Hiç düşünmeden yapabildiğiniz bir şey değildir. Çaba gerektirir.

Yargıç mıyız?

Evvelce insanları hiç yargılamamış olmanız bir şey ifade etmez; yargılamamayı sürdürebilmek için bir çaba sarf etmeniz gerekir. Nefes alıp vermek gibi bir noktadan sonra kendiliğinden devam eden bir şey değildir yargılamamak. *İctinâbu*, Allah'ın bize "uzak durun" diye emrettiği şeyleri uyanık bir zihin ile daima tetikte olarak her an yapma hatasına düşebileceğimizin idraki içinde yaşamak demektir. Kimse kendi doğruluğu ve paklığı sebebiyle bir daha asla hataya düşmeyeceğini iddia edemez. Eğer böyle bir tehlike olmasaydı, Allah bize doğrudan "*la tezunnû*" derdi. Çok net bir emir olurdu bu. "En hayırlı söz doğrudan olandır." "*La tezunnû*", birbiriniz hakkında zanda bulunmayın. Bu cümlenin dili çok doğrudan. Ancak Rabbimiz şöyle buyuruyor; "*İctenibû kesîran mine'z zan*" Retorikte buna aslında *itale* (laf kalabalığı) deniyor. Meseleyi uzatıyorsunuz, "Zanda bulunmayın" deyip bırakmaktansa, devam ederek "Bundan uzak durun çünkü o her zaman yanı başınızda olacak" gibi ilave açıklamalarda bulunuyorsunuz.

Devamında ise "çok" manasına gelen "*kesîran*" kelimesi geliyor, ki bu da çok ilginç. Hazreti İbrahim dua ettiğinde;

"Kimse kendi doğruluğu ve paklığı sebebiyle bir daha asla hataya düşmeyeceğini iddia edemez"

"Beni ve çocuklarımı putlara tapmaktan koru" manasında "*Ve'cnubnî ve beniyye en na'bude'l esnâm* (İbrahim Suresi 14:35)" demiş, *kesîran* kelimesini eklememişti.

Allah "*Ve'ctenibu't tâğut* (Nahl 16: 36)" "Sahte ilahlardan uzak durun" dediğinde de kesîran dememişti. Aynı zamanda "*Ve'ctenib mine't tâğût*" yerine "*Ve'ctenibu't tâğût*" ifadesini kullanmasına rağmen, bizim incelediğimiz ayette "*mine'z zan*" buyuruyor. Zanda bulunma tehlikesi size çok yakındır. Bu nedenle bu tehlikeyi üzerinizden devamlı savmak mecburiyetindesiniz anlamı verir. Başka bir deyişle, yaptığımız her konuşma içerisinde aslında bir başkası hakkında zanda bulunma tehlikesi gizlidir. Eğer bu risk ile yaşamımızı devam ettireceksek, demek ki bu mevzu üzerine çokça tefekkür etmemiz ve bu konuda çok bilinçli hareket ediyor olmamız gerekiyor. Zandan nasıl kaçınacağımıza değinmeden evvel, biraz zan kelimesinin derinlerine inelim.

Bir şey hakkında zanda bulunuyorsanız o şeyden emin değilsinizdir. Açıkça anlaşılır ki konuştuğunuz şeyin aslına dair kesin bir bilginiz yok. Ancak aynı zamanda *zan* kelimesi, varsayımlarınızın "varsayım" olmaktan çıkıp yargınızın kesinliğine inandığınız bir noktaya ulaştığına da işaret eder. Kelime bu iki manayı da ihtiva eder. Bu nedenle Kur'an'da şu ifadenin geçtiğini görürsünüz:

الَّذِينَ يَظُنُّونَ أَنَّهُم مُّلَاقُو رَبِّهِمْ ﴿٤٦﴾

"Ellezîne yezunnûne ennehüm mülâkû rabbihim"

"Onlar ki, Rab'lerine muhakkak mülâki olacaklarına yakîn derecesinde inanırlar."

(Bakara Suresi 2: 46)

Rableri ile buluşacaklarına kesinlikle ikna olmuşlardır. Bu bir çeşit emin olma halidir. İman etmeden evvel varsayımları vardı; "Allah ile buluşacak mıyım yoksa buluşmayacak mıyım, pek emin değilim." Önceleri sadece fikir düzeyindeydi. İman ettikten sonra ise zanları onaylanmış oldu, inanç haline geldi. Diğer taraftan "Öldükten sonra dirilmeyeceğiz" diyen insanlar da mevcuttu.

"Ve mâ yühlikünâ ille'd dehru ve mâ lehüm bizâlike min ilmin in hüm illâ yezunnûn."

"Ve bizi dehrden (zamandan) başka bir şey helâk edemez." dediler. Ve onların bu konuda ilimden (nasipleri) yoktur. Onlar sadece zanda bulunurlar."

(Casiye Suresi 45:24)

"Öldükten sonra dirilmeyeceğiz" diyorlar ve Allah cevap veriyor; "Bu konuda hiçbir malumata sahip değiller, sadece tahminlerde bulunuyorlar." Bu fiil bir oksimoron[3] gibi.

Ne anlama geliyor tüm bunlar? Bir misal ile açıklayalım: Evvela biri hakkında yargıda bulunursunuz; "O çocuğu sevmiyorum. Niye bilmiyorum, çocuk sanki biraz şey gibi..." Biri camiye girer; "Abi çocuğun sakalı bile yok, estağfirullah

---

3 İki zıt anlamlı kelimenin bir arada kullanılması.

el azim!" "Şunun pantolon giymesi de aynı kafirlerinki gibi. Derdi ne acaba?" Birine bakar bakmaz içinizden ölçüp biçiyorsunuz. Belki yargılamıyorsunuz, ancak zaman geçtikçe hepsinin aynı olduğuna kesinkes kani oluyorsunuz. "Tüm Afrikalılar aynı, tüm Senegalliler aynı, Nijeryaların hepsi de bir, Bangladeşliler şöyle, Türkler böyle. Ben bu adamların ciğerini bilirim, sen nereden bileceksin onları. Ben bilirim ben." Zan işte budur. İnanılmaz eminsinizdir. Yargılarınızı öyle bir yerleştirmişsinizdir ki.

Zannın Çoğundan Kaçının

Allah, "*İctenibû kesîran mine'z zan*" buyuruyor, başka etnik kökenlere kadar gitmeye gerek yok aslında, evimizin içine bakmamız yeterli. Eşiniz size bir söz söylüyor, siz de kötü bir şey söyledi sanıyorsunuz. Erkek kadına bir söz söylüyor, o da kendisi ile alay ettiği zannına kapılıyor. "Yemek ne kadar güzel olmuş bugün" diyor adam. "Demek yine berbat buldun ha. Ben senin ne demek istediğini çok iyi biliyorum." diye cevap alıyor. "Yok yok, gerçekten söylüyorum. Güzel olmuş demek istedim sadece." "Tabi tabi. Ben neyi kast ettiğini çok iyi anladım. Biliyorum ben seni." Zan işte budur. Telepatik güçleriniz yoksa, karşınızdaki insanın ne ifade etmeye çalıştığını bilemezsiniz. Her şeyden emin olmamanın kazançları da vardır, öğrenmeyi deneyin.

Zan bazen öyle ciddi boyutlara ulaşır ki, yolda karşılaşan iki insandan biri "Selamün aleyküm ve rahmetullahi ve berakatühü" dediğinde diğeri sinirli sinirli homurdanarak "Aleyküm selam" der. "Selamün aleyküm diyerek ne demeye çalıştı kim bilir. Kesin acaba ben 'Aleyküm selam' diyebilecek miyim diye merak etti, çünkü kendini benden daha iyi biri gibi hissetmek istiyor." Biri çıkıp bunları söyleyen

"Her şeyden emin olmamanın kazançları da vardır, öğrenmeyi deneyin."

adama; "Niçin dediğin gibi olsun ki? Ne demeye getiriyorsun? Yalnızca selam verdi" diye çıkışırsa, "Evet ama belli bir tarzda verdi selamı. Bana manidar bir bakış attı. Ben onu tanıyorum." cevabını alır.

Bu satırları okuyanlarınızdan bir kısmı, kendi kendine soracaktır; "Beni mi yazıyor bu adam?" "Biri ona benden mi bahsetti?" Benzer bir konuda daha evvel hutbe vermiştim. Konu hüsn[4] ile konuşmak üzerineydi; "*Ve kûlû li'n nâsi hüsnâ.*" (Bakara Suresi 2:83)." Hutbenin tamamı birbirimizle kibar konuşmak üzerineydi; buna gerçekten ihtiyacımız var. Ayetin tamamına ihtiyaç duyacağımız seviyeye gelemedik henüz. Dedim ki haydi sadece güzel konuşma kısmından başlayalım çünkü o konuda gerçekte berbat bir durumdayız. Hutbeyi verdim, bir kısmı da zanda bulunmamak üzerineydi. Bitirdikten sonra bir arkadaş yanıma gelip dedi ki; "Kim sana bu hutbeyi ver diye ödeme yaptı? Sana benden o mu bahsetti?"

Yüce Rabbim! Zan işte budur.

İnsanlar hakkınızda iyi şeyler söylemiyorlarmış gibi bir zanna kapılmaya "hakkınız" yok. Biri size bir öneride yahut tavsiyede bulunduğu zaman, bunu salt sizden bir adım öne geçmek, gururunuzu ayaklar altına sermek yahut sizi aşağılamak için yaptığı zannında bulunamazsınız. Kuvvetle muhtemeldir ki, aslında hakkınızda hayır konuşmuşlardır. Eğer zan alır başını giderse, bir daha asla birbirimize nasihatte

4 Güzellikle

bulunamayız. Size müslüman bir kardeşiniz olarak gelip "Bak, şu şu mevzu ile ilgili endişeliyim" diyemem örneğin. Çünkü aleyhimde çok fazla zanda bulunur ve tavsiyeme kulak asmaya da imkan bulamazsınız. "Kesin başka bir amacı var" diye düşünürsünüz.

Zan sadece aile içi ve toplumsal ilişkilerimizde değil, davetçi konumundaki insanlar arasında da söz konusudur. Biri diyor ki, "Abi o adamı dinleme, bir defasında öyle bir şey dedi ki... Kesin başka amaçları var." Dikkat etmeniz gereken bir nokta da şudur; halklara hakikatleri anlatma konumunda bulunan davetçiler, peygamber değildir. Tamamı insan olmaları sebebiyle Allah Resulü'nün ardından gelen herkes konuştukları mevzular hususunda elbette hataya düşebilirler. Bir Arap atasözü vardır; "Her at yanlış bir adım atar, her alim bir hata yapar." Alimlerin ağzından çıkan kelimelerin mükemmele ulaşamadığı haller olacak her daim. Yahut dinleyenlerin onların söylediği her sözü onaylamadıkları olacak. Ancak bu durum onların mazide yapmış oldukları hayırlardan, sürdürdükleri güzel işlerden bir şey eksiltmez. İnsanların değerini ağızlarından çıkan "bir tek" söze indirgeyemezsiniz. Bunu yapamazsınız!

İnsanların bunu size ve bana yaptıklarını hayal edebiliyor musunuz? Düşünün ki biri benim beş yıl evvel söylediğim bir sözü hatırlıyor, bu nedenle "kimse o adamı bir daha asla dinlemesin" diye beyanda bulunuyor. Konuşuruz. İnsanız biz. Ancak ağzımızdan çıkan tek bir sözü almak ve o söz üzerinden kişiliğimiz hakkında zanda bulunmak insanın benliğine karşı yapılmış bir suikastten başka bir şey değil! Bunların da ötesinde, İslami derslere katılmayı ve kitapları okumayı çok daha başka amaçlar uğruna yapan bir tayfa var. Oturup belki saldırabileceğimiz, atakta bulunabileceğimiz bir malzeme çıkar ümidiyle bekliyorlar. "Not ediyorum bunu, doğru duydum değil mi? Demek böyle dedi ha! Vay vay!" Kendilerini Allah'a yaklaştırması gereken mekanlarda gelip oturuyorlar, ancak tek niyetleri zan. "Bu kurduğu cümleyi çekip çıkarırım, sonra ondan bir video yaparım, üzerine bir de reddiye yazarım, sonra da..."

Ya Rabbe'l Alemin! Sizin derdiniz nedir güzel insanlar? Daha hayırlı bir meşguliyetiniz yok mu? Bunca zan nedendir? Başkasının ağzından çıkan yanlışları yakalama derdi niçin? Birbirimizin kusurunu bulmaya çalışmakla o kadar meşgulüz ki, güzellikleri paylaşmaya zaman kalmıyor. Herhalde ümmet artık Allah'ın kitabına o kadar aşina ki, sizin, benim ve diğer insanların yaptığı hatalara ayıracak bir sürü vakti var. Bunun için zamanımız yok, harcanan enerji ve efora değmez. Allah kelamının yayılıp neşvünema bulması gerekirken biz hala kendi zanlarımızı doğrulama peşindeyiz.

Allah'ın buyruğu bu şekilde; "*İctenibû kesîran mine'z zan*" Fakat ayetin bütünü bundan ibaret değil. Devamında; "*inne ba'de'z zannu ismun*" buyuruluyor. Şüphe yok ki zannın bazısı günahtır. "Şüphe yok ki" buyurmuş, Allah'ın bu ifadeyi buraya yerleştirmesi ironiktir. Bir yandan, zanda bulunduklarınız aslen hakkında şüphe duyduğunuz fakat zamanla kani olduğunuz şeylerdir. Ancak Allah buyuruyor ki; "Haydi size hakkında hiç şüphe olmayan bir şey söyleyeyim."

İsm kelimesinin bir anlamı "ceza"dır. *İsm* aynı zamanda "tazminat" demektir. Diğer bir deyişle zan sıradan bir günah değil, mutlaka karşılığını ödeyeceğiniz türden bir günahtır. Siz karşılığı ne ise onu ödersiniz, diğerleri de hasılatı toplar. Meleklerin not ettiği ve sizin kıyamete kadar neler olup bit-

"Birbirimizin kusurunu bulmaya çalışma derdi ile o kadar meşgulüz ki, güzel şeyleri paylaşmaya zaman kalmıyor."

tiğini fark etmeyeceğiniz türden bir günah değildir sadece. Hayır. Onun getireceği fenalığı bu dünyada da görürsünüz.

Zanda bulunmanın getireceği musibeti bu dünyada da tecrübe edersiniz. Bir diğerinin ne dediği tahmin edilmeye çalışıldığı için kardeşlik hukuku çöker, aileler paramparça olur. Bütün bir millet salt bir "zan" yüzünden savaşın eşiğine gelir. Zanlar yüzünden kaç politik skandal yaşadık? "Duydunuz mu filan siyasi ne yapmış" diye bir rivayet yayılır, henüz bir kanıt gösterilmeden evvel sokaklarda ayaklanma baş göstermiştir. İnsanlar ölmeye, işler çoktan harap olmaya başlamıştır. Hangi ülke olduğu önemli değil, önemli olan bir rivayet, bir zan yüzünden insanların ölüyor olması!

Meselenin ciddiyetini görebiliyor musunuz? Sadece sizin şahsi hayatınızı, yahut toplumun işleyişini mahvetmiyor. Bütün ülkeleri mahvediyor. Bütün milletleri alt üst ediyor. Bir zanna dayanarak girdiğimiz savaşları hayal edebiliyor musunuz? Kitle imha silahlarının bulunduğuna dair zannı biz ihraç ettik, değil mi? Şimdi ise gerçek biliniyor, gizli saklı değil. Sırf birileri bu zannı satın alıyor diye milyonlarca insan hayatını kaybetmek zorunda kalıyor. "*İctenibû kesîran mine'z zan*" sadece Müslümanlara değil, tüm insanlığa yöneltilmiş bir nasihattir.

Bundan dolayı Allah bir sonraki ayette, "*Ya eyyühellezîne âmenû!*" "Ey iman edenler!" buyurmuyor; "*Ya eyyühe'n nas*" "Ey insanlar!" buyuruyor. "Ey insanlar, sizi halklar ve milletler kıldık. Sizi farklı etnik kökenler, farklı diller, farklı kültürler ile bezedik, "*li teâ'rafu*", ta ki birbirinizi tanıyasınız. Birbiriniz ile alay edesiniz, aksine yargılarda bulunasınız diye değil. Sizi farklı etnik kökenlerde yaratmamın sebebi bu değildi. Sizi niçin bu şekilde yarattığımı fark edemediniz." Niçin birbirimizden farklıyız? Konunun özünü anlayamıyoruz. Bu ayette Allah tüm insanlığa hitap ediyor, fakat ondan öncekinde müminlere hitaben "*Ya eyyühellezîne âmenû'ctenibû kesîran mine'z zan*" buyuruyor. Niçin bu şekilde hitap etmiş? Bu ifade altında nasıl hikmetler var?

Tüm insanlığa hitap etmeden evvel Allah Teala iman edenlere sesleniyor, çünkü Müslümanlar örnek şahsiyetler olmalı. Genelleme yapmayan, insanlarla alay etmeyen, zanda bulunmayan, iletişimi kuvvetli, şüphe duymanın faydalı yönünü değerlendirebilen, kesin bir bilgiye ulaşmadan yargıda bulunmayan örnek insanlar. Kesin bir malumata erişmediyseniz, bir beyanda bulunmazsınız. Fikrinizi kendinize saklarsınız.

Biri size "Şu imam hakkında ne düşünüyorsun? Falanca hakkında ne düşünüyorsun?" diye sorar. Siz de "Bir şey söyleyebilecek kadar iyi tanımıyorum, ama bence epey kötü birine benziyor" dersiniz. Aman aman. "Bir şey söyleyebilecek kadar iyi tanımıyorum" ve nokta! Bu kadar! Diyebileceğim başka bir şey yok. İyi bir insan olduğu zannında bulunacağım, hatta neredeyse eminim iyi biri olduğuna.

Yeteri kadar bilmediğinizde "Bak, bir bilgim yok, sadece bir şeyler duydum" derseniz bu da açıkça dedikodu olur, duyduğunuz kötü bir şeyi yayarsanız bu Peygamberimizin öğretilerine aykırı olur. "Ne duydum biliyor musun" diye başlayan cümlenizi devam ettirirseniz, Peygamber Efendimizin buyruğunu çiğnemiş olursunuz. "Ne duydum biliyor musun?" dediğinizi fark eder etmez, "Ha, yok o başkasıydı. Boş ver, bir şey duymadım" diye konuyu değiştirin. O cümleyi tamamlamayın, çünkü devamı zannı yaymaktan başka bir işe yaramayacak. Sonra "duydum ki, dediler ki" ile başlayan cümleler öyle bir noktaya varıyor ki insanlar her türlü zanda bulunmaya başlıyor, sonra da varsayımlarını baz alarak sonuçlara varıyorlar. Allah korusun...

Şeffaf İnsanlar Olmak

Berraklığı seçebilecek insanlar haline gelmemiz gerek. Duyduğumuz haber kesin bir berraklığa sahip değilse, bir adım daha atamayız. Asla bir adım öteye geçemeyiz. Aile hayatında, iş hayatında, toplumsal hayatta, hatta televizyon haberlerinde bile bu geçerlidir. Haberlerde bazen şok edici bir haber duyuyoruz ve onun doğru olduğunu varsayıyoruz. Tamamen korku pazarlama fikri üzerine kurulmuş bir makineye nasıl güvenebilirsiniz? Bütün bir insanlık hakkında yahut olaylar hakkında kesin bir yargıda bulunmadan evvel, gazetecilerin araştırmayı sürdürmesi gerekir. Ayette geçen "Eğer sapmış bir kaynak size bir haber bildirirse onu araştırın." (Hucurat Suresi 49:6) ifadesinde aktarılan durum başımıza geldiğinde şüpheci bir tavır geliştirmeliyiz. Gelen haberi öylece dinleyip geçemezsiniz. Hakikatin ne olduğundan kesinlikle emin olmadan evvel yargıda bulunmayın. Varsayımlar üretmeyin.

Allah, bu prensiplere uyduğumuz takdirde kendi hayatlarımızı, ailemizin hayatını, toplumumuzun ve bütün bir ümmetin hayatını şimdi olduğundan çok daha güzel yerlere getirebilir. Allah hepimize bu hakikatler doğrultusunda yaşayabilmeyi nasip eylesin. Allah başkalarının sözlerindeki kusurlarla ilgilenmeyen, bunun yerine insanlara karşı samimiyet ve sevgi bağları içerisinde olan insanlardan olmamız için bize yardım etsin. Allah bu dinin aramızdaki farkları artırıcı değil, bizi birleştirici özüne nüfuz ederek kalplerimizi birbirine yaklaştırmayı nasip etsin. Amin.

Liderlik

Çoğu zaman Peygamber Efendimizin müthiş biri olduğundan ve bizim için muazzam bir örnek teşkil ettiğinden bahsetmek çok kolayken, aynayı kendimize çevirip onun bize bıraktığı örneklikten ne kadar uzaklarda gezindiğimizi fark etmek çok zor oluyor. Allah salt biz onun örnekliğini takdir edelim diye onu mükemmel bir örnek kılmadı. Elimizden geldiğince o örneğe yetişmeye çalışalım diye onu yüksek bir yaradılış üzere kıldı. Birazdan değineceğim ayet-i kerimede Rabbimiz liderliğin kalitesinin altını çiziyor. Allah Resulü'nün birçok rolü vardı: Baba rolü, eş rolü, arkadaş, komşu rolü... Fakat bu ayet-i kerimede Allah onun lider yönüne vurgu yapıyor. Ayete değinmeden evvel, kendim de dahil olmak üzere, hepimize şunu hatırlatmak istiyorum: Allah Resulü hakkında bir şey öğrendiğimizde, "Bu bir lider olarak beni nasıl etkiler?" diye düşünmemiz gerek. Şimdi oturup bu metni okuyanlarınızdan birçoğu içinden diyecek ki; "Pekâlâ, ben lider değilim, dolayısıyla söyledikleri benim için geçerli değil." Doğrusunu isterseniz, Allah bu ümmetin her bir üyesi için şu şekilde buyuruyor:

"Küntüm hayra ümmetin uhricet li'n nâs"

"Siz, insanlar için çıkarılmış en hayırlı ümmetsiniz."

(Âl-i İmran 3:110)

Hepimiz Lideriz

Çeşitli mevkilerde her birimiz liderlik pozisyonunda duruyoruz. Liderlik rollerimizden bazıları diğerlerinden daha ön planda olabilir. Eşi ve çocuğu olan her erkek evinin lideridir. Evinize liderlik ediyorsunuzdur, dolayısıyla siz Allah Resulü'nün liderliğine dair bir şey öğrendiğinizde ve kendim de bir şey öğrendiğimde, ailemde, ailelerimizde hayata geçirmek mecburiyetindeyiz. İş yerlerinde idareci pozisyonunda olanlar da öğrendiklerini çalışanları üzerinde hayata geçirmek mecburiyetindeler. Çünkü siz onların lideri pozisyonundasınız. Aranızdan öğretmen olanlarınızın sınıflarının lideri olmaları sebebiyle öğrendiklerini hayata geçirmeleri gerekir. Bazı derneklerde, mescitlerde yahut okullarda lider vasfına sahip olanlarınız, insanlara karşı sorumlusunuz. İster yarı zamanlı, ister tam zamanlı, ister az ister çok olsun; insanların ait olduğu her kurumda bir hiyerarşi ve liderlik söz konusudur. Yukarıda bahsettiğim durumların birçoğunda liderlik pozisyonunda da siz varsınız. Tamı tamına bir liderlik olması gerekmiyor; belki sınırları var, ancak hala bir liderlik sayılır. Şunu devamlı aklınızda tutun, Allah Resulü'nün şanını yücelttiğimizde, zat-ı şerifinden bahsettiğimizde sadece onu konuşmuş olmuyoruz. Aynı zamanda onun miras bıraktıkları üzerinden kendimiz hakkında da konuşmuş oluyoruz; bu sebeple Allah'ın izniyle tüm bu güzel ayetlerden ve özellikle az sonra bahsedeceğim ayet-i kerimeden çokça faydalanabiliriz.

Allah bu ayeti Uhud Muharebesi bağlamında vahyediyor. Âl-i İmran Suresi'nde kapsamlı bir biçimde izahta bulunuyor. Altmış yahut daha fazla ayet Uhud'da yanlış giden mevzulara atfedilmiş; vahiy de savaştan sonra iniyor. Başka bir deyişle, Allah bu ayetleri savaş öncesinde değil de sonrasında indiriyor. Birçoğunuz bilir, bazılarınız da söyleyince hatırlayacak; Bedir Muharebesi muazzam bir zaferdi. Müslümanlar bu savaşta kendilerinden kat be kat büyük ve çok daha teçhizatlı Kureyş ordusu ile karşı karşıya gelmiş, tüm şartlara rağmen onlardan yetmiş lideri ortadan kaldırmışlardı. Gelin görün ki Uhud Muharebesi bunun tam tersi oldu.

Savaş aynı Bedir Muharebesi gibi başladı, başlangıçta kazanıyorduk ancak Resulullah'ın tepeye yerleştirdiği okçular tarafından yapılmış stratejik bir hata yüzünden durum tersine döndü. Bugün onlara "keskin nişancılar" diyebiliriz, ancak o günün şartlarında "okçular" deniyordu. Onları yerlerinde sabit kalmaları için oraya yerleştiriyor ve "Cesetlerimizi kuşların parça parça ettiğini de görseniz, diğer bir deyişle, hepimiz ölsek dahi sakın ola yerinizden kıpırdamayın!" diye emir veriyor. Sakın yerinizden ayrılmayın! Ancak onlar Peygamber Efendimizin tasvir ettiği durumun tam tersini görüyorlar; bakıyorlar ki Müslümanların cesetleri kuşlar tarafından parçalanmıyor, aksine düşmanı basbayağı mağlup ediyorlar.

"Ve le kad sadekakümu'llâhu va'dehû iz tehussûnehüm biiznihi."

"Andolsun, Allah, izniyle, onları (müşrikleri) kırıp geçirdiğiniz sırada size olan va'dini gerçekleştirdi."

(Âl-i İmran Suresi 3:152)

Rabbimiz buyuruyor ki: Siz düşmanlarınıza savaşın kızgınlığını hissettirirken, onları ortadan kaldırıp def ettiğinizde, Allah hiç şüphesiz size olan sözünde durdu.

Uhud Muharebesi'nde düşmanlar savaştan ürküp gidiyorlardı; Allah olayı bu şekilde tasvir ediyor. Tam o anda okçuların arasında anlaşmazlık çıkıyor ve bazıları da ayrılmaya karar veriyor. "Hayır hayır, Hazreti Peygamber bizim öldürüldüğümüzü görseniz dahi aşağı gelmeyin buyurdu ama şu an bunun aksi gerçekleşiyor, savaşı biz yeniyoruz, o yüzden sorun yok, kast ettiği şey bu değil."

Aralarında bu şekilde bir tartışma çıktı. Aslında baktığınızda ashab-ı kiram arasında çıkan bu tartışmada görüş farklılıkları olması çok tabiiydi. Hazreti Peygamber'in sözüne karşı gelmek isteyen ve itaat etmek isteyenler olarak iki gruba bölünmüşlerdi gibi bir yorumda bulunamayız. İki taraf da Hazreti Peygamber'in sözünü baz alıyor, ancak farklı şekillerde yorumluyorlar. Aynı durum ashab arasında başka durumlarda da yaşanıyor. Sorun kendilerine söylenen sözü "farklı" şekillerde yorumlamış olmaları değil, sorun emir komuta zincirini kırmış olmaları. Tepede tabur komutanı olarak görevlendirilmiş sahabeden "yerimizde kalacağız" kararı çıkmıştı. Şayet Hazreti Peygamber birini görevlendirdiyse, görüş zıtlığı içerisinde olsanız da emre itaat edersiniz. Asıl sorun bu hususla ilgiliydi. Ancak bu başka bir konu.

Öyle ya da böyle, okçular aşağı indiler. Halid bin Velid o zamanlar henüz Müslüman olmamıştı. Çok tecrübeli bir askerdi. Gözünün ucuyla keskin nişancıların mevzilerini terk ettiklerini görüyor. Bir buluşma noktası belirleyip kaçma kararından cayıyor, Müslümanlara arkadan taarruz ediyor ve sahne bir anda tam tersine dönüyor. Ortalık cehennem yerine dönüyor, kıyamet kopuyor adeta. Müslümanlar düşmanın nereden geldiğini, neler olup bittiğini anlayamıyorlar. Allah Resulü bile o kadar ciddi bir darbe alıyor ki bayılıyor. Dişi kırılıyor. Baygın düşüyor, mübarek yüzü kanlar içinde... Yerde baygın halde yatarken "Peygamber öldürüldü" diye bir dedikodu yayılıyor. Bu sırada şu ayet nazil oluyor:

"Ve mâ kâne li nefsin en temûte illâ biiznillah"

"Hiçbir kimse Allah'ın izni olmadan ölmez."

(Âl-i İmran 3:145)

Allah müsaade etmeden hiçbir peygamber ölemez. Ancak Allah izin verirse gerçekleşebilir böyle bir şey.

Etrafa bu şekilde bir haber yayılınca ortamda o kadar büyük bir karmaşa çıkıyor ki, savaşta ne kadar büyük bir cevher olduğunu tahmin edebileceğiniz Hazreti Ömer bile kılıcını indiriyor ve meydanın ortasında yere oturuyor. "Allah'ın Resulü öldürüldüyse tüm bunların ne kıymeti var?" Müslümanların tamamının moralleri çöküyor. Akabinden Hazreti Peygamber'in hala hayatta olduğuna dair haber geliyor. O zaman Müslümanlar geri çekiliyor ve dağa doğru yöneliyorlar.

"İz tus'idûne ve lâ telvûne alâ ehad"

"O anda boyuna uzaklaşıyor, hiç kimseye bakmıyordunuz bile."

(Âl-i İmran 3: 153)

Rabbimiz buyuruyor ki; "Dağa doğru kaçarken tırmanıyor ve telaştan geri dönüp birinin yüzüne bile bakmıyordunuz." Başka bir deyişle, "Hazreti Peygamber'i bu karmaşadan kurtarabileceğinizden umutsuzdunuz; hatta bazılarınız kaçıyor ve Allah Resulü'nü geride bırakıyordu."

> "Ve'r resûlü yed'ûküm fî uhrâküm."
>
> "Peygamberse arkanızdan sizi çağırıp durmadaydı."
>
> (Âl-i İmran 3: 153)

"Allah Resulü ise size arkanızdan sesleniyordu." Ardından Allah kalplerine tekrar savaşabilmeleri için cesaret verdi, biraz geri döner gibi oldular ancak bu süreç içerisinde zaten olan olmuştu. Hazreti Peygamber'in sevgili amcası da dahil olmak üzere, ashabın en kıymetlilerinden yetmiş sahabe şehid edilmişti. Birçoğunuz olayı duymuştur, Hind, Hazreti Hamza'nın cansız bedenini ele geçirdiğinde kalbini çıkarıp çiğnemişti. Sevgili amcasını bu halde gören Resul-i Ekrem'in yaşadığı üzüntüyü tahmin bile edemeyiz. Tüm bu problemler ne ile başlıyor? Sadece bir itaatsizlik hareketi ile. İtaatsiz tek bir davranış sebebiyle yetmiş sahabi öldürülüyor; Allah Resulü'nün ailesi de buna dahil.

Bunun üzerine düşünmenizi istiyorum. Bir liderin liderliği, müntesipleri kendisine itaat ettiğinde değil; aksine hayal kırıklığına uğrattığında sınanır. Onlara kızmak için yeryüzündeki her türlü sebebe sahip olduğunda test edilir. Sahabe çok basit bir emre itaat göstermemişti. Bir hata yaptılar. Hayal edebilirsiniz; tepede keskin nişancı olarak görevlendirilmiş okçu sahabeler her şey olup bittikten sonra

"Bir liderin hakikiliği, müntesipleriniz size itaat ettiğinde değil; sizi hayal kırıklığına uğrattığında test edilir."

Resulullah ile buluşacakları zaman korkunç şeyler olacağını düşünüyorlar. En sevgililerini hayal kırıklığına uğratmışlar; dolayısıyla endişeliler.

Şimdi meseleyi bir perspektife oturtalım: İş yerinde her şeyi berbat ettiniz, projenizin son teslim tarihi vardı, müşteriniz onun için bekliyordu ancak yetiştiremediniz. E-posta gönderdiniz fakat gitmedi; halbuki siz gittiğini sandınız. Şimdi ise başınız belada çünkü müşteriniz kontratı iptal etmek istiyor, bu ise şirket için milyon dolarlık bir kayıp demek. Tamamı da sizin hatanız. Hafta sonu geçiyor, pazartesi günü de patronunuzla yüzleşme vakti. Ne ile karşılaşmayı beklersiniz Allah aşkına? Üstüne üstlük konuştuğumuz örnek sadece para ile ilgili. Biz ise nice hayatların, ailelerin ve kanların kaybından bahsediyoruz. Böyle bir durumda Peygamber Efendimiz ile buluşmanın ne kadar çetin olması gerektiğini hayal edebiliyor musunuz? Subhanallah!

Ashabı ile buluşmaya gitmeden evvel, Hazreti Peygamber'e bir ayet vahyediliyor. Resulullah'ın buluşma için hazırlanmasıdır bu ayet. Kendisini çok ama çok büyük bir hayal kırıklığına uğratan teb'asıyla bir lider nasıl başa çıkar?

Ayet şu şekilde başlıyor:

"Fe bimâ rahmetin minallâhi linte lehüm"

"(Ey Peygamber) Allah'ın rahmeti sayesinde sen onlara karşı yumuşak davrandın."

(Âl-i İmran 3: 159)

Allah'ın hayal edilmesi ve tarif edilmesi kabil olmayan mukaddes merhameti sebebiyle sen, onlara müşfik davranıyorsun.

Ayetin dili o kadar dikkate şayan ki. Aslında ayetin Arapça dilinde cümle düzeni "*Linte lehüm bi rahmetillâh*" şekilde olur, fakat kelime dizilişini "*Fe bimâ rahmetin minallâh*" şeklinde değiştirirseniz cümlede bahis konusu olan rahmetin sıradan bir rahmet olmadığı anlamı verir. "Allah'ın sana ihsan ettiği bu çok özel hediyesi, aşk dolu merhameti sayesinde sen onlara hüsn ile davranacak, buluştuğunuz zaman onlara müşfik olacaksın." demektir.

Vurgulamak istediğim ikinci bir husus, "*Fe bimâ rahmetin minallâh*" ayetindeki "*mâ*" harfi ceri ile ilgili. Dil bilgisi uzmanları "*mâ*" ekinin fazlalık olduğunu söylerler, aslında "*fe bi rahmetin minallâh*" şeklinde de söyleyebilirsiniz. Fakat belagat ilmine göre buradaki "*mâ*" cümleye taaccüb (hayret) anlamı katıyor. Dilimizde basitçe ifade edecek olursak, Allah'ın insanı hayretlere düşürecek derecede merhamet, aşk ve şefkat ile tecelli etmesi halidir bu. Bir de Allah'ın "*bi rahmetillah*" yerine "*rahmeh*" demesi mevzu var. Kur'an-ı Kerim'in başka yerlerinde Allah şöyle buyuruyor:

قُلْ بِفَضْلِ اللّٰهِ وَبِرَحْمَتِهِ ﴿٥٨﴾

"Kul bi fazlillâhi ve bi rahmetihi"

De ki, "Allah'ın ihsanıyla ve rahmetiyle, yalnızca bunlarla sevinç duysunlar."

(Yunus Suresi 10: 58)

Fazlullah kelimesinde iyelik eki mevcut, dolayısıyla ifadeler birbirine bağlılar. Ancak bizim incelediğimiz ayette Allah diyor ki; "*Fe bimâ rahmetin minallâh.*" İki ögenin "*min*" harfi ceri ile ayrılmış olması cümlenin manasına gizemli bir etki katıyor. Nasıl bir aşk ve merhamet bu? Hangi merciiden geldi? Sonra da oluşan bu soruya cevap veriyor: "*Minallâh.*" Sadece "*Fe bimâ rahmetin minallâh*" ifadesi için bile dört yahut beş kadar farklı tertipte bulunmak mümkün. Bunların tamamını dilimize aktarmak imkansız, ancak hepsi de şu ortak noktayı vurguluyor: Allah'ın Hazreti Peygambere ve ashabına ihsan etmiş olduğu rahmetin, şefkatin, yumuşaklığın ve aşkın tarifi mümkün değildir. Çünkü daha evvel hiçbir lider böyle muazzam bir örneklik teşkil etmemiştir.

Askeriyede askerler hata yaptıklarında insanlar hayatlarından olur. Bir aşama sonra askeri mahkemede duruşma gerçekleşir. Duruşma sona erdiğinde askerlerin cezaları ya infaz edilir yahut hapse gönderilirler. Tüm bunlar kendilerine direkt gelen bir emre itaatsizlikte bulundukları için başlarına gelir. Askeriyede işler bu şekilde yürür. Bu arada, Uhud Muharebesi örneği doğrudan doğruya askeri bir mevzudur. Resulullah salt bir lider değil, bir ordunun generaliydi; dolayısıyla askerleri de davalarını savunuyorlardı. Allah ise buyuruyor ki; "Sen müstesna bir örneksin, senin gibisi mevcut değil. Bu kadar ağır bir davada bile, çok sıra dışı şekilde merhametlisin. Müşfik davranıyor olman, Allah'ın sana bir ikramıdır."

Daha sonra "*linte*" buyuruyor. Bu ayetteki ifadeler büyülüyor beni. "*Linte lehüm*" "*Sen onlara karşı müşfik davranıyorsun.*" şeklinde çevirebiliriz. Arapçada "*lenâ*" "*pürüzlülük ve kabalık*" anlamına gelen "*huşûnet*" kelimesinin zıddıdır. Dış görünüşünüzde, konuşmanızda, hareketlerinizde, mimik-

"Cenab-ı Hakk'ın Hazret-i Peygambere ve ashabına ihsan etmiş olduğu rahmetın, şefkatın, yumuşaklığın ve aşkın tarifi nâmümkündür. Daha evvel hiçbir lider böyle muazzam bir örneklik teşkil etmemiştir."

lerinizde ve hatta sükutunuzda dahi kabalık olabilir. Bazen kızınıza veya oğlunuza kızarsınız da öfkenizi onlara bağırarak değil onlarla konuşmayarak, göz kontağı kurmayarak ifade edersiniz. Anneler çocuklarına kızdığında, çocuk annesi kendisi ile göz kontağı kurmasazsa dahi biliyor ki annesi bugün sinirli. Çünkü annesi sözel olarak ifade etmese bile, davranışları ve mimikleri yüzünden ortamda bir çeşit *huşunet*, kabalık ve sertlik hissediliyor. Allah, Resulü'ne "*linte lehüm*" buyurduğunda, "Sana onlara karşı nasıl müşfik olacağını bildireyim mi?" diye detaylandırmadı. İfadenin ucunu açık bıraktı. Diğer bir deyişle, konuşman, yüz ifadelerin, duyguların ve onlara bakışın hilm içerisinde olmalı. Allah'ın mesajı bu şekilde. Sen ashab ile buluşmadan evvel gel seni bir hazırlayayım. Subhanallah!

> *"Fe bimâ rahmetin minallâhi linte lehüm."*
>
> "Allah'ın rahmeti sayesinde sen onlara karşı yumuşak davrandın."
>
> (Âl-i İmran Suresi 3: 159)

Şimdi biraz da "*lin*" kelimesini ve kökenini inceleyelim. Kendini iyi hissetmesi için birine övgüler yağdırmaya yahut birinin sahip olduğu en güzel özellikleri sıralamaya Arapçada "*telayyene*" deniyor. Ayette geçen "*Linte lehüm*" ifadesine verilebilecek bir mana da; "Buluşmaya gittiğin zaman, o insanların güzel yönlerini öne çıkar." Normal şartlar altında buluşmanın konusu insanların güzel yönleri üzerine değil, her şeyi mahvetmeleri dolayısıyla kötü yönleri üzerine olmalıydı. Ancak Rabbimiz buyuruyor ki; "Vardığın zaman, onlar hakkında iyi şeyler söyle. Zaten yeteri kadar perişan durumdalar, olanlar yüzünden utanç içindeler, insan olmaları sebebiyle bir hata ettiler. Sana iman etmek için geldiler ve bundan evvel de senin için fedakarlıkta bulundular. Ve evet, belki bir kabahat işlediler, fakat bu evvelce yapmış oldukları hasenattan bir şey eksiltmez. Sadece biraz morale ihtiyaçları var, ki bunu da senden işitmeyi hiç ummuyorlar. Bu sebeple oraya git ve her birine güzel sözler söyle. *Linte lehüm*. Buluşmaya takdir ve övgü içeren sözlerle başlayacaksın."

Liderlik dediğiniz böyle olur işte. Yöneticilere milyon dolarlar ödeniyor, şirketler tüm yatırımı idarecilere, kurumsal liderliğe ve moral yükseltmeye yapıyorlar. O sıkıcı iş toplantılarına gidip ekrandaki sekiz yüz bin slayta bakarken uyuyakalan bazılarınız toplantı bittiğinde şöyle bağırıyor; "Geçen yılın satış rekorlarının hakkından geleceğiz. Evet!" Yapmacık hareketler bunlar. Herkes sadece para için işin içinde. Nihayetinde, hepsi sahte tepkiler. Gerçek liderlik böyle olmaz. Gerçek liderlik, Peygamberî liderlik ve Allah Resulü'nün liderliği, kendine tâbi olan, fedakarlıkta bulunan insanlara birer hizmetkar ve köle gibi sonsuz bir bağlılık içinde olmaktır. Tam da teb'anıza hüsn ile davranmanız sizden hiç beklenmediği sırada onlara güzel davranmaktır. "*Linte lehüm*", asıl liderlik budur.

"*Leyn*" ile devam edelim. Bu ifade beni hakiki manada hayrete düşürdüğü için bir türlü bitiremiyorum. "*Sagaha bi leynihi*" Arapçada, "Duruşunu yumuşatarak dinledi."

"Gerçek liderlik, Peygamberi liderlik ve Allah Resulü'nün liderliği, kendine tâbi olan, fedakarlıkta bulunan insanlara birer hizmetkar ve köle gibi sonsuz bir bağlılık içinde olmaktır."

demektir. Başka bir ifadeyle, "*leyân*" kelimesi birini yargılamadan dinlediğinizde, öfkenizi bir kenara bıraktıktan sonra kulak verdiğinizde kullanılır. Bir misal vereyim. Eğer kızım matematik dersinden kalırsa, ben de "Neler oluyor bakalım? Bana hemen durumu izah et!" dediğimde, verdiği yanıta kulak asmam çünkü hala çok kızgınımdır. Dürüst olalım. Durumu izah etmesini istiyorum; bana gayet mantıklı açıklamalarda bulunursa, "Aa tamam, maşallah, sarıl bakalım babaya" diyeceğimden değil herhalde. Elbette ki öyle olmayacak. Kendimi zaten sinirli olduğuma şartlamışım, kararımı çoktan vermişim. Hal böyle olunca da kızımın meseleye nasıl bir açıklık getirdiğinin hiçbir önemi yok.

Fakat Arapçada kullanılan "*sagaha bi leynihi*" ifadesi, dinleyenin tüm dikkatini konuşan kişiye verdiğine; her ne olursa olsun kızacağım diye kendini şartlandırmadığına işaret eder. "Bana bak, bir hata yaptın. Ne bahane ürettiğin umurumda değil, sonuç olarak her şeyi mahvetmişsin." Hayır. İnsanları yumuşak bir şekilde dinleyeceksin. Haline yumuşaklık katmanın yanı sıra, onlar konuşurken de sinirlenmeyeceksin. Sakince dinleyip onlara karşı hilmini koruyacaksın. "*Lin*" Arapçada hurmanın tatlı olan bir çeşidine de deniyor. "İnsanlara aynı o hurma gibi tatlı davran." demek bir yandan. Subhanallah!

Aslen *yumuşak* manasına gelen "*raha*" kelimesi, size rahatlık veren şey demektir, *na'im*. Oraya gittiğinde insanlar için bir ıstırap, keder ve depresyon kaynağı değil, bir huzur kaynağı olmalısın. Bunlar Allah'ın Hazreti Peygamber'e buyurduğu şeyler fakat bunları bize de buyuruyor, çünkü bizler de liderleriz. Eşimiz, çocuğumuz, çalışanımız, arkadaşımız bizi hayal kırıklığına uğrattığında tepkimiz nasıl oluyor? Nasıl yanıt veriyoruz? Nasıl üstesinden geliyoruz bu durumun? Allah Resulü'ne sakin olması ve olabildiği en halim hali alması emredildiğinde sevdikleri vefat etmişti! Fakat biz kaybolan anahtarlarımız ve bulamadığımız telefonumuz yüzünden yahut eşimiz telefona hemen bakmadığı için kontrolden çıkıyoruz. Bunlara kızılır mı? Olması gerekenden ne kadar uzakta olduğumuzu fark ediyor musunuz? Sonra da diyoruz ki, biz Peygamber Efendimiz'in sünnetini çok seviyoruz. Halimize bakın, iddiamıza bakın. Hazreti Peygamber'in miras bıraktığı şefkat işte burada, Allah'ın öğrettiği liderlik işte burada. Allah'a şükredin ki biz onun pozisyonunda değiliz, çünkü gerçek bir liderden başkası onun içinde olduğu durum ile baş edemezdi.

Ayet şu çarpıcı sözlerle devam ediyor:

﴿ وَلَوْ كُنتَ فَظًّا غَلِيظَ الْقَلْبِ لَانفَضُّوا مِنْ حَوْلِكَ ﴾ ١٥٩

"Ve lev künte fazzen ğalîze'l kalbi le'nfezzû min havlik"

"Eğer kaba, katı yürekli olsaydın, onlar senin etrafından dağılıp giderlerdi."

(Âl-i İmran 3: 159)

"*Fazz*"ın Arapça'da birkaç manası var, ben de her birinin altını çizeceğim şimdi. Birinci anlamı kaba ve rahatsız edici şekilde konuşan kişi. "*Fazz*" bağlamsal olarak biriyle konuşurken kullanılıyor. "*Efzaztuhu*" dediğimde ise, "birine fısfıs sıktım", yahut "üzerine toz attım" manasına gelir. Dolayısıyla, birisi eğer var gücüyle bağırarak konuşurken ağzından tükürükler de saçılıyorsa, "*Fazz*" etme halindedir. Allah azze ve celle buyuruyor ki, eğer sen var gücünle bağırıyor, onlara kızıp azarlıyor olsaydın, ortama girer girmez "Ne oldu size? Ne yaptınız siz?" deseydin... Allah bu cümleler üzerine buyuruyor; "Eğer bu şekilde davransaydın..." "*Ve lev künte fazzen*"

Bazı anne babalar bazen şöyle davranıyor; "Kaba şeyler söylüyor olabilirim ama içimden aslında seni hala seviyorum. Yani, sana bağırıp çağırıyor olabilirim, ama bana sonrasında bir kucak ver." Kontrolü kaybedip çılgına dönüyorlar, çocuklarına "Canavar Hulk" gibi davranıyorlar, sonra da "Ben seni hala seviyorum, olsun, böyle şeyler olur. Dondurma ister misin?" diyorlar. Biliyor musunuz? Dondurma yaptığınız şeyi örtmeyecek. Çoktan zarar verdiniz. Dolayısıyla Allah evvelden uyarıda bulunuyor. Önce "Diline dikkat etmelisin" anlamında "*Lev künte fazzen*", sonra da "Kalbin onlara karşı sert olmamalı" manasında "*Ğalize'l kalb*" ifadelerini kullanıyor. Diğer bir deyişle, diline dikkat ettiğin halde kalbinde onlara karşı gizli bir hınç tutuyorsan, bu da uygun değildir.

İki müşkil beliriyor. İlki, öfkeli öfkeli konuşup ardından da, "Aslında ben seni seviyorum, ama her şeyi berbat ettin!" demek. Aman ha, şunları yapmayın: Evvela çok yumuşak konuşmak durumundasınız, yumuşak davranırken de içinizde öfke halini devam ettirmemelisiniz. Anneler, babalar, eşler dışından "kızgın değilim" diyor, fakat aslında öfkeliler, içlerinden "Evet, bunu yapmandan nefret ediyorum. Bir şey söylemeyeceğim şimdi sana, ama içim fokur fokur kaynıyor." diyorlar.

İkinci müşkili Allah ekliyor; "*Ğalize'l kalb*". *Ğaliz* içerisine nüfuz edilmesi mümkün olmayan demek. "*Ma yedhul fihi şey'un*" "Nüfuz edemediğin şey." Eğer kalbiniz çok katılaşırsa, o insanlar yüzünden uğradığınız hayal kırıklığı o kadar büyüktür ki onları defterden siler atarsınız. Belki dışınızdan yumuşak konuşuyorsunuzdur, fakat çoktan hayatınızdan çıkarmışsınızdır. Vazgeçmişsinizdir, size karşı iyi olamamışlardır. "*Ğalize'l kalb*" bu durumu tasvir için kullanılıyor.

Resulullah için iki husus söz konusu: Diğer yandan oraya gittiğinde, yumuşak ol. Yüzün kederli görünmesin, onları rahat hissettir ve onlar hakkında güzel şeyler söyle. Onları sakinleştir, konuşurlarsa kulak ver. Duygularını kontrol etmeyi öğren, ashabın ile ilgilenirken tüm kederini bir yana koy. Eğer bunları yapmasaydın ve herhangi bir lider gibi davransaydın ne olurdu? Vurgu *lam*'ı ile beraber; "*Lenfaddu min havlik*." Ulemanın bazısı Allah'ın buradaki lam harfini yemin etmek için eklediğini söylemişlerdir. Sahabenin kaçıp gitmiş olacağına dair Allah yemin ediyor. Kaçıp giderlerdi. Bu Kur'an'da bu şekilde yazıyor. Eğer Hazreti Peygamber kaba davransaydı, sahabe Resulullah'tan kaçacaktı, Allah yemin ediyor.

Aslında, kaba davranıyor olsaydı dahi Allah'ın elçisi hala hakikati konuşuyor, Kur'an kendisine vahyediliyor, hala "la İlahe illallah" buyruğunca söz söylüyor ve öğretiyor olacaktı. Peygamberliğine dair delillerin bütünü mevcut olacaktı, bir tanesi hariç; "Yumuşaklığı" Allah diyor ki, sahabe için bu kadarı bile yeterli olacaktı. Resul-i Ekrem uğruna canını feda etmek isteyen ve Allah'ın rızasını kazanmak için yanıp yakılan bu insanların hilm eksikliği nedeniyle kaçıp gitmiş olacağını Allah haber veriyor.

"Öfkelenecek biri varsa, o da kendimizdir, başkası değil."

"*Lenfeddu min havlik*" ayetindeki "*infidad*" nedir peki? Arapça'da "*infidad*" bir kupa yahut bardağı elinizden düşürdüğünüzde onun tuzla buz olması, bardağın tüm parçalarının da birbirinden uzaklaşması demektir. Olay niçin bu kelime kullanılarak tasvir ediliyor biliyor musunuz? "Senden kaçıp giderler" anlamında "*Le ferru*", yahut "Ya etrafından kaçarlar" manasında "*Le abaku min havlik*" kullanılmamış. "*Lenfeddu min havlik*" denmiş. Niçin "*infidad*" kelimesi? Çünkü bir bardak tuzla buz olduğunda, onu tekrar geri yapıştıramazsın. Senden öyle bir kaçarlardı ki, bir daha asla geri gelmezlerdi; gelseler bile, hiçbir zaman mazideki birlik ve beraberliklerine ulaşamazlardı. Resulullah'a öğretilen liderlik dersi bu şekilde; "*Lenfeddu min havlik*" (Allah'ın o hayret verici merhameti olmasaydı) sen onlara bu şekilde davranmaya güç yetiremezdin.

Sinirlenme Konusunda Çok Becerikliyiz

Müslümanlar olarak sinirlenme hususunda üzerimize yok. Her şey bizi öfkelendiriyor. Bizi öfkelendirmesi gereken tek şey, Resul-i Ekrem'in müşfikliğinden, Allah kelamından ve duygularımızı kontrol etmekten ne kadar uzakta olduğumuzu fark etmek. Öfkelenecek biri varsa, o da kendimizdir, başkası değil.

Bundan sonra nasıl davranırsınız? Bu kelam, bu konuşma, bu alıştırma süreci, Allah tarafından Peygamber Efendimiz'e uygulanan liderlik eğitimi sona erdiğinde Hazreti Peygamber'e ne söyledi? Ona dedi ki:

فَاعْفُ عَنْهُمْ وَاسْتَغْفِرْ لَهُمْ وَشَاوِرْهُمْ فِي الْأَمْرِ فَإِذَا عَزَمْتَ فَتَوَكَّلْ عَلَى اللّٰهِ إِنَّ اللّٰهَ يُحِبُّ الْمُتَوَكِّلِينَ ﴿١٥٩﴾

"Fa'fu anhüm ve'stağfir lehüm ve şâvirhüm fi'l emr. Fe izâ azemte fe tevekkel alellâh. İnnallâhe yuhibbu'l mütevekkilîn."

"Onlar için Allah'tan bağışlama dile. İş konusunda onlarla müşavere et. Bir kere de karar verip azmettin mi, artık Allah'a tevekkül et, (ona dayanıp güven). Şüphesiz Allah, tevekkül edenleri sever."

(Âl-i İmran Suresi 3: 159)

Ne yapacağını biliyor musun? Git ve onlara hüsn ile davran, bunun ötesine onları mazur gör ve aynen devam et. "*Fa'fu anhüm*" onları seve seve affet. "*Ve'stağfir lehüm*" ve onlar için istiğfar et, Allah'tan onları affetmesini dile. Bir numaralı kural şöyle; "Aramızda bir mesele yok, iyiyiz. Kızgın değilim artık ve size iyi davranıyorum." diyeceksin. İkinci kural ise; "Buluşma sonlanıp da dua edecek olduğunda, Hazreti Hamza'nın mağfireti için, tüm şehitlerin cennet ehlinden olması için dua edeceksin. Ardından bütün bu olayları başlatan okçular için de dua edeceksin. Onlar için dua et. Liderliğinin hakiki bir sınaması bu şekilde olacak. İçinizde hiçbir ukde kalmadıysa, aileniz ve sevdikleriniz için dua ederken sizi hayal kırıklığına uğratanlar için de dua edebilirsiniz. Hakiki bir lider böyle olur.

Önemli bir nokta, bu duayı topluluk içinde yapmayacaksın. Buluşmaya gittiğinde insanlara yönelip de, "Ey insanlar, Allah sizi affetsin!" demeyeceksin. Asla! Duanı tenhada, bir başına iken edeceksin. Herkesin içinde alenen edilen duanın insanları utandırmaktan başka bir fonksiyonu olmaz. Bu onları suçlamanın başka bir yolunu seçmek olur. Fakat tenhada kendi başına Allah'a yalvarırken, seni hayal kırıklığına uğratmış o insanlar için zaman ayırırsın. Ve dersin ki; "Ya Rabbi, bunlar benim ashabım, bir kabahat işlediler. "Ademoğlunun tamamı hata işler." Onların kusurlarını affet, devam etmeleri için yardım et, onları daha güçlü kıl, diğer Müslümanların kalbinde onlara karşı bir nefret oluşmasına müsaade etme." Onlar için bu şekilde dua et, "*Ve'stağfir lehüm.*"

Daha bitmedi. Gelecek sefer buluştuğunuzda seni hayal kırıklığına uğratan insanları yanına çağır. Onları topluluğa dahil et, önemli bir karar alınacağı zaman da onlara, "Ne düşünüyorsun? Senin fikrini öğrenmek istiyorum." diye sor. Bunu da laf olsun diye sorma. "Söyle bakalım ne düşünüyorsun?" diye sorup da ne derlerse desinler "Peki, Allah razı olsun" deme. Onların görüşlerine gerçek manada önem ver. "*Ve şavirhüm fi'l emr*" "Fikirlerini aldığın karara dahil et." Kimin görüşlerine önem ver diye emrediyor Allah? Seni hayal kırıklığına uğratan o insanların. Hayal edin, Ahzap Muharebesi üzerine bir toplantı yapılacak olduğunda Allah Resulü kendisini Uhud Muharebesi'nde hayal kırıklığına uğratan o insanları çağırıp diyor ki; "Nasıl bir taktik geliştirmeliyiz diyorsunuz?" "Kim? Ne? Ben mi?! Benim fikrimi mi soruyorsunuz? En son her şeyi elime yüzüme bulaştırdım ben." "Hayır, senin fikrine ihtiyacım var, görüşlerin benim için değerli." O zaman ashabın elinden "Bu insan Allah'ın elçisi olabilir ancak, çünkü kimsenin böyle büyük bir kalbi yoktur" diye düşünmekten başka bir şey gelmeyecektir. Bu kadar muazzam bir lütuf ancak Allah katından olabilir. Ayet bu nedenle "*Fe bimâ rahmetin minallâh*" şeklinde başlıyor. Biz insanları laf olsun diye dinleyemez, fikirlerini ise bizi

"Öfke ateşini söndürmenin yolu, Rasulallah'ın örnekliğini tatbik etmekten geçer."

mazide hayal kırıklığına uğrattıkları için görmezden gelemeyiz. Çoğu zaman insanları dinliyoruz fakat *gerçekten* dinlemiyoruz; sadece dinliyormuş gibi yapıyoruz ki bu da sahtecilik oluyor. Bunu yapmamız hoş değil. Allah'ın elçisi her ne yaptıysa, çok samimi bir şekilde yapmıştı. "Ve şavirhum fi'l emr."

Son olarak, "*Fe iza azamte fe tevekkel alellâh*", nihai bir karara eriştiğinde ise Allah'a güven. Başarının garantisi Allah'tan gelir, bu nedenle bir karar verdikten sonra Allah'a güven. "*İnnallâhe yuhibbu'l mütevekkilîn*" "Hiç şüphesiz Allah kendisine güvenenleri sever."

Sonuç olarak, biz kendi rehberliğimize güvenemeyiz, rehberimiz de kendi zatına güvenemez, hepimiz Allah'a güveniriz. Elimizden gelenin en iyisini yapıp bir karara vardığımızda; "Lider benim, bu kararı ben verdim ve en iyi karar da bu" diyemeyiz. Hayır. Deriz ki; "Ya Rabbi, böyle bir karar verdim. Bu kararı hayırlı kıl, çünkü sadece beni değil bütün tebaamı etkileyecek. Bütün ailemi, her şeyi etkileyecek. Bu nedenle Allah'ım onu hayır kıl. En iyisi nedir ben bilemiyorum. Tebaam bana güvendiler, çünkü onlar Sana güvenip dayanıyorlar." Allah Resulü'nün pek ince ve çok latif olan liderlik örneğidir bu. Temennim o ki, bu örneklikten minnacık bir parça dahi olsun özel hayatımıza, iş hayatımıza, profesyonel hayatımıza ve toplum hayatımıza geçirelim. Eğer onun liderlik örneğini uygulayabilirsek, vallâhi, Peygamber Efendimiz'in sünnetinin bereketi ile insanlar birbirlerini Allah rızası için severler. Liderlik kriterlerini uygulamadığınızda

"Biz kendi rehberliğimize güvenemeyiz, rehberimiz de kendi zatına güvenemez, sonuç olarak hepimiz Allah'a güveniriz."

ise, insanlar birbirine sinirlenmeye ve buğz etmeye başlar. Öfke ateşini söndürmenin yolu, Resulullah'ın örnekliğini tatbik etmekten geçer.

Rabbimiz bizlere Müslümanlara karşı yufka yürekli olmayı, affederek yola devam etmenin kıymetini bilmeyi ve şükrünü eda edebilmeyi nasip etsin.

3. BÖLÜM

FİNANSAL TUTUMLARIMIZ

Nasıl Kazanıyoruz?

Bu konuda Kur'an'da dördüncü sırada yer alan Nisa Suresi'nden birkaç ayet üzerine sizinle beraber tefekkür etmek istiyorum. Nisa Suresi'ne aşina olmayanlarınız için, bu sure Hazreti Peygamber'in Medine'ye hicretinin ilk zamanlarında kendisine vahyedilen ayetlerden oluşuyor. Biraz o tarihlerde neler olduğuna dair bilgi vereyim ki anlatacaklarım için bir perspektif oluştursun. Resulullah Medine'ye hicret ettiği sırada, şehirde halihazırda küçük bir Müslüman topluluğu mevcuttu. Mekke günlerinde bu grubun zararsız bir direniş hareketi olduğu düşünülebilirdi, çünkü şu kadarcıklardı, henüz bir topluluk değillerdi. Birçok durumda toplum içinde namaz kılmalarına dahi müsaade edilmiyordu. Mekke'de birer fazlalık addedilen ve zulüm gören küçük bir grup. Ancak bir kere hicret gerçekleşti mi ve İslam'ın mesajını yaymak için hazır bir topluluk oluştu mu, birkaç kabile hemen İslam'ı kabul etti. Peygamber Efendimiz Medine'ye hicret ettiği zaman büyük bir topluluk olarak onu karşılamaya gelmişlerdi.

O zamanlar şehir ahalisi içerisinde Hristiyan ve Yahudiler de vardı. Müslümanlar, Yahudiler ve Hristiyanlar arasında olağan bir saldırıya karşı şehri beraber savunacaklarına dair bir antlaşma imzalanmıştı. Bunlar Hazreti Peygamber'in şehre vardıktan sonraki ilk altı ay içerisinde yürürlüğe koyduğu başlangıç niteliğindeki çalışmalardı. Gün geçtikçe nazil olmaya devam eden Kur'an ayetleri, sonunda yasal meseleler hakkında da vahyedilmeye başlandı. Kur'an'ın neredeyse üçte biri olan Mekkî sureler yasal durumlar hakkında izahat getirmemiştir. Yer yer bazı ahlaki emirlerden dem vurulur, ancak geneline baktığımızda ayetlerde aktarılan tam manası ile şeriat (İslam hukuku) değildir. Elbette ki, şeriatin namaz gibi bazı temel unsurlarından bahsediliyor, fakat Hazreti Peygamber Medine'ye geldikten sonra, daha evvelkilerden çok daha fazla şer'i ayet nazil oluyor.

Bu sure özellikle önemli, çünkü yüzyıllar sonra dünya nüfusunun beşte birini oluşturacak olan Müslüman toplumunun gelişim aşamasında nazil oluyor. Kıtaları ve milletleri bünyesine alacak bir medeniyet haline gelecek... Ancak ayetlerin vahyedildiği sırada henüz emekleme aşamasında. Sayıları birkaç yüz kadar ya var, ya yok. Nihayetinde, Allah topluluklarını doğru bir zemin üzere tesis ettiklerine emin olsunlar diye onlara emir ve yasaklarını bildiriyor. Yüksek bir bina inşa edeceğiniz zaman zemini derin kazarsınız. Bina ne kadar yüksek olacaksa, zemin de o kadar derin olmalıdır. Zemin derinleştikçe, binayı yükseltme imkânınız artar. Eğer zemin kazmaya zaman ayırmazsanız çok yükseklere çıkamazsınız. Teolojik olarak ele aldığımızda imanımız için de aynı şey geçerli; inanç sahibi olduğumuz hususların çok derinlere kök salmış olması icab ediyor. Neye inandığımızı tam manası ile idrak etmemiz ve inandığımız şeyin kesinliği hususunda da kalben emin olmamız gerekiyor. Ancak bu şekilde olursa amellerimiz inancımızı yansıtabilir. Bir taraftan durum bu şekilde. Fakat şer'i kuralların kendi içinde dahi, Allah daha sonra indireceği hükümleri arındıracak giriş niteliğinde ayetler vahyediyor. Sizinle paylaşmak istediğim kısım bu hususla ilgili. Müslüman bir topluluk henüz emekleme çağında ise, onlar için en önemli emir nedir?

Allah buyuruyor ki:

> *"Yâ Eyyühellezîne âmenû! Lâ te'külû emvâleküm beyneküm bi'l bâtıli illâ en tekûne ticâreten an terâdin minküm velâ taktülû enfüseküm innallâhe kâne biküm rahîma."*
>
> "Ey iman edenler! Mallarınızı aranızda batıl yollarla yemeyin. Ancak karşılıklı rıza ile yapılan ticaretle olursa başka. Kendinizi helâk etmeyin. Şüphesiz Allah, size karşı çok merhametlidir."
>
> (Nisa Suresi 4: 29)

Ey iman ettiğini iddia edenler, birbirinizin mallarını haksız yere yemeyin. Karanlık finansal işler çevirmeyin. Bu konuya Bakara Suresi'nde de değiniliyor:

> "Aranızda birbirinizin mallarını haksız yere yemeyin. İnsanların mallarından bir kısmını bile bile günaha girerek yemek için onları idarecilere (rüşvet olarak) vermeyin."
>
> (Bakara Suresi 2: 188)

Devam ediyor ve diyor ki; her şeyden önce insanları dolandırmayın, paralarını hortumlamayın. Mevzunun daha derinlerine nüfuz etmeye çalışacağız. Cümlenin birebir çevirisi; "Birbirinizin mallarını haksız yere yemeyin" şeklinde, değil mi? Ancak şu manayı da ihtiva ediyor; "Paranızı kullanarak yöneticilerin ilgisini çekmeye çalışmayın." Gerçekten. Kendimi tekrar edeceğim; "Sahip olduğunuz mal mülk ile devletin, devlet reisinin, bakanın ve meclis başkanının ilgilisini çekerek, kendi küçük grubunuzla halkı soyup soğana çevirmeye kalkmayın." Şunu söylemeye çalışıyor; "İşletmeler siyasete bulaşırsa yolsuzluklar ortaya çıkar." Zenginler ve üst düzey firmalar, siyasileri kolaylıkla ellerinde tutabiliyorlar. Siyasiler bir kez onların hakimiyeti altına girdi mi, bedelini orta sınıf halk ödüyor.

İnsanlar uyuklarken büyük şirketler devletle ortaklaşa soygunculuk yapabiliyor bu şekilde. İlla ki evlerine zorla girip paralarını çalmalarına gerek yok. Nasıl hırsızlıklar insanlar uyurken yapılıyorsa, bunlar da işi yönetmeliğine uydurarak, yasalardaki boşluklardan yararlanarak yapıyorlar. İnsanların ruhu bile duymuyor. Güncel politikadan bahsediyormuşuz gibi şimdi, ancak hayret vericidir ki bu mevzulardan Allah bir buçuk milenyum kadar önce bahsetmişti.

Müslüman topluma bir bakalım:

İnsanların paralarını hortumlamayın ve siyasetçileri karanlık işlerinize alet etmeyin. Bir toplum inşa etmeye çalışıyorsunuz, inşa için de açık ki ticaret gerekli. Birbiriniz ile iktisadi ilişkiler kuracaksınız. Biriniz dükkan açacak, biriniz hurdalıkta araba alıp satacak. Her türlü işten insan olacak, hepinizin de birbirinizle finansal münasebeti olacak. Öncelikle, bu ilişkileri hak istikametinde kurduğunuza emin olun. Düşünün bir, Kur'an vahyedilmeye başlar başlamaz bize şöyle denmiyor; "Birini gördüğünüzde ona selam verdiğinize emin olun." Bunlar bizim mühim saydığımız, İslami hükümler olduğunu düşündüğümüz şeyler; ancak Allah'ın

İslami hüküm olarak öncelediği mevzu, finansal mevzuat. Bana inanılmaz geliyor. "*Lâ te'külû emvâleküm beyneküm bi'l bâtıl.*" Sonra bir yan cümle ekliyor, diyor ki; "*İllâ en tekûne ticâreten an terâdin minküm*" İki tarafın da razı olduğu ticari bir anlaşma olmadıkça. Ne tür bir ticaret olursa olsun, satıcı ve alıcı arasında çok berrak bir anlaşma olduğuna emin olun. Allah'ın bu yöndeki buyruğunu kendi zamanımız için düşünebiliriz şimdi. O zamanlar onlara hitap etmişti, şimdi ise bizlere söylüyor.

Otomobil galerisinden içeri giriyorsunuz, satış elemanları size araba satmaya çalışıyor. Yegâne muradı bir an önce arabayı elden çıkarmak olduğu için size ikinci el arabasının bütün kusurlarını gizleyerek sadece güzel taraflarını şişiriyor; "Rengine bir baksanıza, nasıl da parıl parıl görüyor musunuz?" Pek tabii size vites sorunlarından bahsetmeyecektir, geçmişte bir sürü kazası olmuştur, vesaire. "Arabanın oto ekspertiz raporunu yaptırabilir miyim?" diye sorduğunuzda, "Aman beyefendi, ekspertiz raporuna ne gerek var? Ben size her şeyi söylerim. Sana bir güzellik yapayım, bugün sağımdan kalktım. Sevdim seni, şapkan da güzelmiş. O yüzden bin dolar düşeceğim." cevabını alırsınız. Ne yaptığını biliyor musunuz? Tam da Allah'ın uzak durun dediği tarzda bir ticaret yapmaya çalışıyor.

Eğer satış temsilcisi iseniz, dikkat kesilin! Çünkü satım işi ile meşgulseniz malınızı satabilmek için elinizden geleni ardınıza koymazsınız. Müşteriye aracın satış sözleşmesini imzalatabilmek için gereken her taklayı atarsınız. Bugünlerde de sözleşme diye inanılmaz bir şey var. Bir araba aldım diyelim, seksen beş sayfalık bir sözleşme geliyor önüme, baştan aşağı satıcıyı müşteriden korumak için düzenlenmiş. Muhtemelen maddelerin içinde de öyle şeyler yazılı ki, bilseniz hayatta o kağıdı imzalamazsınız. Bilin bakalım niçin o kadar küçük harflerle yazıyorlar? Bilin bakalım neden o kadar resmi bir dil kullanıyorlar?

İnsanların kendileri ile yaptıkları ticarette şeffaflığı ortadan kaldırmak için.

Ticarette bu işlerin nasıl yürüdüğüne dair başka bir örnek daha vereyim. İş hanına gidiyor ve bir dükkan kiralamak istiyorsunuz. Metrekare başına kiramız on dolar diyorlar. Gerçi eskiden bu şekildeydi, artık metrekare başına on dolar almıyoruz. Her neyse, on dolara anlaşarak dört yıllık bir kontrat imzalıyorsunuz. Ancak iki yıla kalmadan posta kutunuza bir mail düşüyor; "Fiyatlar yükseldi. Kiranızı on iki dolara yükselttik." Eğer "Nasıl oluyor? Ben dört yıllık kontrat imzalamıştım!" diye itiraz edecek olursanız, "Beyefendi kontratın yedinci sayfasının elli ikinci satırına bakacak olursanız 'piyasanın dalgalanmasına göre' ibaresinin geçtiğini göreceksiniz." cevabını alırsınız. Olur da bir mikroskop bulabilirseniz metni ancak o zaman yeteri kadar büyütürsünüz. Bir bakarsınız meğer oraya, "Ne vakit münasip görürsek o zaman ayağınızın altına karpuz kabuğu koyarız." yazmışlar. Allah'ın "İki tarafın da birbirinden razı olduğu ticaret haricinde." buyurması işte tam da bu sebeple.

Burada sadece ticarette dolap döndürenlerden bahsetmiyorum; kendimizden de bahsediyorum. Birçoğunuz profesyonel hayatın içindesiniz. Amerika'daki Müslüman toplumu kapsayan arşiv kayıtlarına göre, muhtemelen birçoğunuz teknoloji endüstrisi ile iştigal ediyor. İçinizde müteahhitler, programcılar, danışmanlar, ağ yöneticileri, muhasebeciler ve doktorlar var. Diyelim ki programcı yahut müteahhitsiniz, patronunuz yedi yirmi dört tepenizde gezinmiyor. Geliyorsunuz, bağımsız takılabiliyorsunuz; size bir proje veriliyor ve bitirdiğinizde haber vermeniz isteniyor, değil mi? Bazen aldığınız işi yirmi dakikada bitiriveriyorsunuz. Dolayısıyla oturup zaman öldürmek için tam olarak yedi saat kırk dakika size kalıyor. Bu durumda ne yapmalısınız sizce?

Bazılarınızın ne yaptığını ben size söyleyeyim. YouTube'u açıp Kur'an dinlemeye başlıyorsunuz ofiste. Gerçi birçok şirket ortak bilgisayarlarda YouTube kullanımını yasakladı. Allah'a şükür telefonumuzda 4,5G var. İş yerinizde oturup dinliyorsunuz... Eğer size bir maaş ödeniyorsa, bunun sebebi iş yapmanız. Ofisteyken olan bitenler bizimle iş verenimiz arasında diye düşünüyoruz. Fakat Allah diyor ki; "Hayır, bu işe ben de dahilim." Patronunuzla nasıl geçiniyorsunuz? Çünkü aranızdaki ilişki de bir nevi ticarettir. Eğer ofiste yapacak işiniz yoksa müdürünüze gidip söyleyin; "Bakın, benim yapacak bir işim kalmadı. Vicdanım rahat etmiyor bu şekilde. Eğer şimdi hiçbir şey yapmadığım halde maaşımın aynen ödenmesi sizin için de makulse, peki. Ama bunu size bildirmem gerek ki ikimiz de açık olalım."

Bazen çeşitli şirketlere hizmet sunan firmalarda çalışıyorsunuz. Firmanın yetkilileri o şirketlere "Size bir kontrat göndereceğiz; eğer imzalayabilirseniz bu projeyi altı ay içerisinde bitirebiliriz" diyorlar. Firmanın elinde artık proje altı ay içerisinde tamamlanacak diye bir kontrat var, fakat aslında işi iki ay içerisinde bitirecek donanıma sahip. Fakat olur da işi iki ayda bitirirseniz, saat başına fatura kesemezsiniz değil mi? Son kuruşuna kadar onlardan faydalanamazsınız. O yüzden işi ağırdan alırsınız. Ve her ne kadar işi bitirseniz de yetkili firmaya teslim ettiğinizde size der ki; "Rahat ol abi, vaktimiz var, faturayı kesmemiz lazım." Bu tarz bir ticaret uygulaması etik değil, sizin de bunu dillendirmeniz gerekir. Böyle bir

"Bizler vicdan sahibi insanlarız. Bizim yüksek bir makama vereceğimiz bir hesap var, dolayısı ile vicdan seviyemizin de yaptığımız işlerde yüksek olması gerekiyor."

duruma şahit olursanız bir Müslüman olarak kayıtsız kalamazsınız. İnsanların başkalarını kazıkladığına şahit olduğunuz halde duruma kayıtsız kalamazsınız. "Herkes yapıyor bunu, elimden ne gelir ki?" diye düşünemezsiniz. Herkes yapabilir, fakat siz yapamazsınız. Yapamazsınız, yapamam. Bizler vicdan sahibi insanlarız. Bizim yüksek bir makama vereceğimiz bir hesap var, dolayısıyla vicdan seviyemizin de yaptığımız işlerde yüksek olması gerekiyor.

Aynı durum işveren olanlarınız ve firmasında çalışanları bulunanlarınız için de geçerli. Çalışanlarınızın yapmaları gereken işin ne olduğu ile ilgili net bir fikirleri olduğuna emin olun. Kendilerinden beklenenin ne olduğunu, neyin ücrete tabi, neyin gönüllü olarak yapılacağını bilsinler. Üzerlerinde lüzumsuz baskı kurmayın. Alacakları maaş ve benzeri mevzular net olmalı, sonradan sürprizler asla olmamalı. Müslüman bir toplumun başlangıcı bu şekilde oluyor, hayal edebiliyor musunuz? Allah'ın bahsettiği ilk şey: Ticari ilişkilerinize dikkat edin. Niçin biliyor musunuz? Çünkü ticari ilişkilere dikkat etmezseniz, sadece ticaret yozlaşmakla kalmaz, toplumun içinde her türden yozlaşma baş gösterir. İnsanlar nasıl para kazandıkları hususunda endişe duymayı bıraktıkları zaman, ölçülerini yitiriyor; birbirlerini önemsemeyi bırakıyorlar. Çünkü birbirinizi önemsediğinizde, yaptığınız iş yanınıza kâr kalmaz, yavaş yavaş vicdanınızı öldürmeniz gerekir.

Birbirinizi Öldürmeyin

Ayetin hemen devamında gelen ifade bu nedenle şu şekilde; "*Ve lâ tektulû enfüseküm*" "Birbirinizi öldürmeyin." Allah ne buyuruyor? İktisadi yozlaşmalar alıp başını yürüdüğünde, toplum içerisinde çok çirkin suçlar da baş gösterir. İktisadi yozlaşma başka suçlara da yol açar. Subhanallah! Allah'ın bizi korumaya çalıştığı mevzu bu; "*Ve lâ tektulû enfüseküm*"

> *"Ve men yef'al zâlike udvânen ve zulmen fesevfe nuslîhi nâren ve kâne zâlike ale'llâhi yesîrâ."*
>
> "Kim haddi aşarak ve zulmederek bunu yaparsa, onu cehennem ateşine atacağız. Bu, Allah'a pek kolaydır."
>
> (Nisa Suresi 4: 30)

"Her kim düşmanlığından yahut haksız yere bunu yaparsa (diğer bir deyişle, cinayet işler yahut cinayete sebep olan bir fiilde bulunursa), o zaman onları ateşe atarız, bu ise Allah için çok kolaydır." Niçin Allah bu kadar sert bir dil kullanıyor? Burada ateşe atılacak "kafirler"den bahsetmiyor. En başında vurguluyor; "Ey iman edenler", eğer işleri saptırırsanız, sizi de ateşe atmaktan kaçınmam. İman ettik diye kurtulduğunuzu zannetmeyin. Kendinizi Müslüman addedip de İslamiyet'in öğretilerini temsil makamına oturmaya çalışmayın. Bu şekilde paçayı yırtamazsınız. İmanımız sadece bir söylemden ibaret olamaz; bilinçli olarak seçtiğimiz bir hayat tarzı olmalı. Hem yaptığımız ticarette hem de birbirimizle olan ilişkilerimizde halimiz bizatihi *İslam* olmalıdır. Subhanallah. Çok muazzam bir şey bu.

"İmanımız sadece bir söylemden ibaret olamaz; bilinçli olarak seçtiğimiz bir hayat tarzı olmalıdır."

Sizinle paylaşmak istediğim son ayete geçmeden evvel güzel bir hususa daha değineyim. Allah ne sebeple bize bu nizamı emrediyor? Hemen bir önceki ayette buyuruyor ki:

"Yürîdullâhu en yuhaffife anküm ve hulika'l insânu zaîfâ"

"Allah sizden (yükünüzü) hafifletmek ister; çünkü insan zayıf yaratılmıştır."

(Nisa Suresi 4: 28)

"Allah üzerinizdeki yükü azaltmak istiyor ve şüphesiz insanoğlu zayıf yaratılmıştır." Sizin için bu kuralları koyuyorum, çünkü uyduğunuz takdirde daha kolay bir hayatınız olacak. Allem edip kallem edip ekstra bir fatura kesersem daha kolay bir hayatım olur diye düşünüyoruz, fakat Rabbimiz buyuruyor ki; "O parayı haksız yollardan kazanırsan, eninde sonunda gelip ensene yapışacak. Ya kişisel hayatında ya da aile hayatında bunun bedelini ödeyeceksin, çünkü bu yolla kazandığın o para helal değil."

Dikkatimi çeken bir nokta da şu: Müslümanlar olarak şüpheli yollardan para kazanıp da kendimizi suçlu hissettiğimiz zaman gidip bir camiye infakta bulunuyoruz. Çünkü içimiz rahat etmiyor. Kesinlikle haram olduğunu bildiğimiz halde tekel mağazası olan, üstüne üstük bir de içeriye sayısal loto makinesi yerleştirmiş bir dükkan sahibi, sırf kasanın arkasına Ayete'l Kürsî levhası astı diye her şey yolunda mıdır? Pekâlâ değildir. Şimdi o adam şarap satıyorum diye kendini suçlu hissediyor. Ramazan gelince on bin dolarlık çek infak ediyor camiye. O kirli para bir kez mescide, mescidin duvarlarına yahut halılarının temizliğine bulaştı mı, artık yıllar içerisinde o mescitte kavgaların bir türlü bitmemesine, kimsenin bu dalaşı üstlenmemesine, her türlü çekişmenin boy göstermesine, insanların birbirlerini sevmemesine ve gerginliğin hat safhaya ulaşmasına hiç şaşmamak gerekir.

Niçin? Çünkü temiz para bereketiyle, kirli para ise sıkıntısıyla gelir. Dolayısıyla hiçbir hayra vesile olamaz. Baştan ayağa günah olan, kirli olan bir şeyden güzelliğin ve faydanın ortaya çıkması beklenemez. Sağlığınız için zararlı olduğunu bildiğiniz bir şeyi tüketip sonucundan hayır umamazsınız değil mi? Ağzınıza zehir çalıp da neticede sağlık bekleyemezsiniz. Mantıklı hiçbir izahı olamaz bunun.

"İman" mevzusunda da işler benzer şekilde yürür. Şüpheli yahut haram yollardan kazanç elde ettiğinizde, o parayı istediğiniz kadar hayırlı mecralara yatırın, güzel sonuçlar elde edeceğim diye bekleyin, olmayacaktır. O şekilde yürümez bu işler, Allah'ın kanunları bu şekilde değildir. Subhanallah!

Bu son ve çok da latif olan ayeti anlayabilirsek, üzerinde biraz tefekkür edebilirsek, ümmet şu an olduğundan çok daha güzel yerlere ulaşacaktır, diye ümid ediyorum.

"İn tectenibû kebâira mâ tünhevne anhü nükeffir anküm seyyiâtiküm ve nüdhilküm müdhalen kerîmâ"

"Eğer size yasaklanan günahların büyüklerinden kaçınırsanız, sizin küçük günahlarınızı örteriz ve sizi güzel bir yere koyarız."

(Nisa Suresi 4: 31)

Allah buyuruyor ki: Ey insanlar, eğer elinizden geliyorsa, o en ağır, en berbat, en büyük günahlardan (kebair) uzak durun, kaçınmaya çalışın.

Kebair "*kebirâ*" kelimesinin çoğuludur. Kur'an'da adam öldürme, Allah'a küfretme gibi büyük günahlar için kullanılır. Normalde büyük günahlar bunlardır, fakat burada Allah "kebair" diye bildiğimiz günahları söylemeden evvel hangi büyük günaha vurgu yapıyor dersiniz? Ticari meseleler ve cinayete. Demek ki, birbirimizle olan münasebetlerimiz Allah katında çok önemli. Diyor ki, "Eğer sizi sakındırdığım büyük günahlardan kaçınabilirseniz, O da sizin diğer günahlarınızı örter, saklar."

Bakın, hepimiz insanız... Bir gün gelir namaz için geç uyanırsınız, başınıza gelecektir bu. Gün gelir sinirlenirsiniz, ağzınızdan söylememeniz gereken sözler çıkar... Eninde sonunda biriyle atışır kavga edersiniz; bunlar da olacaktır. Diliniz sürçer, biri hakkında arkasından uygunsuz şeyler söylersiniz. Bir gün olur, yüzde yüz dürüst olamaz, yalan söyleyiverirsiniz. İnsanız ve hatalar yapıyoruz. Hepimizin düşebildiği bu kusurlara, günahlara *seyyiât* deniyor. Hiçbirimiz melek değiliz, bu nedenle kusurlarımız oluyor, olacaktır da. Allah buyuruyor ki, eğer hayırlı bir ömür sürüp büyük günahlar hususunda da dikkatli davranabilirseniz, size küçükleri hususunda yardım edeceğim.

Tepe Taklak Olan Dengeler

Aklınızı ve kalbinizi ufak şeyler ile çok fazla meşgul etmeyin. Bir vakit namazı kaçırdınız diye depresyona giriyorsunuz; "Estağfirullah, ebediyyen cehennemde yanacağım artık çünkü..." Hayır hayır. Sakin olun. Büyük günahları işlememeye özen gösterdiğiniz takdirde, bir kez vuku bulan hatalarınızı Allah bizzat kendisi örteceği vaadinde bulunuyor.

Niçin bu hususu özellikle vurguluyorum? Bu dengeyi alt üst ettik, baş aşağı hale getirdik. Peki denge tepe taklak olunca ne yapıyoruz biliyor musunuz?

"Parayı nasıl mı kazanıyorum, boş versene! İnsanlarla nasıl mı iletişim kuruyorum, unut gitsin!"

Amma bir de konu ufak çaplı meselelere gelince görün siz! Müslümanlardan şüphe duyuyor, restoranlarda helal sertifikası var mı diye yirmi yerde arama başlatıyor, bu da yetmiyor acaba etlerini nerede kesiyorlar diye arşiv kayıtlarına bakıyorsunuz. Fakat kendi paranızı nerede kazandığınıza gelince onu hiç mi hiç umursamıyorsunuz. Subhanallah!

Helaller ve haramlar küçük şeylerdir demiyorum, fakat size bir bakış açısı kazandırmaya çalışıyorum. O bakış açısı da şudur; üzerine kafa patlatmanız gereken ilk husus nasıl para kazandığınız olmalı. Birincisi bu. İkincisi, insanları incitiyor musunuz? Diğer kurallar bu ikisinin peşi sıra gelir. Mescide gidersiniz; başınızdaki takkenin çok mühim şeyler ifade ettiği bir memlekettensinizdir belki de. Durum böyle olunca, yanınıza takkesiz biri oturunca içinizden; "Estağfirullah, adama bak takkesiz namaz kılıyor, namazı kabul olmayacak." diye düşünüyorsunuz, çünkü takke sizin için çok önemli. Sizin için önemli olabilir, fakat öncelikleri Allah belirler. Önem sırasını o bize bildirir; siz kendi kafanızdan uyduramazsınız. Hem siz, hem de ben Allah'ın öncelik verdiklerine mutabık kalmak zorundayız. Eğer ümmet olarak bizler bunu yapmış olsaydık, şu an çok daha iyi bir yerde olurduk. Birbirimizi idare etmek çok daha kolay olurdu. Büyük günahlardan kaçınmaya odaklansaydık birbirimize daha iyi muamele ederdik.

"*İctinâb*" kelimesi üzerine ufak bir dipnot düşeyim. "*İn tectenibû*" ayetinde geçen "*ictinab*" kelimesi köken olarak taraf manasına gelen "*cenb*"den geliyor. Kur'an'da Allah insanlara güzel söz söyleyin buyururken, "*Ve'l sahibi bi'l cenb*" ifadesini kullanıyor. Trende, uçakta yolculuk ederken yahut terminalde beklerken dahi yanınızda oturan kimse için Kur'an'da bir ayet var. Onlara hüsn ile muamele edin manasında. Onlar yokmuş gibi davranmayın. Onlara karşı nazik olun. Buna bile değiniliyor Kur'an'da. Kaçınmak anlamına gelen "*İctinâb*" kelimesi aslında bir şeyden uzak kalmak, uzakta olmak ifadesinin tam zıddı olarak kullanılıyor. Bu şekilde kullanılmasının sebebi şu anlamı vermek; "Büyük günahlara düşmek benden uzaktadır, benim için imkansızdır; doğruluk kaidelerim tarafından öylesine korunuyorum ki asla bana bulaşamazlar, diye düşünme." Açıkçası hemen yanı başınızdalar ve onlardan kurtulabilmek için bir kaçış hamlesi yapmak zorundasınız.

"*İctinâb*" hemen yanı başınızda olan bir tehlikeden kurtulmak için kaçış hamlesi yapmaktır. Tehlike ile burun burunasınızdır. Bu da demek oluyor ki, hayatta her zaman büyük hatalar yapma potansiyeline sahibiz. Aşikar, canlı ve doğrudan bir tehlikedir bu; kendimizi kollamamız gerekiyor. Hiçbirimiz kendimizi erdemli sayıp da, "Asla böyle bir hataya düşmem! Hata yapma tehlikesiyle karşı karşıya olduğumdan söz edilemez bile." deme hürriyetine sahip değiliz. Hayır. Hepimiz bu tehlikeyle karşı karşıyayız; fakat olasılığın ne kadar yüksek olduğunun farkında değiliz. Ve belki de, hatalara karşı duyarlıyız. Hatta hatalara karşı aşırı derecede duyarlıyız.

Kısaca özetlemek gerekirse, gelirimizi nasıl elde ettiğimiz, onu nasıl harcadığımız ve ticarette birbirimizle nasıl ilişki kurduğumuz dinimizin öncelik sırasında en başta yer alıyor. Birbirimize olan muamelelerimizde kibarlık ve hürmet dinimizin önceliklerini oluşturuyor. Bu, şeriatteki diğer mevzular önemsizdir demek değil şüphesiz. Helal et meselesi önemsizdir, sünnet namazlar önemsizdir, yahut dininiz üzerine başka neler öğrendiyseniz onlar önemsiz şeyler demek değil.

Şer'î meseleler (haram ve helaller) sizin kişisel hayatınızın öncelikleridir. Başkalarını yargılayasınız diye konmamışlardır. Onlar sadece "sizin" için vardır. Bunların dışındaki her şey, kendimizi bir Müslüman olarak ileriye taşıyalım diyedir. Başkalarını etiketleyip de, "Şu çocuğa bak, pantolonu ne halde gelmiş! Şu adama bak nasıl namaz kılıyor! Kızın başörtüsünün haline bak! Çocuğun sakalı bile yok!" diyemezsiniz. Hayır hayır. Dinin hükümleri evvela sizin için, kendiniz için var. Diğer insanların bulunduğu hali etiketleyesiniz diye konmamışlardır. Ailelerinin üzerine vazife olan bir şey bu. İçinde bulundukları toplumun yapması gereken bir şey. Eğer haklarında güzel sözler söyleyemiyorsanız, o zaman hiçbir şey söylememelisiniz. İnsanların içlerinden geçtikleri durum ve şartları bilmiyorsunuz; ben de bilmiyorum nasıl bir süreçten geçiyorlar, onun için kimseyi yargılayamayız. Ve burada size şunu söylemeliyim: Başkalarını çok kolay yargılayabilen karakterde bir insanın muhtemelen kendisine dair çok temel bir meselesi vardır ve esasen ona kördür.

"Başkalarını çok kolay yargılayabilen insan karakteri belirli bir psikolojiye aittir. Muhtemelen kendine dair çok temel bir meselesi vardır ve ona kördür. Kendinize kör olduğunuz zamansa, başkaları hakkında ekstra ilgi geliştirirsiniz."

Kendinize kör olduğunuz zamansa, başkaları hakkında ekstra ilgi geliştirirsiniz.

Ne de olsa siz doğruluk üniversitesinden mezunsunuz, değil mi? Kendinize dönüp bakma ihtiyacı duymadığınızdan tüm dikkatinizi başkalarına yöneltebilirsiniz. Problem burada. "Sizin diğer taksiratınızı affederim, üzerini örterim" mealindeki ayet bu nedenle önemli. Günah işlememiz için verilmiş bir ruhsat değil elbette. Ancak Rabbimiz vurgulu bir şekilde buyuruyor ki; "Bakın, büyük olanlarını affetmeyebilirim. Ufak kusurlarınız olursa -bile bile yapılmamış olan kusurlardır bunlar, çünkü başka bir ayette günahlarında ısrarcı olan insanlardan da bahsedilir- kazara bir hata yaparsanız, samimi bir şekilde affınızı istediğiniz takdirde size mağfiret ederim." Subhanallah!

Kur'an'ın bir hediyesidir bu. Etrafımızda olan biteni bir bakış açısına oturtur, bize bir öncelik sıralaması verir. Ne hakkında endişelenmeliyim; ne hakkında endişelenmemeliyim bilirim. Hayatımda önemli rol oynaması yahut biraz ötelenmesi gereken kaideler üzerinde çalışırım. Belki içinizde sünnet namazları ifa etmekte zorlananlarınız vardır, zar zor farzları kılıyorsunuzdur. Tamam o zaman, sadece bir sünnet ilavesi ile başlayın. Sabah namazının sünneti olabilir. Bir ya da iki hafta kadar devam edin, sonra başka bir sünneti ekleyin. Hepsini tek seferde yapmak mecburiyetinde

"Dinin hükümleri evvela sizin için, kendiniz için var. Diğer insanların bulunduğu hali etiketleyesiniz diye konmamışlar."

değilsiniz, düzeninizi kendiniz kurgulayabilir, adım adım daha iyiye doğru ilerleyebilirsiniz. Fakat eğer mesele kebair (büyük günahlar) ise; "Şimdi haram yoldan kazanıyorum ama yavaş yavaş vazgeçeceğim," diyemezsiniz. Yapamazsınız. "İnsanları incitiyorum ama az az terk etmeye çalışacağım" demek olmaz. Az az terk etmek diye bir şey yoktur, bu çeşit huyları ani bir şekilde bırakmak gerek. Terk etmeye kendiniz karar vermelisiniz, çünkü büyük günahlara devam ettiğiniz takdirde bu duruma Allah müsamaha göstermeyecektir.

Rabbimiz bize büyük günahlardan uzak duran insanlardan olmayı nasip etsin. Kazancımız da kazancımızı harcadığımız mecralar da O'nun rızası doğultusunda olsun. İkisi de adalet ve berraklık vasıfları ile donanmış olsun.

Duam odur ki, Allah ticaret ile meşgul olanlarımıza kabiliyet, ahlaki kuvvet versin, gönüllerimize adil, açık ve berrak ticaret yapabileceğimiz inancını ihsan etsin. Mescitlere infak edilen her kuruş helalinden ve temizinden olsun; o infaklar vesilesi ile vuku bulan faaliyetlerde ve inşa edilen konutlarda bereketi zahir olsun inşallah. Amin.

Para Meseleleri

Sizlerle İsra Suresi'ne ait bir ayet üzerine düşüncelerimi paylaşmak istiyorum. Bu ayetlerde Cenab-ı Allah bizlere paramız, alışveriş ve harcama konularında nasıl düşünmemiz gerektiğine dair yol gösteriyor.

Paylaşmak istediğim ayetlerin ilki olan yirmi beşinci ayette Rabbimiz şöyle buyuruyor:

رَبُّكُمْ أَعْلَمُ بِمَا فِي نُفُوسِكُمْ إِن تَكُونُوا صَالِحِينَ فَإِنَّهُ كَانَ لِلْأَوَّابِينَ غَفُورًا ﴿٢٥﴾

"Rabbukum a'lemu bimâ fî nufûsiküm in tekûnû sâlihîne fe innehû kâne li'l evvâbîne ğafûrâ".

"Rabbiniz, içinizde olanı en iyi bilendir. Eğer siz iyi kişiler olursanız, şunu bilin ki Allah tövbeye yönelenleri çok bağışlayandır."

(İsra Suresi 17: 25)

"*Rabbukum a'lemu bimâ fî nufûsiküm*" "Allah sizin içinizde sakladıklarınızı daha iyi bilir."

Allah bize dini kurallarını bildirmeden önce içlerimizde olanı bizden daha iyi bildiğini söylüyor. Aslında bu şuna işarettir: Allah'ın bize az sonra öğreteceklerinin kontrol mercii

> "Mükemmel olan yegâne mercii Allah'tır; demek ki hepimizin mutlaka bir noksanı var."

sadece sizsiniz. Diğer bir deyişle, ben gelip sizi düzeltemeyeceğim; siz de gelip beni doğrudan düzeltemeyeceksiniz. Kendi başımızın çaresine bakmamız gerekecek, çünkü mevzu kişisel vicdan ve kişisel ahlakımızı ilgilendiriyor.

Kendini dikkatle gözlemleyemeyen, nefis muhasebesi yapamayanların, az sonra verilecek olan ve surenin evvelinde verilmiş olan emirler doğrultusunda yaşamaları mümkün olmayacak. Allah diyor ki; "*Rabbukum a'lemu bimâ fî nufûsiküm in tekûnû sâlihîne* "Eğer gerçekten iyi ve doğru iseniz, Allah bunu en iyi bilendir" "*Fe innehû kâne li'l evvâbîne ğafûrâ*" "Allah pişmanlık içerisinde kendisine teveccüh edenleri bağışlayıcıdır." *Tevvâb* kelimesine benzer olarak Arapçada *evvâb* diye bir kelime de var. Allah'a samimiyet ile yönelenler manasına geliyor. Yaptıkları sebebiyle suçluluk hissediyor, bir kusur işlediklerini devamlı surette hatırlayarak Allah'a yöneliyorlar; bu insanlar için Allah sonsuz derecede merhamet sahibidir. *Evvâb* kelimesinin içinden çıkarılacak bir ders daha var: Hiçbir zaman hata yapmaktan münezzeh olamayacağımız ve hep çok daha iyisini yapabilecekken yapmadığımız durumların var olacağı dersi. Devamlı surette kendimizi gözden geçirmemiz ve eksikliklerimiz için Allah'a istiğfar etmemiz gerek. Ben kendimi gözden geçirmeliyim, siz de kendinizi gözden geçirmelisiniz. Devamlı surette noksanlarımızın farkında olmamız gerek. Birinin gelip benim kusurlarıma dikkat çekmesini beklemek yerine, yanlış davranışlarıma evvela benim dikkat etmem ve Allah'ın huzurunda hatalarımı itirafım lazımdır.

Aslında bakarsanız bu çok güzel bir şey ve Rabbimizin kemâli ile doğrudan ilgisi var. Mükemmel olan yegâne mercii Allahu Tealadır; demek ki hepimizin mutlaka bir noksanı var. Her zaman kusurlarımız olacak, hiçbir zaman hata yapmaktan berî olamayacağız. Asla olmayacak bu. Bunun için, biz hatalarımızı fark edeceğiz ve Allah'tan onları örtmesini isteyeceğiz. Mağfiretin işlevi budur: Saklamak, kusurları örtmek. Yerde bir çatlak görürseniz onu çimento ile kapatırsınız, kelime manası budur. Bu yaptığımız aslında kul olarak kendi noksanımız, Rabbimizin ise kusursuz olduğunu itiraf etmektir. Kendilerinde olan biteni fark edemeyenler -Allah bizi onlardan olmaktan korusun-, hatalarını fark edip tövbe ederek ancak daha iyiye gidebileceklerini fark edemeyenler; aslında Hazreti Allah'ın kemâlini akıldan çıkarmışlardır.

> *"Ve âti ze'l kurbâ hakkahû ve'l miskîne ve'bne's sebîli velâ tübezzir tebzîrâ"*
>
> "Akrabaya, yoksula ve yolda kalmış yolcuya haklarını ver, fakat saçıp savurma."
>
> (İsra Suresi 17: 26)

Allah paramızı nasıl harcamamız gerektiği hususunda bize tavsiyede bulunuyor. Diyor ki; "*Ve âti ze'l kurbâ hakkahû*" "Yakınında olana ver." "*Zevi'l kurbâ*" buyurmuyor, "*ze'l kurbâ*" buyuruyor. Yakınında olana, akrabaya hakkını ver. Allah akrabamızın tamamını birden aynı anda düşünmemizi istemiyor, her birini tek tek düşünmemizi istiyor.

Birçok ailede hali hazırda vuku bulan nedir? Eğer ortalama bir aileye sahipseniz, ailenizde mutlaka kavgalar vardır. Sevmediğiniz bir amcanız, geçinemediğiniz bir kuzeniniz, sorun yaşadığınız bir kardeşiniz... Birinin yardıma ihtiyacı olduğunda, geçinebildiğiniz insanlara yardım etmeyi düşünür, anlaşamadıklarınızı bir kenara koyarsınız. Onları atlarız. "O amcam mı? Yok, yok. Ona bir şey düşmüyor. Zekat mı? Başka bir yere veririm. Halama biraz sadaka vereceğim, ama amcama?! Hayatta olmaz. Gıcık oluyorum ona."

Allah bize buyuruyor ki; "Eğer size yakınlarsa, Allah size o akrabalığı verdiyse, "*ve ulü'l erhâmi ba'dühüm evlâ bi ba'din fi kitabillâh*" (Ahzap Suresi 33: 6), kan bağı ile birbirinize bağlı olduğunuz insanlar; belki anneanneniz, belki anne babanız dolayısıyla bağlısınız. Eğer bu tür bir bağ ile bağlıysanız, o zaman her birini hesaba katmak durumundasınız. Eğer yardıma ihtiyaçları varsa ister onları sevin ister sevmeyin ister kavgalı olun ister olmayın, eğer yardımı hak ediyorlarsa onlara el uzatmak mecburiyetindesiniz. Ve Allah bu inanılmaz ayette "*Ve âti ze'l kurbâ*" buyurduktan sonra "*emvâlek*"[5] yahut "*mâlek*"[6] buyurmuyor; diyor ki "*hakkahû*", "hakları olanı verin". O kişinin kendi hakkını verin!

Her Hak Sahibine Hakkını Ver

Başka bir deyişle, cebimdeki paranın ailemden ihtiyacı olanlara verilmesi gereken kısmı, Kur'an'a göre aslında benim param değildir. Benim muhafaza ettiğim, fakat ihtiyaç sahiplerine ait olan paradır. Onların hakkıdır. Bir elemanı iş yapması için tuttuğunuzda, işi bitirdikten sonra ödemede bulunmak için anlaştınız fakat henüz ödemede bulunmadıysanız, cebinizde tuttuğunuz o para nasıl size ait değilse, bu da aynen o şekilde aslında onlarındır ve hala vermek duru-

---

5 Mallarınızdan

6 Malınızdan

mundasınızdır. "Bu parayla alışverişe çıkayım" diyemezsiniz. Yapamazsınız. Başkasına olan borcunuzdur o.

"Yakın akrabamıza, ihtiyaç sahiplerine gidecek olan para aslında onların parasıdır" düşüncesinin Müslümanlar arasında yaygınlaşması, içselleştirilmesi gerekiyor.

Cüzdanımızdaki para onların parası. Bizim hesabımızda görünüyor, giriş yaptığımızda onu orada görüyoruz, ancak aslında bizim değil; Allah'a göre onların hakkı, "*hakkahû.*"

Bir miktar borçlandığınız zaman onu geri ödeme hususunda hızlı davranırsınız, bilhassa yüksek bir makama borçlandıysanız. Devlete vergi borcunuz varsa onu çabucak ödersiniz. Elektrik şirketine borçlandıysanız ve gelip elektriği keseceklerse faturayı hemen yatırırsınız. Bir borcumuz olduğunda eğer bizim için bir şeylere mal olacaksa, siz de ben de borcumuzu hemen kapatırız. Şimdi ise Allah yakın akrabamızın arkasında duran yüksek makamdır. Yakın akrabamızın bir makamı olmayabilir, eğer üzerlerine zekat yahut sadaka düşüyorsa zaten mali durumları iyi değildir. Bu da bir makam sahibi olmalarının pek de mümkün olmadığını gösteriyor; ancak şimdi otoriteleri Allah tarafından geçerli sayılıyor. Onlara haklarını verseniz iyi edersiniz diyen yüksek makam Cenab-ı Allah'tır.

"*Ve'l miskîn*", bununla kalmayıp, *el miskîn* diye ilave ediyor. Arapçada *miskîn* kelimesi *meseke* ve *sekene* kelimelerinin birleşimidir. Bu iki kelimenin karışımından formüle edilmiştir. İnsanların bir durumda sıkışıp kaldığı manasına gelir. *Miskîn* fakîrler demek değildir. Fakirleri tasvir etmek için Arapçada kullanılan başka kelimeler var, *fukarâ* gibi. *Miskîn* kelimesinin ise daha derin bir anlamı var. Miskin kelimesi ile anlatılan durumda, mali olarak, siyasi olarak yahut sıkıntıları ne ise o konuda "kendine yardım edemeyen" insanlara işaret ediyor. Mesela, taksi şoförü olan biri taksi sürerek ailesinin iaşesini sağlıyor. Fakat gözleri bozuluyor yahut ameliyat edilmesi gerek ve yasal olarak âmâ sayılıyor. Artık o taksiyi süremeyecek. Sahip olduğu tek iş oydu ve şimdi de sıkışmış durumda. Dilenci değil, fakîr de değil, fakat içinde bulunduğu durumda sıkışıp kaldı. Etrafınızda emeklilik yaşına erişmiş fakat emekli maaşı kendilerine yeterli gelmeyen insanlar vardır. Manava dahi gidemezler, o durumun içinde sıkışmışlardır. Gidip başka bir işe girecek durumda değillerdir, sağlık sorunları vardır, başka sıkıntıları vardır hayatlarında, ellerinden çalışmak gelmez. Dul kadınlar vardır; ilgilenmeleri gereken evlatları vardır ve günlük bakımlarını karşılayamazlar. Gidip bir işe de giremezler çünkü çocuklarına göz kulak olmaları gerekir; aile desteği yahut başka bir destek de bulamamışlardır. Bu insanlara "*miskîn*" deniyor, "sıkışıp kalmışlar" anlamında. Kendilerine yardım edemiyorlar. Tam manasıyla nereden bakarsanız bakın, çıkmaza girmiş ve ne yapacaklarını bilmez haldelerdir.

Allah bu durumdaki insanlara ehemmiyet gösterin buyuruyor. Fakat bu arada, bu insanlardan ilaveten bahsediliyor, onun için evvela kendi ailemizdeki insanları gözetmemiz gerek. Sonra da toplumda sıkışmış durumda olanları tespit ederiz. Onları nasıl tespit edeceğimiz sorusu gündeme geliyor bu sefer de.

Irving şehrinin Dallas kasabasında, posta kodu da olan bölgede, şu şu mahallede yaşayan sıkıntı içinde bir aile var. Nasıl bileceğiz? Eğer birbirimizi tanımamak, birbirimizin ailesini tanımak için bir çaba göstermemek hususunda ısrar etmez ve Cuma namazından sonra huysuz huysuz selam verip yürüyüp gitmek yerine birbirimizin dostluğunu kazanırsak ailelerimiz de birbiriyle tanışacaktır. O zaman gerçek bir toplum oluruz, birinin bir derdi olduğunda gidip dilenmesine, el açmasına gerek kalmaz; biz zaten durumlarından haberdar olmuş oluruz. Biri işten atıldıysa duyarız. Birine hastalık teşhisi konduysa, başkasının sağlık giderleri çok fazlaysa kulağımıza gelir. Bunları biliriz ve tenhada onlara yardım ederiz, değil mi? Toplum olmanın işlevi budur. Yapmamız gereken de bu şekilde davranmaktır.

Eğer Peygamber Efendimizin "Birbirinizi sevmedikçe iman etmiş olmazsınız" hadisi vasıtası ile *tehabbû*[7] nedir öğrenmemişsek, bu ayetin gereğince de yaşayamayız. Birbirimizi sevmemiz gerek. Aynı hadiste "aranızda selamı yayın" ifadesi geçiyor. Niçin selamı yayalım? Sadece "selamün aleykum" "ve aleyküm selam" demekten ibaret değildir. Selam verdikten sonra camiden çıkarız, siz kendi ayakkabılarınızı giyersiniz, ben de kendiminkileri giyerim, sonra herkes kendi yoluna gider. Selam sadece bu demek değildir. Selam aynı zamanda birbirimize kendimizi tanıtmaktır. Önce birbirinizi tanırsınız. Sonra da *mesâkîn* olarak kimler var onları tanırsınız.

Bir sonraki ifade, "*ve'bne's sebîli.*" "Yolun evlâdı" olarak anılan kimselere deniyor Arapçada. Evlat kelimesini bir kimsenin bir hususa olan bağlılığını ifade etmek için kullanıyorlar. Diğer bir deyişle, sürekli hareket halinde olan, maddi durumu bir mekanda uzun süre kalmaya el vermeyen kimselere deniyor. Eski zamanlarda bedevilerin sürekli seyahat etmesi gibi örneğin. Bir mekanda uzun müddet kalamaz, sürekli olarak taşınmak zorunda kalırlardı. Şehirler arasında yahut uzak mesafeler arasında seyahat eden insan anlamında Arapçada kullanılan "*misafir*" de bu insanlara dahildir. An-

7 Birbirinizi sevmek

cak *"ve'bne's sebîli"*in diğer bir alt başlığı kendilerine kalıcı bir mesken edinememiş insanlardır. Önce motelde kalırlar, sonra birilerinin evinde kalırlar, sonra bakarsınız başka bir yere taşınmışlar, çünkü durumları kendilerine uzun süreli kalacak bir mekan bulamayacak kadar vahimdir. Kendilerine ait bir evleri yoktur. Bu durumda olan insanları tespit etmemiz ve yardım edebileceğimiz bir fırsat oluşursa da yardım etmemiz gerek.

Örnek verecek olursak Kuzey Kaliforniya'da yaşayan bir aile efradınız var, sizi arayıp, "Zor bir durumdayız. Birkaç haftalığına çocuklar sizde kalabilir mi?" diye soruyor. Çok münasip gelmiyor kulağa, çünkü sizin de aileniz var, kendinize göre halletmeniz gereken işleriniz var ve arayıp birkaç hafta sizde kalabilir miyiz, diye soruyorlar.

Aslında bunun onların en temel hakkı olduğunu anlamamız gerek. Sizin eviniz, içinde yaşadığınız ev, aslında sadece sizin değil. İhtiyaç duydukları takdirde, Allah'ın buyruğuna göre evinizin bir bölümü onlara ait. Bu onların hakkı, dolayısıyla vermek durumundayız. "Şu sıralar biraz yoğunum. Çok isterdim ama yapabilir miyim pek emin değilim. Civardaki hotel numaralarını vereyim mi sana?" diyemeyiz. Hayır hayır hayır. Daima vermeye hazır bir halde olmalıyız.

Şimdi Allah ayetin tamamını buyuruyor; *"Ve âti ze'l kurbâ hakkahû ve'l miskîne ve'bne's sebîli"* Ayetin sonu çok dikkat çekici bir şekilde tamamen farklı bir konu üzerine. Buyuruyor ki; *"ve lâ tübezzir tebzîrâ"* "Gereksiz yere saçıp savurma, elindekileri israf edercesine başkaları için harcamak gibi bir zahmete girme." Bu ifadeyi biraz açıklayayım: Yerde yetişen nebattan ilk filiz verenine *el bezr* denir. Başka bir deyişle bir çiftçi yere bir tohum ektiğinde ve o filiz verdiğinde, filizin tamamen büyüyüp yetişmesi için uzun bir süre beklemesi gerekir. Eğer topraktan azıcık başını uzatmışsa, henüz olgunlaşmamıştır. Hazır değildir henüz, eğer onu bu halde iken koparırsanız elinize hiçbir şey geçmez. Benzer bir şekilde, bazı insanlar vardır, ellerine biraz para geçer geçmez onu çar çur ederler. Ellerine bir çek geçer geçmez illa ki gidip bir çift Jordans, dev ekran bir televizyon almalı, yahut çok pahalı bir restoranda yemek yemelidirler. Her buldukları fırsatta paralarını harcarlar. Bazı dil bilimciler *tebzir* ifadesi için şöyle bir izahta bulunuyorlar; "Hiçbir endişe duymadan malını her yana saçmak." "Para büyük bir mesele değil dostum, alıyorum bunu. Hiç mesele değil." Teknoloji mağazasına girer; "Elinizdeki en büyük televizyonu istiyorum." "Fiyatı 8000 dolar." "Mühim değil, kasaya götürün. Alıyorum onu." Bunun gibi, paranızı nasıl harcadığınızı umursamazsınız.

Allah'ın "*ve lâ tübezzir tebzîrâ*" diye eklemesi çok önemli. Lütfen bu kısma çok dikkatle kulak verin. Allah yalnızca paranızı israf etmeyin buyurmuyor. Diyor ki; "Elindekileri israf edercesine başkaları için harcamak gibi bir zahmete girme." Bu Kur'an'ın inanılmaz bir hikmetidir. Bir yerde, hepimiz paramızı israf ederiz, kaçınılmazdır. Abartarak örnekleyecek olursak, bayram geliyor ve eşinize yeni bir elbise almayı düşünüyorsunuz. Eşiniz bir tane elbise seçiyor, sizse; "Yok, yok. Bu elbiseyi alamayız." diyecek oluyorsunuz. Yahut çocuklarınıza oyuncak ya da birine bir hediye alacaksınız. İçinizden diyorsunuz ki; "Yok, tebzir etmeyelim şimdi." Yahut yeni bir araba alacaksınız, kendi kendinize; "Tebzire düşmek istemiyorum. 1978 model Cutlass Ciera alayım. Bundan daha fazlasına ihtiyacım yok, ne de olsa bunun da dört tekeri var ve aynı işi görür." diyorsunuz. Sonra kendinize en sonunda bir eşek ve arkasına da bir ahşap eşek arabası alıyorsunuz. Otoyol müdürlüğü için biraz sıkıntı çıkaracağa benziyor ama bundan sonra hayatınızı bu şekilde idare ettirebilirsiniz.

Hayır, hayır. Tebzir etmemek bu demek değil. Tebzir etmemek, *devamlı surette* ihtiyacınız olan ve olmayan şeylerin ayrımını yapmadan, her zaman daha fazlası için harcamada bulunma fiilinden kaçınmak demek. Eğer hiç üzerinde düşünmeksizin, hiçbir mali sorumluluk duymadan, devamlı para harcama alışkanlığı geliştirirseniz o zaman bu tebzir etmek olur.

Ve niçin bu bir mesele biliyor musunuz? Çünkü bu şekilde harcama yapmayı sürdürürseniz, ailenize ne vereceksiniz? Miskinlere ne vereceksiniz? Evsizlere yahut sürekli bir yerden bir yere taşınanlara ne vereceksiniz? Onlara ne vereceksiniz? Onlara verecek hiçbir şeyiniz olmayacak çünkü zaten tamamı sizin marka takıntınıza ve koleksiyonunuza harcanmış olacak.

Evinizi tekrardan dizayn etmeniz çok normal, bunda bir sorun yok. Yeni bir koltuk almanızda da bir sorun yok. Ama bunu sürekli yapıyorsanız o zaman başka! "*Ve lâ tübezzir tebzîrâ.*" Bir sonraki ayette Allah'ın "*İnnellezîne yubâzirûn*" yerine ism-i fail kalıbında bu fiili her daim yapan insanlar manasında "*İnne'l mübezzirîn*" buyurması bu nedenledir. Alışkanlık haline getirmişlerdir ve bu fiili devamlı yaparlar. Hazreti Allah bu insanlar hakkında ne buyuruyor? Onlar için kullandığı ifade Kur'an'da geçen en ağır sözlerden; insanlara verilmiş en kötü sıfatlardan biridir. Allah diyor ki:

> *"İnne'l mübezzirîne kânû ihvâne'ş şeyâtîni ve kâne'ş şeytânü lirabbihi kefûrâ"*

"Çünkü saçıp savuranlar şeytanların kardeşleridir. Şeytan ise Rabbine karşı çok nankörlük etmiştir."

(İsra Suresi 17: 27)

"*İnne'l mübezzirîne kânû ihvâne'ş şeyâtîn*" Her zaman saçıp savuranların, parasını umarsızca israf edenlerin ismi "şeytanların kardeşleri" olarak geçiyor.

Paralarını umarsızca harcayanlar ne diye şeytanın kardeşleri olarak isimlendirilsinler ki? Bunun üzerine biraz düşünelim. Evvela, "*El acele mine'ş şeytan*" "Acele şeytandandır." sözü var. Düşüncesizce ve acele ile paranızı harcıyor olmanız zaten en başta şeytanî bir hal. İkincisi, eğlenceye milyonlarca lira para yatıran insanları düşünecek olursak, işe yaramaz şeylere bunca para aktarıldığında acaba hangi sektör para kazanmış oluyor? Siz harcıyorsunuz, müşterisiniz çünkü. Parayı da siz değil, eğlence sektörü kazanıyor. Dolayısıyla siz paranızı işe yaramaz şeylere akıttığınızda eğlence sektörünü zengin etmiş oluyorsunuz. Paranızı müsrifçe kullandığınızda, ziyandan başka bir şey olmayan firmalara, kuruluşlara yatırdığınızda, işleri tıkırında gidenler onlar oluyor. Onların işi tıkırında gittiğinde ise şeytanın işleri toplumda başarı kazanıyor. Şeytanın düzeneğinin bir parçası haline geliyoruz.

Meselenin diğer bir ciheti ise, bu kısmı anlamamız çok önemli, "*İnne'l mübezzirîne kânû ihvâne'ş şeyâtîn*" Allah bize kendisi söylüyor; "*ve kâne'ş şeytânü lirabbihi kefûrâ*" Lütfen bu kısma çok dikkat edin, çünkü en ürkütücü yanı burası. Rabbimiz bu ayette bizlere şeytan hususunda birçok şeyden bahsedebilirdi, fakat bize sadece bir yönünden bahsediyor, o da şeytanın her zaman Rabbine karşı aşırı derecede şükürsüz olması. Allah onun aşırı nankörlüğüne vurgu yapıyor. Alışverişkoliklerle ilgili bir şey fark edersiniz? Onlara bu şekilde hitap ediliyor değil mi? Alışverişkolikler. Her zaman alışveriş yaparlar. Ayakkabı almadan duramazlar. Teknolojik aletleri ala ala bitiremezler. Hiçbir şeyi ala ala bitiremezler. Sürekli bir harcama halindelerdir; alırlar, alırlar, alırlar. Ve bilin bakalım nasıllardır? Hiçbir zaman mutlu değillerdir. Sahip oldukları için asla müteşekkir olmazlar; gözleri her zaman sahip olamadıklarında kalır. Başka neye sahip olabilirim? Başka ne alabilirim? Daima bu şekildedirler.

Diğer bir deyişle, "sürekli tüketici" olmak ancak devamlı tatminsiz bir ruh hali içerisindeyseniz mümkün olabilir. Tatmin olmamak ise şükür halinin tam zıddıdır. Şeytan mutmain değildir, şükürsüzdür; bu sebeple de *mübezzirdir*. Sürekli olarak israf derecesinde harcayan kişi de aynı sebeple *mübezzirdir*. Hiçbir zaman müteşekkir değillerdir, asla takdir etmezler. Doğrusunu isterseniz, bir kez o mantık kişide yerleştiğinde, takdir ettikleri yegane şey "sahip olamadıkları" olur. Hayatlarında var olanlara kıymet vermez, neye ulaşamadılarsa onu değerli görürler. Çok güzel bir arabaları varsa örneğin, siz içine oturduğunuzda; "Vay be, ne kadar güzel araba" dersiniz, fakat onların gözü başka bir arabada kalmıştır; "Aslında ben filan arabayı almak istiyordum" derler. Çok güzel bir evleri vardır, ziyarete gittiğinizde "Cidden müthiş bir evmiş" dersiniz, onlarsa, "Aslında daha iyi bir mahalleye taşınmak istiyorum ben" derler. Daha iyi bir eve, daha başka bir eve bakıyorlardır.

Canavarlaştırdığımız Çocuklarımız

Çocuklarımızdan bazılarını da böyle canavarlara çevirdik. Bir bilgisayar oyunu alıyoruz, sonra bir diğerini, sonra başkasını, öbürünü derken en sonunda bir koleksiyonları oluyor. İnanılmaz büyük bir koleksiyon edinmiş oluyorlar. "Hey, vay canına, resmen bu oyun sende var. Yoksa şu da mı var?" "Evet, ama filan oyun bende yok." İçleri cız ediyor, yanıp tutuşuyorlar çünkü filanca oyun onlarda yokmuş. Şimdiki iPhone geleneği ile aynı şekilde, "iPhone 4'ün mü var? Estağfirullah el azim! Nasıl ilkel bir Müslümansın sen be, iPhone 5'in bile yok!" "Sadece iPhone 5C mi var sende? *Miskin* seni, 5S bile alamadın mı?" Sonra o gece 5S'i olan bakarsınız dua ediyor; "Ey Allah'ım, yeni iPhone 6'lar ne zaman piyasaya çıkacak?"

Temel fikir şu, sahip olduğunuz şeyler hususunda devamlı surette tatminsizlik yaşıyorsunuz. Sizin için kafi değil! Dahasını, daha fazlasını ve çok daha fazlasını istiyorsunuz. Sürekli olarak vuku bulan bir hal bu. Bu arada, insanoğlu daha iyisini istemeye meyyaldir. Bu bizim bir özelliğimiz. Her zaman daha iyi bir araba isteyeceğiz. İçimizde her zaman olacak bu arzu. Ne zaman bir mahalleden arabamızla geçsek orası hoşumuza gidecek, bu çok doğal! Bir mağazaya girdiğiniz ve fiyatını karşılamaya gücünüzün yetmediği bir elbiseyi beğendiğiniz olacak. İçimizde var bu. Fakat bu bahsettiklerim ile *mübezzir* arasındaki fark, *mübezzir* karakterindeki insanların hiç aralıklarının olmaması. Görüyor, beğeniyor ve alıyor. Alıveriyor. Sonuçlarını hiç hesaba katmıyor. Bir şeyleri beğenebilirsiniz, fakat sınırlarınızın olması gerek. Aralıklar koyun! Arzu ettiğiniz her şeyi almak zorunda değilsiniz! Elinizin altında hali hazırda mevcut olanlardan birazcık daha fazla tatmin olmayı öğrenebilirsiniz. Sahip olduklarınızla mutlu olun. Sevdiğiniz şeylere harcama yapabilirsiniz, fakat aşırı harcama yapmayın, çünkü bir kez alışkanlık haline geldi mi; "*İnne'l mübezzirîne kânû ihvâne'ş şeyâtîni ve kâne'ş şeytânü lirabbihi kefûrâ.*"

Hazreti Allah bizleri parasını hak istikametinde tasarruf edebilen insanlardan eylesin. Çünkü bir sonraki ayet para üzerine.

Allah elinde biraz parası olan ve bir akrabasının, ihtiyaç sahibi bir kişinin, bir komşusunun yahut bir miskînin yardım talebinde bulunduğu bir insanı tarif ediyor. Belki hali hazırda bir şeyiniz yok. Belki paranızla bir yatırımda bulundunuz ve elinizdekiler size ancak yetiyor; onlara verebilecek durumda değilsiniz. Bazen insanlar isterler fakat sizin verecek durumunuz olmaz.

> *"Ve immâ tu'ridanne anhümü'btiğâe rahmetin min Rabbike tercûhâ fe kul lehüm kavlen meysûrâ"*
>
> "Eğer Rabbinden umduğun bir rahmeti istemek için onlardan yüz çevirecek olursan, o zaman onlara yumuşak bir söz söyle."
>
> (İsra Suresi 17: 28)

"*Ve immâ tu'ridanne anhüm*" "Ve eğer sizden yardım talebinde bulunan bu insanlardan kaçınıyorsanız, eğer elinizde bir şey olmadığı için utanç duyduğunuzdan onlardan kaçıyorsanız" "*Ve immâ tu'ridanne anhümü'btiğâe rahmetin min Rabbike* "Onlardan kaçınıyorsunuz, çünkü sadece Rabbinizin rahmetini umuyorsunuz." Bu ne demek oluyor? Bazı insanlar vardır, biri kendilerinden bir şey istediğinde çok kaba bir ses tonu ile "Verecek hiçbir şeyim yok" derler. Örneğin, kırmızı ışıkta beklerken arabanın camına evsiz biri

> "Size gelen insan para sebebiyle fakirse, siz de Rabbinizin rahmetine duyduğunuz ihtiyaç sebebiyle fakirsiniz. Allah'ın rahmeti için iflas halindesiniz. Bu sebeple birini reddederken nasıl bir tavır takındığınıza dikkat edin."

gelir, siz de çok umarsız bir tavırla, "Benim verecek bir şeyim yok kardeş, öndeki arabaya git" der, onu öylece iteklemiş olursunuz. Hayır! Allah buyuruyor ki, eğer onlar size gelir ve siz de kibarca onlardan kaçınırsanız. Onlardan kaçınma biçiminiz sizin de çok çaresiz bir şekilde Rabbinizin rahmetine muhtaç bir *fakîr* olduğunuzu gösterir. Bu da demektir ki siz "hayır" derken bile Rabbiniz sizi izliyor. Size gelen insan para sebebiyle fakîrse, siz de Rabbinizin rahmetine duyduğunuz ihtiyaç sebebiyle fakîrsiniz. Allah'ın rahmeti için iflas halindesiniz. Bu sebeple birini reddederken nasıl bir tavır takındığınıza dikkat edin.

"*Ve immâ tu'ridanne anhümü'btiğâe rahmetin min Rabbike tercûhâ*" umduğunuz şey Allah'ın rahmeti, sevgisi ve ilgisi ise, "*fe kul lehüm kavlen meysûrâ*" o zaman onlara latif bir şekilde konuşun, onları yatıştırarak geri çevirin. Onları kucaklayın; sizin acınızı hissediyorum, en yakın zamanda elimden ne geliyorsa yapacağım, fakat şu an benim için zor bir zaman, deyin. Gelin yemeği beraber yiyelim, ama elimden şu an başkası gelmiyor. Sizi geri çevirdiğim için çok kötü hissediyorum. "*Onlara yumuşak bir dille konuşun.*" Subhanallah! Çünkü gelip bizden bir şey istedikleri zaman beraberlerinde Allah'ın rahmetini de getiriyorlar. Ve onlara verecek bir şeyimiz olmadığında, o zaman Allah'ın rahmeti için onlara yalvarmalıyız, üstelik hiçbirimizin onu karşılayacak durumu da yoktur. İstesek de kendi kendimize

"Hakiki rızık verdiğimiz zaman bize ihsan edilen Allah'ın rahmetidir; satın aldığımızda, ele geçirdiğimizde değil. Biz verdiğimizi sanırız, ancak aslında Allah'ın rahmetini almışızdır."

elde edemeyiz. Ebedi *rızık* budur, hakiki *rızık* elimizle satın aldığımız şeyler değildir. Hakiki rızık, verdiğimiz zaman bize ihsan edilen Allah'ın rahmetidir; satın aldığımızda, ele geçirdiğimizde değil. Biz verdiğimizi sanırız, ancak aslında Allah'ın rahmetini almışızdır.

Allah özellikle yakın akrabalarına, sıkışmış ve borçlanmış durumda olanlara yardım edenlerden eylesin. Bazı öğrenciler var, borçtan kurtulamıyorlar. Üniversite harçları var, devamlı ödüyorlar fakat bir türlü borçları bitmiyor. Bu şekilde zor durumda olan insanlar var. Allah bu durumlarda olan insanlara yardım edecek güç versin bizlere. Bizleri umarsızca savuran insanlardan, *mübezzirîn*den eylemesin. Bize ihsan ettiği rızkımıza bereket, hayır ve fazilet versin. Kazancımızı helal ve temiz eylesin ve onu yalnızca helal rızık vesilesi değil, aynı zamanda bizi sadaka veren insanlar haline getirerek rahmeti ve affı için vesile kılsın. Amin.

4. BÖLÜM

GÜNCEL MESELELER

Müjde! Bir Kızınız Oldu...

Allah kitabında sadece çölde yaşayan Araplar için değil, birçok toplumda yaşanan bir soruna işaret ediyor. Üstelik bu sorun günümüzde de devam ediyor. Çok talihsiz bir hakikat var ki, on altıncı sure olan Nahl Suresi'nde bahsedilen musibet bir şekilde Müslümanların içinde de neşv ü nema buldu. Her ne kadar Allah bu hastalıktan müşriklerin hastalığı olarak bahsediyorsa da, her nedense, şeytan bu virüsü nesiller boyunca birçok Müslüman memlekette, birçok ailede, birçok kültürde yayma hususunda başarılı olmuş.

Allah buyuruyor ki:

> *"Ve yec'alûne lillâhi mâ yekrehûn"*
>
> "Hoşlarına gitmeyen şeyleri Allah'a isnad ederler."
>
> (Nahl Suresi 16: 62)

Kendi nefret ettiklerini Allah için ayırıyorlar. Kendi kerih gördüklerini Allah'a isnad ediyorlar. Kureyş kabilesinin böyle bir alışkanlığı vardı, putlara sahiptiler fakat aynı zamanda

Allah'a da inanıyorlardı. Lokman suresindeki şu ayet mevzuya açıklık getiriyor:

> *"Ve lein seeltehüm men haleka's semâvâti ve'l arda leyekûlünnallâh..."*
>
> "Andolsun, eğer onlara, "Gökleri ve yeri kim yarattı?" diye sorsan, mutlaka "Allah" derler."
>
> (Lokman Suresi 31: 25)

"Onlara yerleri ve gökleri yaradan kimdir diye sorarsanız, onlar size Allah diyeceklerdir." Ancak aynı zamanda başka tanrıları ve öncelikleri de vardı onların. Kendi yediklerinden örneğin, etin en güzel kısmını kendileri için ayırır, kalan artıkları da putlara adarlar yahut Allah için bırakırlardı. Yani temelde, kendileri için arzu etmedikleri şeyleri Allah'a verirlerdi.

Benzer bir şekilde, elbette, Arapların kız evlat istememe geleneği vardı; kız çocuklarını sevmezlerdi. Kendilerinin kız evlada sahip olmasının bir aşağılama olduğunu düşünürlerdi, fakat kızları Allah'a isnat etmekte hiçbir sorun görmezlerdi.

> *"E feesfâküm rabbuküm bi'lbenîne ve'ttehaze mine'l melâiketi inâsâ..."*
>
> "Rabbiniz erkek çocukları size seçip ayırdı da kendisine meleklerden kız çocukları mı edindi?"
>
> (İsra Suresi 17: 40)

Kendiniz için erkek evladı tercih ediyorsunuz, fakat her nasılsa Allah, melekleri kız evlatlar ediniyor öyle mi? Bu gülünç şeyleri nereden buluyorsunuz? Kendinize layık görmüyorsunuz bunu. Arkasında şöyle bir mantık var, Allah'a ne verirsen ver mutlu olur. Yeter ki ver sen; ama hayatının büyük bir kısmı, uğruna çalışıp çabaladığın her şey ve önceliklerin kendin için olmalı tabii. Kendin için yaşamak zorundasın, Allah için değil.

Kimsenin vergi vermeyi sevmemesi ve herkesin elinden geldiği kadar az vergi vererek paçayı yırtmayı tercih etmesine benziyor bu durum. Allah'a zekat vermek, sadaka vermek, kurban adamak, hatta zamanından vermek bile sadece zorunda olduğun için ve geri kalan hayatını kendin için yaşayabil diye yaptığın şeylerdir. İşte ayette bahsedilen ve Allah'ın haklarında "kendileri için istemediklerini Allah'a adıyorlar" yorumunu yaptığı insanların hastalıklı zihniyeti bu şekilde.

> *"Ve yec'alûne lillâhi mâ yekrehûne ve tesıfu elsinetühümü'l kezibe enne lehümü'l hüsnâ lâ cerame enne lehümü'n nâr. Ve ennehüm mufratûn."*
>
> "Müşrikler, kendilerinin hoşlanmadıkları şeyleri, Allah'a isnad ediyorlar. Dilleri, en güzel şeylerin kendilerine ait olduğunu yalan yere durmadan söyler. Hiç şüphesiz onlar için, sadece ateş vardır. Oraya en önde gidip kalacaklardır."
>
> (Nahl Suresi 16: 62)

Allah'a en az zamanı ayıracak, en azını Allah'a verecek, bağışlarının ve adaklarının en kötüsünü O'nun için bırakacaklar. "Dilleri de ustaca yalan söyleme konusunda çok mahir." Allah sadece; "*Yekûlûne'l kezib*" "Yalan söylüyorlar" diyebilirdi; fakat diyor ki "*Tesıfu elsinetühümü'l kezib.*" *El vasf* Arapçada bir şeyi tasvir etme kabiliyetidir ve herkes tasvir etme konusunda iyi olmaz. Allah da burada mahir olanlardan bahsediyor. Sonra *elsine* kelimesini kullanıyor. *Elsine* (diller) kelimesinin Kur'an'da kelimelerini iyi seçen insanlar için kullanıldığını görürsünüz. Hem kendileri hem de etraflarındakiler için güzelleştirdikleri yalanlara çok mahirce açıklamalar getirip süslüyorlar.

Peki o yalan nedir' "*Enne lehümü'l hüsnâ*" "Kendilerinin her zaman en iyisine sahip olacakları." Her nasılsa, Allah'a verdikleri o ufacık şey her ne ise onlar için o kadar büyük bir mesele ki, Allah'tan en iyinin en iyisinin en iyisini beklemeliler. Onların uydurduğu yalan bu. "*Lâ cerame enne lehümü'n nâr*" "Hiç şüphe yok ki, bu insanların sahip olduklarının tamamı ateştir. "*Ve ennehüm mufratûn*" "Ve onlar ardı ardına ateşler tarafından yutulacaklar." Sadece "*mudhalûn*" ateşin içine girmeyecekler. İfrat Arapçada "sınırları aşma" anlamında kullanılıyor. Cehennem ateşinde bir defa atılmak başka, tekrar tekrar atılmak ve itilip kakılmak başkadır. Bunlara "*mufratûn*" deniyor. Çok ciddi bir ayet bu. Kur'an'da Allah'ın kendi zatı üzerine yemin ettiği nadir yerlerden biri. Allah ciddi bir mesele varsa yemin eder, Allah'ın bir mevzu üzerine yemin etmesi hiç azımsanacak bir şey değildir. Fakat eğer kendi zatı üzerine yemin ediyorsa durum daha da ciddi demektir. Arapçada eğer Allah'ın üzerine yemin edecekseniz normalde "vallâhi" dersiniz. Ancak o yeterli olmuyorsa; "tallâhi" dersiniz. "ta" kullanılır.

"Tallâhi lekad erselnâ ilâ ümemin min kablike.
Fe zeyyene lehümü'ş şeytânu a'mâlehüm fe

hüve veliyyühümü'l yevme ve lehüm azâbün elîm."

"Allah'a yemin olsun ki, biz senden önce birçok ümmetlere peygamberler gönderdik. Ne var ki şeytan, onlara amellerini bezeyip süslü gösterdi. Bugün de o şeytan, onların dostudur. Onlar için acı bir azap vardır."

(Nahl Suresi 16: 63)

Bir sonraki ayette şu ifadeyi görüyoruz; "*Tallâhi lekad erselnâ ilâ ümemin min kablike.*" "Allah'a yemin ederim ki," Allah kendi üzerine yemin ediyor, "kendilerinden önceki milletlere de peygamberler gönderdik." Şeytan onların tamamına ne yaptı peki? "*Fezeyyene lehümü'ş şeytânu a'mâlehüm*" "Şeytan bir şekilde yaptıkları işleri onlara hoş gösterdi." Kötü fiillerde bulundukları halde iyi bir şey yaptıklarından o kadar emindiler ki. "*Fe hüve veliyyühümü'l yevme ve lehüm azâbün elîm*" "Kıyamet gününde şeytan onların arkadaşıdır." Dinledikleri mercii o idi. Telkinlerine ve güzel göstermelerine kulak verdikleri oydu. Bu ayetler yanlış bir zihin yapısına sahip olan insanlar hakkında inmiş ayetlerin en ağırlarından. Bunlar kapanış ayetleri, meselenin başlangıcını oluşturan ayetler değil. O yüzden sizi tekrar geriye götürüp konunun başladığı noktayı söylemek istiyorum.

"Ve yec'alûne lillahi'l benâti subhânehû ve lehüm mâ yeştehûn"

"Onlar, kızları Allah'a nispet ediyorlar -ki O, bundan uzaktır- kendilerine ise, canlarının istediğini."

(Nahl Suresi 16: 57)

Allah buyuruyor; "Kızları Allah'a atfediyorlar. Allah bu isnattan münezzehtir." Ve sonra ekliyor; "*Ve lehüm mâ yeştehûn*" "Kendilerine ise sevdiklerini atfediyorlar." Allah'a kızları vermek istiyorlar, fakat kendilerine gelince? Oğullar istiyorlar, değil mi? Şimdi bir sonraki ayeti dinleyin.

> *"Ve izâ büşşira ehadühüm bi'l ünsâ zalle vechuhû müsvedden ve hüve kezîm."*
>
> "Onlardan biri, kız ile müjdelendiği zaman içi öfke ile dolarak yüzü simsiyah kesilir!"
>
> (Nahl Suresi 16: 58)

"İçlerinden birine bir kız bebek müjdesi verildiğinde..." Demek ki, adam eşinin doğumu için bekliyor; o zamanlar ultrason olmadığını hatırlayalım. Ve nihayetinde bebek doğuyor. Bir erkek olsun diye umuyor, ebe gelip de, "O bir kız!" deyince. Allah, "*el ünsâ*" "O kız" buyuruyor. Bütün kültürlerde "*ünsâ*" dersiniz, "*el ünsâ*" değil. Diğer bir deyişle, "Herhangi bir kız" dersiniz "O kız" değil. Fakat Allah nezdinde doğan kız özeldir, bu sebeple "*El ünsâ*" diyor "*Ve izâ büşşira ehadühüm bi ünsâ*" demiyor. Onun yerine "*bi'l ünsâ*" buyuruyor. Kelimenin başındaki "el" takısı şereflendirmek için kullanılıyor. Allahu Teala doğan bu bebeği şereflendirirken, kendisine haber verilen adamın yüzü bebeğin kız olduğunu duyar duymaz, tam tersine, "*zalle vechuhû müsvedden*" siyaha dönüyor. Allah henüz onun ağzından çıkanları söylemiyor, ama baktığınızda yüzündeki o siyahlığı, o kasvetli dalgalanmayı görebilirdiniz (diye bildiriyor). Bir müşriği tasvir ediyor Allah (azze ve celle)! Allahu Teala'ya inanmayan birini! Bir kız evladı gereği gibi takdir etmediğinizde, aslında kendisi vasıtasıyla bu dünyaya geldiğiniz annenizi takdir etmemiş sayılırsınız. Yüzü kararıyor, keyifsizleşiyor. Devam etmeden evvel bunun müşriklere ait bir hastalık olması gerektiğini vurgulamalıyım. Bir kız evladı olduğunda üzgünlük duyanlar onlar olmalı; iman sahipleri değil. Böylesine şerefli bir peygambere (sallallahu aleyhi ve sellem) iman eden biri değil. İman eden birinin bu şekilde bir üzüntü taşıması düşünülemez.

Kız çocukları hakkında üst üste, ardı ardına pek çok hadis var. Resullah kız evlatlara inanılmaz bir önem verirdi! Bu basite alınacak bir konu değil. Küçük bir mevzu değil. Bir ya da iki hadisten değil, ardı arkası kesilmeyen hadislerden bahsediyoruz.

"*Lâ yekün li ehadiküm selâse benât ev selâse ehavât fe ahsene ileyhinne illâ delahe'l cenneh*" "İçinizden hiçbir kimse yoktur ki, üç kızı yahut üç kız kardeşi olup da onlara hüsn ile davrandığı takdirde cennete girecek olmasın." Kız evlatlarınıza olan iyiliğiniz sizi cennete yerleştiriyor. Başka bir hadiste buyuruluyor ki; "*Lem ya'idnâ*" "Onu canlı canlı gömmedi" Tamam, elhamdulillah bunu yapmadı, "*Ve lem yu'sir veledehû aleyhâ*" "Ve erkek evladını kız evladına üstün tutmadı"; işte bu insana cennet ikram ediliyor. Kızını oğlu ile kıyas etmiyor. Bir kızım olsun diye düşünmemişti. "Ah be, keşke bir oğlum olsaydı abi. Cidden bir oğlum olur diye bekliyordum. Ne yapacağız şimdi? Ailem için o kadar büyük bir yük ki bu. Şimdi onun eğitimi için para harcayacağım, bana geri ödeyemeyecek bile. Bir işe sahip olup aile geçindiremeyecek bile. Evlenince de gidip elalemin ailesi olacak artık. Üstüne üstük düğün masraflarını da biz ödeyeceğiz! Düşünebiliyor musun, tüm masrafları!" Oğlunu üstün tutuyor yahut bir oğlu olsun istiyor. Salt bu mentaliteye sahip olmak bile sizi cennete girmekten alıkoyabilir.

Bu hadislerin yarısı cennete doğrudan bilet kazanmak, diğer yarısı da bu evlatların kendileri ile cehennem ateşi arasında nasıl bir perde olacağı üzerine. Kendisi ile cehennem ateşi arasında bir duvar olacak kız çocukları. Allah bunu erkek evlatlar hakkında söylemiyor; yalnız kız çocukları için söylüyor. Hane halkımızdan doğan kızlarımıza Allah'ın verdiği bir şereftir bu. Rabbim beni dört kız evladı ile şereflendirdi. Burada size bir hatıramdan bahsedeyim. İki kızım vardı zaten, üçüncüsü doğduğu zaman ise gerçekten çok mutluydum. Bir sürü donut[8] alıp mescide gittim. Yatsı namazı kılınacak, ben de tekrar bir kız evladımız doğduğu için cami cemaatine donut dağıtacağım. Biri caminin dışına çıktığında; "Aa, demek donut ikram ediyorsun?! Ne oldu? İyi haberler mi var?" dedi, ben de "Evet, bir kızım oldu!" dedim. O da dedi ki; "İnşallah bir dahakine." Suratına tokat atmak istedim. Böyle bir şeyi ancak bir müşrik söyleyebilir. Böyle bir şey ancak Allah inancı olmayan birinin ağzından çıkabilir. Sen bir müslüman olarak nasıl olur da söyleyebilirsin?

Üçüncü bir kızım olduğu için Peygamber Efendimizin müjdesini kutlayacak durumdayım. Bundan daha büyük bir tebrik olabilir mi? Fakat dünya çapında birçok toplumda kız evlat sahibi olma damgası sebebiyle o kadar çok kötülükte bulunduk ki. O kadar çok zarara uğrattık ki, kaynanalar türedi! Gelinlerine erkek çocuk sahibi olmadıkları için öfkeleniyorlar. Erkek doğurmadıkları için onlara bağırıp çağı-

8 Bir tür şekerli çörek

rıyorlar. Nasıl bir cehalet olduğunu aklınız hayaliniz almaz. Ne söylediğinizin farkında mısınız!? Ne büyük bir delilik olduğunu fark edebiliyor musunuz? Gelinini küçümseyerek, "Başka biri ile evlenecek oğlum, çünkü sen ona bir erkek evlat veremiyorsun" diye tehdit ediyor. İşte ulaştığımız cahilliğin boyutları. Kim derdi ki bunlar Kur'an'ın muhatabı olan insanlar olacak? Din sahibi insanlar olacaklar? Ve bu cahillik, dindar olmayan insanlarla sınırlı değil. Din, olması gereken yer dışında her yerde. Bu ayete ne oldu? Nereye gitti bu insanlar?

"*Zalle vechuhû müsvedden*" Yüzü siyaha dönüyor, kararıyor, içini sıkıntı basıyor ve Allah diyor ki, neredeyse gelen haberin çirkinliğinden dilini yutmuş gibidir. "*Min sûi mâ büşşira bihi.*" "Ne diye beni tebrik ediyorsunuz ki?" diye düşünüyor, "Bana acımanız lazımdı. Keşke bana bu haberi hiç vermeseydiniz." Allah ekliyor; "*ve hüve kazîm*" "Ve durmadan öfkesini yutkunuyor."

Dili ile bir şey söylemiyor. *Kazeme* Arapça'da "öfkesini yutmak" demek. Baktığınızda, her daim sanki ağzında çok acı bir şey varmış gibi görünüyor. Kız evladının ağladığını duyuyor, rahatsız ediyor bu onu, canını sıkıyor. Kendisi için bir aşağılama kabul ediyor. Üstüne üstük:

> *"Yetevârâ mine'l kavmi min sûi mâ büşşira bihî e yümsikühû alâ hûnin em yedüssühû fi'ttürâb. Elâ sâe mâ yahkumûn."*
>
> "Kendisine verilen kötü müjde yüzünden, halktan gizlenmeye çalışır; onu utana utana tutsun mu, yoksa toprağa mı gömsün? Ne kötü hükmediyorlar!"

(Nahl Suresi 16: 59)

İnsanlardan kaçıyor, onlarla buluşmamak için mazeretler üretiyor. Topluma karışmak istemiyor çünkü utanç içerisinde. Olur da kendisinde sorarlarsa belki de gülümsemek ve "Evet, maşallah, bir kızım oldu" demek zorunda kalacak. Gülümseyerek "maşallah" diyor ama içinden acısından ölüyor aslında. Ve Allah bu berbat psikolojiyi, bu berbat duyguları taraflıca ifşa ediyor, bu ayette her birini bizler için tasvir ediyor. "*Yetevârâ mine'l kavmi min sûi mâ büşşira bihî*" "Kendisinde verilen tebriklerin çirkinliğinden insanlardan uzakta durur."

O zamanların müşriklerinin düşünme biçimiydi bu; "*E yumsikühü 'alâ hûnin*" "Bu aşağılanmaya rağmen hala bu kızı evlat kabul etmeye devam etmeli miyim? Her ne kadar korkunç bir şey olsa da, bırakayım olduğu gibi dursun mu?" Biliyorsunuz, o zamanların Arapları bir sonraki ayette belirtilecek olan yapılabilecek en korkunç fiillerden birinde bulunuyorlardı "*Em yedüssühû fi't turâb*" "Yoksa toprağa mı gömmeli?" Yaptıkları şey buydu. Kızlarını canlı canlı gömüyorlardı. Bundan daha çılgıncası şuydu; "Kızımı bırakacağım yaşasın, ama bir kızı dünyaya getirdiği için karıma o kadar kızgınım ki, evin yanına bir çadıra koyacağım onu. Bir daha da asla konuşmayacağım. Yemeğini çadırın önüne koyar, asla da geri dönmem ona." Bu nedenle birçok kadın "*muallaka*"da idi, öylece askıda kalmışlardı. Başka bir yere gidemiyorlar, bir kızları olduğu için orada öylece duruyorlardı. Bir kız çocuk doğurmuş olmak onun "suçuymuş" gibi görülüyordu. Bir erkeğin iki seçeneği vardı; "Aşağılayıcı olsa bile onunla kalırım, yahut bu kızı toprağa gömerim olur biter" "*Elâ sâe mâ yahkumûn*" "Ne kadar korkunç kararlar veriyorlar."

Şimdilerde, şükürler olsun ki işi gömmeye kadar götürmüyoruz, en azından benim bildiğim kadarıyla. Fakat biliyorsunuz ki Allah sadece çocuk gömmenin fenalığı ile kalmayıp, yüz ifadelerine de vurgu yapıyor. Kur'an hususunda not düşülmesi gereken önemli noktalardan biridir bu: Allah sadece amelleri değil, duyguları da ifşa eder. Allah yüz ifadelerini eleştiriyor; "*Sümme nazar, sümme abese ve beser, sümme edbera ve'stekber* (Müddessir Suresi 74:23-24)." Ne anlama geliyor bu? Bakıyor, somurtuyor, kibir alametleri olarak yüz ifadelerinden bahsediliyor Kur'an'da. Bu ayette ise şirkin alameti olarak bahsediliyor. Allah'ın verdiklerine şükürsüzlüğün bir belirtisi olarak. Şimdi, bu ayetten sonra:

> *Lillezîne lâ yü'minûne bi'l âhireti meselü's sev'i. Ve Lillâhi'l meselü'l a'lâ ve hüve'l Azîzü'l Hakîm.*
>
> "Âhirete imân etmeyenler için çirkin sıfatlar vardır. En yüce sıfatlar ise Allah'ındır. Çünki O, Azîz (kudreti dâimâ üstün gelen)dir, Hakîm (her işi hikmetli olan)dır."
>
> (Nahl Suresi 16: 60)

En çirkin, en kötü sıfatlar ahirete inanmayanlara aittir. Allah tasvir ettiği bu tablo için "İşte bu örnek çirkinliğin ta kendisidir" buyuruyor. Allah katında bundan daha çirkin bir şey yok. Bu hal içinde bulunan insanların, Allah'ın karşısına çıkma gibi bir beklentilerinin de olmadığının kanıtı. Ahirete iman etmiyorlar. Bu bir hastalık! Hayal edebiliyor musunuz? Allah bir konuya inanılmaz derecede önem veriyor, biz ise tam zıddını takdir ediyoruz ve bunda da hiçbir mahzur görmüyoruz. İnsanlar Allah'ın kitabını terk ettiklerinde olacak olan budur işte.

Allah buyuruyor ki; "*Ve lillahi'l meselü'l a'lâ ve hüve'l Azizu'l Hakîm*" "(Onların koştukları şirke de işaret ederek) Allah en güzel örnektir, Aziz ve Hakîm olandır." Allah bu insanların çok fena olduklarını, ahirete dahi iman etmediklerini zaten belirtmişti, bunu söylemesi yeterli olması gerekirken burada durmuyor. Allah'ın bu insanlara olan celali o kadar fazla ki, bir sonraki ayet şu şekilde:

> *"Ve lev yuâhizullâhu'n nâse bizulmihim mâ terake aleyhâ min dâbbetin ve lâkin yüahhiruhum ilâ ecelin müsemmâ. Fe izâ câe ecelühüm lâ yeste'hirûne sâaten ve lâ yestakdimûn."*
>
> "Eğer Allah, insanları zulümleri yüzünden hemen cezalandırsaydı, yeryüzünde hiçbir canlı bırakmazdı. Fakat onları belirli bir süreye kadar erteler. Ecelleri geldiği zaman ise ne bir an geri kalabilirler, ne de öne geçebilirler."
>
> (Nahl Suresi 16: 61)

Allah yaptıkları yanlışlardan ötürü insanları yakalayacak olsa, yeryüzünde tek bir canlı kalmazdı. Eğer Allah insanlar bu suçu işlediler diye onları hemen cezalandıracak olsa, tüm yeryüzü silinip süpürülürdü. "*Ve lâkin yu'ahhiruhum ilâ ecelin müsemmâ*" Fakat onlara kendi belirlediği bir süreye kadar zaman tanıyor. "*Fe izâ câe ecelühüm, lâ yesta'hirûne sâaten ve lâ yestakdimûn*" "Fakat vakti geldiğinde, onu ne erkene çekebilir, ne de vaktinden öteye taşıyabilirler."

Şimdi başladığım ayete geri dönüyorum:

Ve yec'alûne lillâhi mâ yekrehûne ve tesıfu elsinetühümü'l kezibe enne lehümü'l hüsnâ lâ cerame enne lehümü'n nâr. Ve ennehüm mufratûn.

"Müşrikler, kendilerinin hoşlanmadıkları şeyleri, Allah'a isnad ediyorlar. Dilleri, en güzel şeylerin kendilerine ait olduğunu yalan yere durmadan söyler. Hiç şüphesiz onlar için, sadece ateş vardır. Oraya en önde gidip kalacaklardır."

(Nahl Suresi 16: 62)

Kendi nefret ettiklerini Allah'a layık görüyorlar, dilleri de kendilerinin her zaman en iyisine sahip olacaklarına dair ustaca yalan uyduruyor. Hayır, hayır. Bu insanlar ancak ateşe sahip olabilecekler. Bir kız evlatları olacağı fikrine üzülen insanlara karşı Allah'ın ne kadar celal sahibi olduğuna dair birbiri ardına öyle çok ayet nazil oluyor ki. Bu fikre üzülüyorlar. Subhanallah!

Şimdi konuyu değiştirelim ve olumlu tarafları düşünmeye başlayalım. Kız evlatlarımıza nasıl muamele etmeliyiz? Nedir kız evlatlar? Peygamber Efendimiz (sallallahu aleyhi ve sellem) hadis-i şerifinde; "*Fe ahsene ileyhinne*"; diğer bir hadis-i şerifinde; "*Vettekallâh fîhin*" buyuruyor. Sıra onlara geldiğinde, Allah'ın takvası üzereydi. Onlarla konuştuğunda, onları düşündüğünde ve onları evlendireceği zaman Allah'ın takvası üzerine bir hal içindeydi. "Niçin sessizce evlenmeye yanaşmıyorsun? Sevmiyorsan ne olmuş yani. Ailemi utandırmayı bırak artık. Kuzeninle evleneceksin dedim" gibi laflar ederek kolayca işin içinden çıkmaya çalışmıyor, kızlarını evlenmeye zorlamıyordu. Nitekim bunları yapan adam Allah'ın takvası üzere değildir.

Bir kadın Resulullah'a gelip, "Babam beni biriyle evlenmeye zorladı. Evlenmek istemedim, ama o beni evlendirmiş oldu. Ne yapayım?" diye soruyor. Efendimiz (sallallahu aleyhi ve sellem); "O nikah batıldır, o evlilik de hükümsüz ve geçersizdir." buyuruyor. Geçersiz artık, sayılamaz. Kaç Müslüman kız evlenmeye zorlanıyor ve "hayır!" dediklerinde bağrış çağrışa ve psikolojik şiddete maruz kalıyor? "Niçin dinlemiyorsun? Niçin ailen için her şeyi zorlaştırıyorsun? Sorunun ne senin? Bizi niçin böyle utandırıyorsun? Biliyordum işte, bir oğlum olması gerekirdi."

Tüm bu boş lafları işitmek zorunda kalıyorlar; tüm bu boş lafları.

Tek bir ifade ile tüm bunların işi bitiriliyor; "*Fe ahsene ileyhinne*," yahut "*Vettekallâh fîhin*." Peygamber Efendimiz buyuruyor ki; "O konuştuğunda, Allah'ın takvası onunladır." Kıyamet gününde sahip oldukları hakları dile getirecekler. Allah onlara bir takım haklar vermiştir, bir veli olarak da sizin vecibeniz onlara yapmaları gerekeni emretmek değil, sahip oldukları hakları muhafaza etmektir. Bir baba olarak sizin göreviniz bu. Bir baba olarak benim görevim bu; onların haklarını korumak. Onların mutluluğundan emin olmak, kendi mutluluğumuzdan değil. Onlarla ilgili meselelerde Allah'ın takvası üzere olmak bu anlama gelir. Peki biz ne yapıyoruz? Onlara Allah'ın takvası üzere ol kızım diyoruz, bu ise bizim için "biz ne istersek onu yapmalılar" anlamına geliyor. Tam tersine.

Kız evlatlarımızla ne kadar yumuşak konuşmamız gerektiği, onlara ne kadar kibar olmamız gerektiğine bu kadar vurgu yapılması onların emanet olması sebebiyledir. O kadar çok örneğe şahidim ki! Dünyanın her yerinden mailler alıyorum; "Babam bana diyor ki çok şişman ve çirkin olduğun için kimse seninle evlenmeyecek. Ben de söyleyen babam olduğu için cevap veremiyorum. Lütfen ne yapmam gerektiğini söyleyebilir misiniz?" Bu kıza ne söyleyebilirim bilmiyorum. Babasına "*İttekullâhi ya racul!*" demekten başka ne söyleyebilirim bilmiyorum. "Allah'ın huzurunda nasıl duracaksın? Senin çatının altında yaşıyor diye, sırf senin ailende doğdu diye, senin velayetin altında diye, onun sahibinin "sen" olduğunu sanma! O Allah'ın mülküdür, sen nasıl Allah'ın kulu isen, o da Allah'ın emanetidir. Allah'ın huzurunda duracaksın. Ben de Allah'ın huzurunda duracağım ve ağzımızdan çıkan her kelime için hesap vereceğiz.

"*Fe ahsene ileyhinne, ve'ttekallâh fihin.*" Onlara hüsn ile muamele etmesi gerekir. Kızlarınıza karşı olabildiğiniz kadar iyi olun. Onlara kibarlığınızı, sevginizi gösterin. Onlara güven aşılayın, onlara inanın. Onların mutluluğundan emin olun. Olur da onlara baskı yapacağınızı, onları incitebilecek sözler sarf edebileceğinizi hissettiğinizde, hatırlayın; "*Fe ahsene ileyhinne,*" yahut "*Vettekallâhu fihin*". Onlarla ilgili meselelerde takva üzere olmanız gerek.

Peygamber Efendimizin (sallallahu aleyhi ve sellem), "*Ve lem yu'sir veledehû aleyhâ*" "Erkek evladını kız evladına üstün tutmaz" hadisine henüz etraflıca değinmedim bile. Bu ne anlama geliyor biliyorsunuz değil mi? "Oğlum büyüyor; artık her şeyi onunla beraber yapabilirim." Hayır, hem oğullarınız, hem kızlarınızla her şeyi beraber yapacaksınız. Hepsini yanınızda tutacaksınız. Bir geziye mi gidiliyor? "Hayır, hayır, bu

"Hem kendimiz, hem de çocuklarımız için hayatı çirkinleştiriyoruz; bu dinin güzelliğine dönmemiz gerekiyor."

gezi erkekler için." Pekala, eğer erkekler için bir gezi varsa, o zaman kızlar için daha iyi bir gezi olmalı. Çünkü eğer cenneti o kadar murad ediyorsanız, ailenizdeki kızları ve erkekleri ayrıştıramazsınız. Bir baba olarak her iki tarafa eşit sevgi vermelisiniz, bizim dinimiz bu şekildedir, çok güzeldir. Çok latiftir bu. Hem kendimiz, hem de çocuklarımız için hayatı çirkinleştiriyoruz; bu dinin emrettiği kadar hassas olmamız gerek.

Allah bizlere güzel bir baba, güzel bir erkek kardeş ve ailelerimiz için güzel dostlar olmayı nasip etsin. Allah bizleri asla kız evlatlarımıza karşı olan sorumluluk ve yükümlülüklerimizi unutanlardan eylemesin. Bu yazıyı okuyan kızlar, babalarınıza e-mail gönderip; "Baba, bunu okusan iyi olur." demeyin. Yapmayın. Dininiz hususunda bencil davranmayın. Sadece sizin hayatınızı daha iyi kılabilecek bir fırsat oluşturuyorsa birilerinin bir şeyleri okumasını istiyorsunuz. Bu konuya bu noktaya değinerek başlamıştık. Herkes kendisi için en iyisini istiyor, geri kalanını da Allah'a bırakıyor. İnsanlar dini kendi çıkarları için kullanıyorlar. Bu din siz kullanın diye değil; hizmet edin diye var. Allah'a hizmet edin diye, kendinize değil. Allah sizi de, haklarınızı da koruyacaktır, fakat bunları bir silah gibi kullanmayın. İnsanlara ayet ve hadislerden alıntılar yapıp durmayın.

Vaaz sırasında bu olabilir. Benim meşguliyetim bu. Ancak ev içerisinde eşime ve kızlarıma ayet ve hadislerden alıntılamam, onların da bana bunu yapmamaları gerekir. Dinin ve nazil olan ayetlerin görevi öne sürülen argümanlara malzeme olmak ve tartışma kazandırmak için değil. Dini kötüye kullanmak bu. Allah'ın ayetlerini, Resulullah'ın hadislerini kötüye kullanmak. O kadar çok insan bunu yapıyor ki üstelik. Bir baba kızına bir işi yapmasını söylüyor, kızı ise istemiyor. Baba da diyor ki; "*Ve bi'l valideyni ihsânâ.* Anne babaya karşı ihsanda bulun."

"Sen hiç Kur'an okumadın mı?"

Bunun Kur'an ile ilgisi yok dostum. Bunun senin isteklerinle ilgisi var; ayetleri birer silah gibi kullanıp isteklerini kızına dayatmaya çalışıyorsun. Bu doğru değil. Hiçbir zaman bu işin usulü bu şekilde olmadı.

Allah bizleri Allah'ın ayetlerini ve Hazreti Peygamber'in sünnet-i seniyyesini kötüye kullanmaktan muhafaza buyursun. Kalplerimizi ailelerimize ve özellikle kız çocuklarımıza karşı yumuşak eylesin. Saliha kız evlatlar, salih erkek evlatlar yetiştirme kabiliyeti ihsan etsin; onlar da gelecek nesillere İslam'ı taşıyacak kuvvetler olsunlar.

Paris Üzerine Düşünceler

Sizlerle 7 Temmuz 2015'te on iki kişinin hayatını kaybettiği Fransız haftalık mizah dergisi Charlie Hebdo'ya yapılan saldırıdan ilham alarak Kur'an üzerine bazı düşüncelerimi paylaşmak istiyorum. Ne zaman haberlerde bu nevi bir haber gösterilse, Müslüman bir zihin neredeyse donakalıyor. Paralize oluyoruz. Nasıl bir yanıt vermeliyiz? Biz daha bir trajedi ile başa çıkamadan, bir diğeri daha, bir diğeri daha... Bazen Müslümanlara yöneltilmiş saldırılar oluyor, bazen de Müslümanlar başkalarına zarar veriyorlar. Bu olaylarla nasıl başa çıkacağımız hususunda şaşırıp kalmış vaziyetteyiz. Kişisel hayatımızla da sınırlı değil bu; toplum olarak, ümmet olarak bu durumdayız. Temelde burada sizinle paylaşmak istediğim dört ya da beş mesele var. Bu hadiselere dair sizin hissettiğiniz ve benim hissettiğim hüsrana rağmen umarım düşüncelerimi yeterince açıklıkla ifade edebilirim.

Öncelikle inkar edemeyeceğimiz bir gerçek var ki o da kim işlemiş olursa olsun suç suçtur. Failinin hangi dine mensup olduğunun hiçbir önemi yok. Biri cinayet işlediğinde, ortada hak etmediği halde katledilmiş biri varsa, failin bir Müslüman, Yahudi, Hristiyan yahut ateist olmasının ne önemi olabilir. Yasaların önünde de, Müslümanların gözünde de hepsi birdir. Suç işleyen kişi Müslüman diye benim gözümde ve sizin gözünüzde daha az suçlu olamaz; böyle değildir. "*İnnemе'l mü'minûne ihvetün*" "İman edenler birbirlerinin kardeşidirler." ayeti ile adalet anlayışımızı birbirine karıştırmayalım. Aslına bakarsanız, Allah Kur'an'da adaletin tarafında olmamızı çok sarih bir şekilde ifade ediyor; "Adaletin tarafında durmak sizin aleyhinize olsa dahi." Müslümanlar yanlış bir şey yapmışsa yapmışlardır; kırk dereden su getirmeniz gerekmez. Konu adalete gelince birçok insan adalet ile intikamı birbirine karıştırarak yan çizmeye çalışıyor.

Bununla kast ettiğim hususu çocukça bir örnek vererek izah etmek istiyorum: Çocuklarınızdan biri yanlış bir şey yaptığında ona, "Bu yaptığın yanlış" diyorsunuz; o da, "Ama abim yaptı. Abim de yaptı." diyor. Halbuki yanlış yapan başka insanların varlığı sizin kusurunuzu haklı kılmaz. Siz kendi suçunuzdan sorumlusunuz. Konuyu, "Ama ya onların yaptıkları?" şeklinde saptırmaya çalışamazsınız. Hayır, hayır. Onlarla ayrıca ilgileneceğiz. Ayrı bir sorun o. Onların sorununu kendi yaptıklarınla karıştırma. "*Aleyküm mâ hummiltüm*" "Kendi yükünüzü kendiniz taşırsınız." Allah diğer insanların yaptıkları işlerden kendimize pay çıkarmamıza izin vermediği gibi, kendi yanlışlarımızı başkalarının yanlışları üzerinden haklı göstermemize de müsaade etmiyor. Bunu yapmamıza izin vermiyor. "*Lehâ mâ kesebet ve leküm mâ kesebtüm*" "Onların kazandıkları kendilerine, sizin kazandıklarınız da sizedir." Bu vurgulamak istediğim ilk noktaydı.

İkinci nokta ise, bu insanların ciddi anlamda birer utanç kaynağı olmaları. Müslümanlar "İslam" adı altında çirkin fiillerde bulunduklarında ümmet için utanç sebebi oluyorlar. Hatta bundan da fazlası oluyorlar. Olanlardan ötürü utanıyor ve aşağılanmış hissediyoruz; başka türlü hissetme şansımız da yok. Evet, ben bir cani değilim, hiçbir fiilde bulunmadım, ama onlarla ortak bir şeyi paylaşıyorum. Bu insanlar Müslüman -en azından öyle olduklarını iddia ediyorlar- ve açık ki yaptıklarını da "İslam" adı altında yapıyorlar. Müslüman olduklarına dair o iddia orada olduğu sürece benim onlarla ortak bir noktam var; bu kadarı dahi yeterli bir aşağılanma demek.

Evvela, bir hususu anlamalıyız. Müşterek sorumluluğu almak zorundayız.

Peki müşterek sorumluluğu almak ne demek?

Ümmet bir kaos içerisinde... Bu kaosu dindirmek için bir şeyler yapmak bu ümmetin her bir üyesinin sorumluluğu. Kapasitemiz ne ise o ölçüde elimizden geleni yapmalıyız. Evet, belki dünyadaki tüm kaostan, taassuptan ve çılgınlıktan kurtulamayız; fakat en azından kendi üzerimize düşen kısmı yerine getirmiş oluruz.

Bir şeyi kesinkes bilinmesi gerekiyor ki; dünyada bu kaos ve çılgınlığın ortaya çıkmasına ve günbegün artmasına yardım eden en önemli faktör, bazı Müslümanların zihninde, saldırgan tavırlar içinde bulunan bu tür insanların haklı olduğu fikrinin var olmasıdır. Bir şekilde, bu insanların yaptıklarının bazı bakımlardan İslamî olduğunu düşünüyorlar. Ve size tartışmasız bir şekilde, hiçbir soru işareti yahut zerre kadar şüphe olmaksızın söylemek istiyorum: Vuku bulan bu hadiselerin ne İslamî ne de İslamiyet'e yakın hiçbir ciheti yoktur.

Size kendi çocuklarıma ve arkadaşlarıma verdiğim kişisel bir tavsiyede bulunmak istiyorum: O çizgi filmleri, YouTube videolarını izlemeyin! Küçük düşürücü o yorumları ve kitapları okumayın. Okumamanızı istirham ediyorum. Zaman kaybetmenize değmez. Fakat bir şey söyleyeyim: O çizgi filmler ne kadar saldırgansa, Hazreti Peygamber'in (sallallahu aleyhi ve sellem), İslam'ın ve Allah adına İslami ilkelere aykırı bir fiilde bulunmak da aynı derecede saldırgandır. Onlar dini rencide ederek yaptıkları İslam karşıtı propagandalarını yayarken; siz de nefreti, ölümü ve adaletsizliği yayarak ve üstelik bunları "Allah'ın dini" diye isimlendirerek İslam'a karşı başka bir propaganda yayıyorsunuz. Bu da bir suçtur ve aynı şekilde biz bu yaptıklarınız sebebiyle de inciniyoruz.

Dikkatinize sunmak istediğim ikinci husustu bu. Haklı hiçbir yanları yok. Bazı insanlar Peygamber Efendimiz zamanının meşhur şairi Yahudi bir Arap olan Ka'b ibn Eşref'in örneğini bahane olarak öne sürmeyi seviyorlar. Allah'ın Peygamberine inanılmaz derecede bir garezi vardı. Nitekim birkaç defa Müslümanları köşeye sıkıştırıp Allah'ın yahut Hazreti Peygamber'in onlardan istediklerinin tam zıddını yapmaları yönünde ikna etmeye çalıştı. Ve onun bu konuşmaları üzerine birçok kere ayet nazil oldu. Sıradan bir İslam düşmanı değildi. Aynı zamanda bir şairdi ve Müslüman kadınların isimleri üzerinden çok çirkin şiirler yazıyordu. Sadece Hazreti Peygamber'i kötüleyen şiirler yazması dahi yeterince kötü iken, o bununla da kalmıyor, üstüne üstük bir de Müslüman kadınlara dil uzatıyordu.

Şimdi hem siz hem de ben hayal edelim; biri kızıma, kız kardeşime, anneme yönelik ahlaksız şiirler yazsa nasıl yanıt veririm? Sonra biri onun hayat hikayesini karıştırıyor ve kalkıp diyor ki; "O bu şiirleri yazdığı için Hazreti Peygamber demiş ki: 'K'ab'dan benim için kim kurtulacak?' Sonra sahabe de kalkmış ve en sonunda K'ab öldürülmüş, cezasını bulmuş. Şiir yazdığı için, gördün mü, bizim de haklı sebeplerimiz var." diyenler var.

Adam şiir yazdığı için Hazreti Peygamber öldürülmesini emretmiş, öyle mi? Durun orada!

Bu adam ile Allah Resulü'nün yemeğine zehir koyarak onu öldürmeye kast eden kişi aslında aynı kişi. Peygamberin yemeğine zehir koyarak onu öldürme fikri bu adamdan geliyor. Birçok kere Allah Resulü'ne suikast girişiminde bulunuyor. Ebu Süfyan Bedir Muharebesi'nden hemen sonra henüz Müslüman olmadan önce onunla bir kumpas kuruyor. Gidip Ebu Süfyan'a danışıyor gizli gizli. Ve bu arada da, Medine'de yaşarken ne yapıp edip Peygamber'i öldürmeye çalışıyor.

Bu ne anlama gelir biliyor musunuz?

Cumhurbaşkanını öldürmeye çalıştığı anlamına gelir. "Devlet düşmanı" ismi veriliyor bu tür insanlara ve hangi ülkede bulunursa bulunsun bu teşebbüsün cezası ölümdür.

Tüm bu uğraşlarını, Allah Resulü'ne olan tüm bu nefretini bir yana koyup da meseleyi, "Bu adam şiir yazdı onun için onu öldürmeliyiz" diyerek karıştırmak olacak iş mi? "Bu nedenle kim İslam'a, Peygamber'e ve Kur'an'a aykırı bir şey söylerse onu öldürmemiz lazım" demek, çılgınlıktan başka bir şey değil.

Çok enteresandır, bu mevzu Müslümanların düşünme mekanizmalarının ne kadar darlaştığına dair bir iç görü oluşturuyor. Kur'an'ın ve bütün peygamberlerin bıraktığı mirasın enginliğine rağmen, siz tutup tamamına dahi vakıf olamadığınız ufak bir hikayeyi alarak onu bir insanın hayatını alıp almama kararınız için delil ilan ediyorsunuz.

Allah gönderilmiş bütün elçilerin alay konusu edildiğini bize bildirdiğine göre, bunlar ufak şakalar değil, peygamberlerle ilgili söylenmiş çok rahatsız edici sözler olmalılar. Müslümanlarla da daha evvel alay edilmişti. "*Yesûmûneküm*"

Arapçada en kötü, en rencide edici sözler sarf edilmiş kimse için kullanılan bir ifade, "*yüzünüzü karartabilirler*" anlamına geliyor.

> *"Ve le tesmeunne minellezîne ûtü'l kitâbe min kabliküm ve minellezîne eşrakû ezen kesîran ve in tasbirû ve tettekû..."*
>
> "Sizden önce kendilerine kitap verilenlerden ve Allah'a ortak koşanlardan üzücü birçok söz işiteceksiniz. Eğer sabreder ve Allah'a karşı gelmekten sakınırsanız..."
>
> (Âl-i İmran 3: 186)

"Ehl-i kitaptan ve müşriklerden çok fazla acı söz duyacaksınız." Size karşı çok kırıcı sözler sarf edecekler. Bu arada, Âl-i İmran Suresi'ndeki bu ayet Uhud Muharebesi'nden sonra nazil olmuştu. "Onlardan çok korkunç, nefret dolu, çirkin ve rahatsız edici sözler işiteceksiniz." buyruldu. Peki, Allah'ın bu sözlere yanıtı neydi? Ne yapmanız gerekir? Kim konuşursa onu öldürmek mi?

Hayır! "*Ve lein tasbirû ve tettekû*" "Eğer onlara sabır ile yanıt verebilir ve takva üzere olursanız." Tüm Kur'an'ı ve peygamberlerin mirasını unutmak ne de olsa çok kolay. Yüzüne karşı nice hakaretler ve küfürler edilmesine rağmen yüzünden tebessüm hiçbir zaman eksik olmayan bizim Peygamberimiz de buna dahil üstelik. "Haydi bunların hepsini unutalım, hepsi de yürürlükten kaldırılmıştır diyelim. Neden? Çünkü ben birini öldürmek istiyorum."

Bunu söylemek tam bir saçmalık ve İslam'a yapılmış bir hakaret niteliğinde. Burada gayrı müslimleri kast etmiyorum, aksine Müslümanların ta kendilerini kast ediyorum. Eğer aklınızda bu insanların yaptıklarının İslamî olduğuna dair bir düşünce varsa, lütfen derhal onu zihninizden uzaklaştırın. Gidip Allah'ın kitabını öğrenmek için biraz zaman harcayın. Kendisi adına konuştuğunuz Hazreti Peygamber'in hayatını öğrenmek için zaman ayırın. Çünkü çok açık ki, savunmaya çalıştığınız bu adamın kim olduğuna ve onu savunmanın ne manaya gelebileceğine dair bir fikriniz yok. İlk nokta şuydu: "Suçlu suçludur." Hangi şart ve durumda olursa olsun. Ve her ne kadar yaptıkları şeyleri din ile gerekçelendirmeye teşebbüs etseler de, bu hiçbir şeyi değiştirmez. Bu İslami İlimlerde tartışma konusu bile değildir. Oyuna getirebileceğiniz hiçbir haklı argüman da yoktur.

İncinme Hakkımız Var

Vurgulamak istediğim ikinci nokta: Nefret dolu, küçük düşürücü, aşağılayıcı ve Peygamber Efendimize hakaret niteliğindeki söylemlerin, Peygamberimiz hakkında veya Kur'an ayetleri üzerine yapılan çizgi filmlerin yahut videoların tamamı saldırgandır. Müslümanlar da dahil olmak üzere, her bir insanın kutsal kabul ettiği değerlerin aşağılanmasından incinmeye hakkı vardır. İncinmeye hakkımız var; bu bizim izzetimizin bir parçası. Eğer değerlerimize hakaret edildiği halde duygularımız incinmiyorsa bu haysiyetimizin olmadığı anlamına gelir. Biri gelip annem hakkında, babam hakkında, Peygamberim hakkında hakaret savuracak ve bu da beni hiç etkilemeyecek; mümkün mü?! Hayır! Beni etkiler, incitir ve kızdırır. Kızmaya hakkım var, ama kızmak ve saldırganlığın taraftarı olmak bütünüyle birbirinden ayrı konulardır.

Medyanın hali hazırda yapmaya çalıştığı, bu ikisini aynıymış gibi göstermek. Diğer bir deyişle, medyanın empoze ettiği şey, o insanların haksız yere öldürülmelerine karşıysak bile, ifade özgürlüğünün tarafında isek, söylenen tüm hakaretleri gülümseyerek karşılamamız gerekir. Ne olursa olsun, biz onlardan yanaymışız gibi. Hayır! Müslümanlar için mesele bu kadar basite indirgenemez.

Bu ikisi birbirinden farklı şeylerdir. Haksız yere insanların öldürülmesine karşı olduğumuz gibi o insanları haksız yere öldürenlere de karşıyız. Kesinlikle, bunda hiçbir şüphe yok. Fakat aynı zamanda bu cahil ve nefret dolu söylemden incinmeye sonuna kadar hakkımız var; olmaya da devam edecek. Bu söylemlerin zıddı yönünde açıkça kendimizi dile getirecek ve karşısına dikileceğiz. Ancak bunları yapmanın da bir usulü var.

İfade özgürlüğü ile söylenmiş her şey hoş ve biz ne söylenirse söylensin onu kabullenmeliymişiz gibi davranmayacağız. Hayır! Allah insanların söylediği sözlerden ötürü celallendi mi? Kesinlikle. İman edenlerin diğer insanların söylediği sözlerden dolayı incineceklerinden bahsediyor ayet. Mesele bizim incinmeye hakkımızın olup olmadığı değil, çünkü zaten var; mesele bizim nasıl yanıt vermemiz gerektiği. Nasıl bir tepki veriyorsunuz? Tepkiniz her şeyi belirler, çünkü etrafımızdakilere verdiğimiz tepkiler bütünüyle Allah ve Peygamberinin rehberliğine teslimiyet içerisinde olmalı. Hissettiğimiz duygular değil, çünkü o duyguları hissetmenin haklı bir gerekçesi var; fakat o duyguları hissettikten sonra ortaya çıkan davranışlar haklı olmayabiliyor. Problemin esas kaynağı burası.

Bu meseleyle ilgili olarak dikkatinize sunmak istediğim son nokta, aslında kişisel olarak üzerinde çok konuşmadığımızı düşündüğüm bir husus ve asıl sorunun da burada yattığı kanaatindeyim.

İnsanlar niçin İslam'ı alay konusu ediyorlar? Ne diye alay ediyorlar? Niçin aşağılıyorlar? Bu çizgi filmler niçin yapılıyor? Gazetecilikle gerekçelendirilmeye, hatta bazen editörün sayfasında yayımlanarak maskelenmeye çalışılan Müslümanlara yöneltilmiş bunca propaganda ve nefretin sebebi ne? Bu mevzuları isimlendirme çabaları günden güne ilginçleşmeye başladı. Bir zamanlar ismi "radikal İslam"dı. Her yerde radikal İslam'dan ve fanatiklerinden konuşuluyordu: Herkesi öldürmeye niyetlenmiş çılgın militanlar vardı, kadınları çöp torbalarının içine doldurmak istiyorlardı ve buna benzer bir sürü saçmalık.

Fakat zamanla bu radikalliğin tanımı o hale geldi ki, günde beş vakit namaz kılıyor olmanız radikal sayılmanız için yeterli sayılmaya başlandı. Mazide radikal çok aşırı uçlarda duranlar için kullanılırdı, fakat şimdi eğer *çok Müslüman* görünüyorsanız bu etiketi yiyorsunuz. Eğer bir kadın başörtü takıyorsa kesinlikle radikal olmalı; eğer bir adamın sakalı varsa elbette ki radikaldir şeklinde bir görüş hakim. Amerika'da bizim durumumuz o kadar kötü değil, ama Avrupa'da durum tam bir felaket. Ben bir müddet Avrupa'daydım, dolayısıyla size ne kadar vahim olduğunu söyleyebilirim. "Çok radikal" diye isimlendiriliyor, fakat niçin?

Müslümanlar olarak şöyle bir mentalite geliştirdik; "Tek amaçları bizi haklamak dostum. Bu kafirler var ya, bizden nefret ediyorlar. Durmadan aleyhimizde çizgi filmler yapıyorlar, propagandalarını sürdürüyorlar. İslam'a dair ne varsa nefret ediyorlar, bu meselenin peşini bırakmıyorlar, onu yapıyorlar, bunu yapıyorlar..." Onlar, onlar, onlar... Bunu söyleyip durmaktan aynayı kendimize tutacak gücümüz kalmıyor. Evvelce söylediğim gibi, Peygamberlerle de alay edilmişti. Sahabe ile de dalga geçilmişti. "*Ve yesharûne minellezîne âmenû*" (Bakara Suresi 2: 212) Kur'an'da geçiyor; "Kafirler iman edenlerle alay ettiler." Kur'an'da geçiyor, ancak temel soru şu, niçin alay ediyorlar ve niçin alay edilenler bizleriz? Bu ikisi aynı şey mi? Ben olmadığı görüşündeyim. (İman eden) o insanlarla alay edilmişti, çünkü onları küçümsemek İslamiyet'i saf dışı bırakmanın yollarından biriydi. İslam'ın yayılmasına engel olmanın bir yolu buydu, çünkü Allah düşmanları başka neler yapabileceklerini bilmiyorlardı. İslam hayli düşündürücü ve göz açıcıydı; adalete davet ediyor, toplumdaki adaletsizliği sorguluyordu. İnsanlar genciyle yaşlısıyla bu dine çekiliyorlardı, küffar ise bu çekim nasıl durdurulur bilmiyordu. Dolayısıyla önce Allah'ın Elçisini yalancılıkla itham etme taktiği ile başladılar; ancak bu taktik başarılı olmadı. Bunun üzerine, "Belki iman edenlerle dalga geçeriz, onlara güleriz, böylece herkes onların çok da önemli insanlar olmadıklarını düşünür" dediler. Bu da bir taktikti; fakat işe yaramadı. Başka yollara başvurmaları gerekti. Kullanılan tüm bu taktikler İslam'ın yayılmasına engel olmak içindi; çünkü İslam çok güçlü bir dindi.

Bizim mevzumuz da bu şekildedir demiyorum. Müslümanlar olarak ortaya çıkma şeklimiz, geldiğimiz pozisyonlar, kendimizi nasıl taşıdığımız, toplumumuzun görünüşü, mahallelerimizdeki sokakların perişan hali, evlerimizin görünüşü, ticari işlemlerimiz yahut yönetilme biçimimiz sebebiyle İslam aşağılanıyor diyorum. Yolsuzluk görmek, modern bir toplumun tam zıddı bir topluma şahit olmak isterseniz Müslüman ülkelere bir seyahat edin; ziyadesiyle tanık olacaksınız. Bize göre Allah rızası için açılan bir mescidin otoparkında bile medeni olmak mümkün değil. Düzenli olabildiğimiz yegâne vakit, namaza durulduğunda safları sık tutmamız icap ettiği zaman. Namaz dışında, unut gitsin! Çok temel düzeyde olması gereken insani terbiyeye sahip değiliz.

Çıldırmış İnsanlar

Müslüman bir medeniyet nedir? Tarihimizden bahsetmeyi seviyoruz, bilimsel icatlar konusunda Müslümanların önde olduğu durumlardan dem vurmak hoşumuza gidiyor.

"Yeryüzünde ilk üniversiteleri Müslümanlar kurmuş!"

"Dünyanın dört bir yanından insanlar Bağdat'ta ilim tahsil etmeye gelmiş!"

"Avrupalılar edebi miraslarını kaybettiği sırada ona Müslümanlar sahip çıkmış ve öğrenmek için onlar bize gelmek zorunda kalmış. İspanya tüm dünya için bir örnek olmuş..."

Tüm bunları anlatmaya bayılıyoruz; fakat şimdi... neden bahsedeceksiniz? Ne yaptık? İnsanlar olarak ortaya ne koyduk? Dünya medeniyet mirasına nasıl bir katkıda bulunduk? Artık ekranlarda sadece bir yerleri havaya uçurduğumuz yahut bir kaosa sebebiyet verdiğimiz için görünmeyi başarıyoruz.

Dışarıdan bir gözle bakmaya çalışın; bu insanlar çıldırmış. Deli bunlar...

Müslüman beldelerdeki ümmetin geri kalanına işaret etmeyeceğim bile, şimdilik sadece Batıdaki Müslümanları ele alalım.

Amerika'daki Müslümanlarla uzun bir müddet, İngiltere ve Avustralya'daki Müslümanlarla da yeterli düzeyde bir iletişimim oldu. Şunu söyleyeyim, Müslümanlar arasında şahit olduğumuz olaylar size hayretle "Subhanallah!" dedirtecek cinsten. Müslüman iş adamları vergiler hususunda şöyle bir mazeret uydurmuşlar; "Evet, ama ben kafirlere para yedirmek istemiyorum." Gerçekten mi? Kafirlere para yedirmek istemiyorsunuz demek? Ama içki satmasını biliyorsunuz. O zaman Müslümanlığınız gizli, ama her nedense vergi ödeyeceğiniz zaman birdenbire Müslümanlığınız kabarıveriyor; "*velâ ve'l berâ*."[9] Ah bu Müslümanlar! Aslında ah bu Müslümanlar değil, ah biz Müslümanlar! Ahlaki değerlerimiz o kadar düşük, o kadar düşük ki... İşçilerinin maaşlarını ödemeyen Müslüman iş adamlarımız var. Eşlerine mehirlerini dahi ödemeyenler var. Dünyadaki adaletsizlikten bahsedip dururlar, fakat evlerinin içinde adalet yoktur. Biri ne diye tutup da İslam'ın cazibesine kapılsın ki?

Tam da bu noktada sizlerle paylaşmak istediğim ayet, Kur'an'da bu ümmete nazil olmuş en ürkütücü ayetlerden biridir; "*Rabbenâ lâ tec'alnâ fitneten lillezîne keferû*" "Ey Rabbimiz, bizleri inkâr edenler için birer fitne kılma. (Mümtehine Suresi 60:5)" Bu ayetin diğer bir anlamı da şudur; "Ey Allah'ım bizi sefil ve utanç kaynağı olan, İslam'ın güzel ilkelerinden uzakta insanlar eyleme, ta ki bizleri gören gayrimüslimler, 'İslam ile ne işim olur ki? Niçin Müslüman olmak isteyeyim? Ne diye bu insanlar gibi olmayı arzu edeyim? Olmak istediğim gerçekten bu mu?' demesinler."

Onlar bizimle alay ederken nasıl haksızlarsa, biz de kendimize dönüp bakmayı reddettiğimizde o kadar haksızız. Aynayı kendimize çevirmeliyiz artık. Bu sorunu çözmemiz lazım, dünyanın bize ettiklerinden şikayetlenmeyi bırakmanın tam zamanı. Biz tevhid ehli insanlarız. Allah'ın inayeti her türlü sorundan daha üstündür. Allah sizin tarafınızda

---

9 Allah için sevmek; Allah için buğz etmek.

olduğunda, hiçbir problem çok büyük değildir. Asıl problem bizim Allah'ın yardımını istemiyor olmamız; hatta onu kazanmak gibi bir telaşımız dahi yok. Allah'ın yardımı bedavaya üzerinize inmez, sizin onu üzerinize çekmeniz gerekir. Ahlakî sınırlarımızı kaybettik. Burada dine, fıkha ve şeriate dair ileri derecede ilimden bahsetmiyorum, en temel ahlakî kurallardan bahsediyorum. Temel, en temel ahlak kuralları bunlar.

Amerika'da ve dünyanın her yerinde, içerisinde hayır için fon toplanan mescitler var. Parayı bir kez topladıklarında; "Evet, şimdi bunu şu yahut bu iş için kullanabiliriz" diyorlar. Hayır, parayı toplarken belirli bir projenin duyurusunu yapıyorsunuz, fakat sonra onu başka bir iş için kullanıyorsunuz.

"Hayır. Sorun değil, sorun değil. Fetvası var..."

Dürüst olmama fetvası mı aldınız? Nereden buldunuz onu? Sorun değil bizim için değil mi, yapabiliriz! Dinin dahi ismini kullanarak yalan söyleyebiliriz. Subhanallah! Nasıl oldu da iş buralara kadar geldi? Nasıl oldu da evinizde ailelerinizle tartışmak zorunda kaldığınız bir noktaya geldiniz; "Baba, cidden, zekat vermemiz gerektiğini düşünüyorum." "Hayır, hayır. Sorun değil." Müslüman ailelerin evlerinde zekat verilip verilmemesi gerektiğine dair tartışmalar oluyor bu şekilde. Müslüman ailelerde oluyor bu. Allah'ın yardımı bu insanlara niçin gelsin ki? Kendilerine en güzel din ihsan edilmiş, en muhteşem ilkelere sahipler ve bir gün olsun bir dakika için aynayı kendilerine çevirip de, "Nerede yanlış yapıyorum?" dememişler.

Birçoğunuz alim, fakih yahut müftü değilsiniz, olmak zorunda da değilsiniz. Ama nerede yanlış yaptığınızı biliyorsunuz, ben de nerede yanlış yaptığımı biliyorum ve hatalarımızı sürekli göz ardı ediyoruz. Vaziyet böyleyken Allah insanların

"Onlar bizimle alay ederken nasıl haksızlarsa, biz de kendimize dönüp bakmayı reddettiğimizde o kadar haksızız. Aynayı kendimize çevirmeliyiz artık. Dünyanın bize ettiklerinden şikayetlenmeyi bırakmanın tam zamanı."

halini değiştirmeyecek, bu ümmetin halini değiştirmeyecek. Hayır, yapmayacak. Allah bizzat kendi söylüyor bunu. İnsanlar diyor ki; "Aman, ayetten mi bahsediyorsun?" Evet, ayet dediğiniz en değişmez gerçekliktir. Bir ayetten daha büyük bir hakikat yoktur. Fizikte, kimyada ve biyolojide bulup da Kur'an ayetlerinde bulamayacağınız hiçbir gerçeklik yoktur. "*İnnallâhe lâ yugayyiru mâ bi kavmin hattâ yugayyirû mâ bi enfüsihim*" "Bir ümmet kendinde olanı değiştirmedikçe Allah insanlarda olanı değiştirmeyecektir. (Rad Suresi 13:11)" *Mâ bi enfüsihim*. İçimizde yanlış olan bir şeyler var. Ümmette yanlış olan şeyin ne olduğu sorusuna Allah'ın verdiği cevap, insanların içindeki bir şeyin yanlış olduğu yönünde. Ümmetin bugünkü sorununun ne olduğuna Allah'ın cevabı bu. "*Ve entümü'l a'levne in küntüm mü'minîn*" "Eğer gerçekten iman sahibi iseniz, üstün gelecek olan sizsiniz (Âl-i İmran Suresi 3:139)" buyuruyor. Günümüzde üstün gelen bizler değiliz, demek ki imanımızla ilgili bir problem var, çünkü Allah asla yanılmaz.

Bu tam manasıyla bir trajedi. Birbiri ardına trajedi... Ardı arkası hiç kesilmeyecek... Ve bizler kesilmeyeceğini de biliyoruz. Bu trajedi selinde boğulmamanın ve insanlara "deli" olmadığımızı kanıtlayacak deliller bulmak ile zaman öldürmemenin bir yolu var. Bu arada, şunu belirtmeliyim ki ne olursa olsun onlar bizim deli olduğumuzu düşünecek.

Onları etkileyemezsiniz. Allah'ın elçileri de onlara tebliğ etti. Yöntemimiz ne kadar doğru olursa olsun; bizden nefret edenler, nefretlerine devam edecekler. Bizimle alay eden etmeye devam edecektir. Fakat en azından onlara bizimle alay edecekleri düzgün sebepler sunsak iyi ederiz.

Düzgün sebepler bizim İslam'a sadık kalmamızdır. Biz akıl ve iz'an sahibi insanlarız. İslam'ın iman etmeyenler için tehdidi asla sahip olduğu güç, kılıçlar ve silahlar olmamıştır.

İslam'ın en büyük tehdidi görüşlerinin gücü; adaletsizlikle olan çetin mücadelesi ve diğer görüşlerin sağlamlığını eleştirmesindeydi.

Nasıl böyle düşünebilirsiniz? Nasıl bu şekilde davranabilirsiniz? Nasıl böyle yargılayabilirsiniz? "*Efelâ ta'kilûn*" "Hiç düşünmüyor musunuz?" Nasıl karar veriyorsunuz? Bu din, ince düşüncelilik dinidir. "*Ed'û ilallâh alâ basîreh*" "Basiret ile Allah'a dua ederim." Günümüzde artık ince düşünceli insanlar değiliz, dolayısıyla İslam da değil. Batılılar olarak İslam'ın en büyük tehdidinin militanlık olduğunu düşünüyoruz. Militanlık dediğiniz hiçbir şeydir. Kureyş kabilesini zangır zangır titreten en büyük tehdit Bedir savaşı değildi; Mekke'deki günlerdi. Allah'ın vahyettiği tek bir ayet onları titretmeye yetiyordu. Allah'tan gelen tek bir ayet dört bin yıldır orada kemikleşmiş olan geleneği sarsmaya yetiyordu. Sadece birkaç kelime dahi yeterliydi. Bir şeyler oldu ve biz artık o kelimelere bağlı değiliz.

Karşınızdakiyle tartışırken verecek cevabınız yoksa tartışmayı kazanmak istediğiniz için bağırmaya başlarsınız. Bağırmaya başladıysanız bu kaybettiğinizin en açık delilidir. Karşınızdakiyle tartışırken ona vuruyorsanız bu da kaybettiğinizin delilidir; çünkü artık kelimelerinizin gücü

"Bağırmaya başladıysanız bu kaybettiğinizin ve söyleyecek sağlam bir sözünüz olmadığının kanıtıdır."

tükenmiş artık kaba kuvvete başvuruyorsunuzdur. Aslında bu söyleyecek sağlam bir sözünüz olmadığının da bir kanıtıdır.

Allah'ın bizlere lutfettiği kelimelerden daha güçlü bir kelime yahut mesaj mevcut değildir. Başka bir yere müracaat etmemize lüzum yok. Ne zaman başka kaynaklara müracaat etsek aslında bu sahip olduğumuz değerlerin yeteri kadar güçlü olmadığı imasında bulunmak anlamına geliyor. Fakat güçlü! *Biz* yeteri kadar güçlü değiliz; çünkü artık bu kelimelere yeteri kadar bağlı değiliz. En zeki, en mantıklı cevaplar getiren insanlar biz olmalıyız. Dünyadaki adaletsizliklerle mücadele eden insanlar biz olmalıyız. Agnostikler, ateistler, Hristiyanlar ve diğer görüşlerdekilerle en derin münakaşalara girmesi gerekenler bizleriz.

Dine karşı suçlamaları nedir biliyor musunuz?

Yüzyıllardır Avrupa'da yaygın olan bu görüş şimdi ise dünyanın her yerinde yaygınlaşmış durumda.

Dindar insanlar dar görüşlü, dindar insanlar fanatik, hoşgörüsüz, eleştiri kabul etmezler, konuşmaya, iletişime açık değillerdir.

Bu suçlamalarla vermek istedikleri mesaj şu: Eğer dininizden kurtulabilirseniz insanlarının kendilerini düşünebildikleri açık görüşlü bir toplumunuz olabilir.

İslam'ı da bu şekilde itham ediyorlar. Yüzyıllarca Avrupa'da hüküm sürmüş olan Hristiyanlık için bu söyledikleri geçerlidir. Fakat İslamiyet için durum bunun tam tersi. Farklı görüşten insanlarla karşılıklı konuşmayı teşvik eder İslam.

"Evet, yanlış bir din baskı getirir, fakat Allah'ın dini ancak güzellik getirir."

"Delillerinizi getirin, niçin bana Kur'an'a dair tüm eleştirilerinizi sunmuyorsunuz, tüm eleştirilerinizi söyleyin diye sizleri ben teşvik ediyorum."

Bu nasıl bir kitaptır ki, insanları imana davet etmekle kalmıyor, aynı zamanda diyor ki "lütfen bütün eleştirilerinizi toplayıp da gelin." Açık görüşlülük dediğin budur işte. Kur'an açık görüşlülüğe davet ediyor; dar görüşlü olan ise bizleriz. Görüşümüzü genişleterek, Kur'an'ı açarak ve onun bizim düşünmemizi istediği şekilde düşünerek bu ümmeti tekrar güçlendirebiliriz. Ta ki dinin zihni, gözleri ve kalbi kapatan bir şey olmadığını görsünler. Din zihni açmak, karşılıklı iletişimi artırmak ve insanlığa medeniyet getirmek için mevcuttur. Onlar çözümü dini tamamen izale etmekte buluyorlar; biz ise çözümün dini doğru anlamak ve yaşamak olduğunu söylüyoruz. Evet, yanlış anlayışlar baskı getirir, fakat Allah'ın dini ancak güzellik getirir.

Bu hakikati onlara biz göstermezsek eğer, kim gösterecek? Allah'ın bizi bu aleme koyma nedeni budur. Bu ümmetin mensubu olmak çok büyük bir şereftir, azımsanamaz. Allah Resulü'nün tek başına taşıdığı yükü biz şu an dünya nüfusunun beşte biri olarak hep beraber taşıyoruz. Hem siz hem ben bu yükü her gün taşıyoruz; ister kabul edelim ister etmeyelim. Ve bu yükü hafifletmek için bir şey yapmadığımızda, insanlığa örnek olmadığımızda, başımız dertte demektir.

Niyazım o ki, Rabbimiz bizleri tekrar Kur'an ehli insanlar eylesin. Ta ki Allah'ın bizlerden istediği şekilde düşünebilelim; karakter özelliklerimizde, toplumumuzda, ticari

"Din zihni açmak için, karşılıklı iletişimi artırmak ve insanlığa medeniyet getirmek için vardır."

ilişkilerimizde, kişisel hayatımızda, konuşmamızda, meşguliyetlerimizde bu dini mükemmel kılan, çok latif kılan şeyi temsil edebilelim. Allah hidayetinin nûrunu cümlemizin gönlünde parıldatsın. Onu güçlü kılsın. Gün geçtikçe daha da güçlendirsin. Bu karanlık çağı bir nûr çağı kılacak olan gençlerimizi bu ümmete gerçek liderler eylesin. Amin.

Müzik Dinlemenin Sakıncaları

Bir kültüre has yahut belirli bir tarzda müziğe karşı özel bir önyargım yok. Ancak başlı başına müziğe karşı güçlü bir itirazım var ve her ne kadar alimlerin bu konuda muhtelif görüşleri olsa da ben size kendi görüşümü izah etmeye çalışacağım. Günümüzde birtakım müzikleri dinlemek muhtemelen insanın ahlakî ölçülerini kaybetmenin en kolay yolu. Bugün bazı müzikler sesli pornografi gibi. Öyle aşikar, öyle hayasız ve edebe aykırı ki, insanlığınızı sizden alıp götürüyor. Kadınlara birer nesne gibi, hatta nesneden daha alçak şekillere bakmanızı teşvik ediyor. Bu şarkıları üreten insanlar kadınlardan hayvanlardan bahseder gibi bahsederek, kadını metalaştırıyor. Ve özellikle, tanıdığım birçok Müslümanda fark ettim, hip-hop ile içli dışlı olanlar neredeyse şarkının hafızlığını yapıyor. Şarkıyı ezberliyor, bir de mükemmel bir tecvit ile okuyorlar. Bu ezberledikleri şeyin de berbat bir dili var. Berbat, korkunç, çok rezil bir dili var. Verebileceğim yegane yanıt, eğer Allah'ın kitabına en ufak bir saygınız varsa, eğer onun gerçekten Allah tarafından indirildiğine inanıyorsanız, kötü olan bir şeyin ismi, onu anmak, onu zikretmek dahi imanınız varsa çok korkunçtur.

"*Bi'se'lismu'l fusûku ba'de'l îmân*" (Hucurat Suresi 49:11) Eğer iman sahibi iseniz, çirkin bir şeyi ağzınıza almak bile sizin için çirkindir, zararlıdır. Dilinizi temizlemek için en güzel söylenecek şey ne ise onu söylemelisiniz.

"Kul li ibâdî yekûlülletî hiye ahsen" (İsra Suresi 17:53) "Kullarıma söyle, en güzelini söylesinler."

En iyi ne ise onu konuşun, ağzınızdan güzel sözler çıksın.

Evvela bu husus var. Ağzınızdan çirkin şeyler çıktığında, söyledikleriniz Allah'ın bize ihsan ettiği ahlak ölçülerinin dışında ise o zaman elbette ki kendi fıtratınızdan sapmış oluyorsunuz. Sizin özünüz Allah'a yönelmeye meyillidir. Devamlı surette bu şekildeki zırvaları dinlediğiniz takdirde, sapıyor ve Allah'a itaatsizlik dışında zevk alamaz oluyorsunuz. Hasta bir kalbin belirtisidir bu. Bu nedenle, insan öncelikle kendi ile çirkin sözler arasına mesafe koymalı, ilk adım budur. Tekrar söyleyeyim bu benim kişisel görüşüm; bu bir fetva değil, bu benim şahsi analizim. Kabul etmek zorunda değilsiniz; ancak eğer bir kimse hip-hop dinledikten sonra Kur'an dinlemek ona zor geliyorsa, hatta rahatsız oluyorsa şeytanlar o insana galip gelmiş demektir. Uzun zamandır müzik dinliyorlarsa, arabada biri Kur'an'ı açar açmaz ne söylüyorlar biliyor musunuz? "Abi kapatabilir misin ya... Pek canım istemiyor. Konuşalım haydi." Derhal rahatsız oluyorlar. Bu aslında yönetimi şeytanlar devralmış ve ona sürekli vesvese veriyorlar demektir. Çünkü şeytanlar en çok neden nefret eder? Allah kelamı olan Kur'an'dan. Ondan kaçarlar. Canlarını yakar. Öyle olunca ne yaparlar? Bu insanlar şeytanları kalbine aldığı için, Kur'an okunmaya başladığı zaman kalbini sıkıştırmaya başlar. O da, "Duymak istemiyorum bunu" der. Onun için sanki dişi çekiliyormuş gibi bir sıkıntı verir. Aynı şey o insana Allah kelamından hatırlatmada bulunduğunuzda da olur. Rahatsız olurlar, sanki alerjileri varmış gibi bir tedirginlik yaşarlar. Niçin? Çünkü içlerine şeytanları buyur etmişler. Onları dışarı çıkarmak için yapmanız gereken ilk şey onları yakıt ile doyurmayı kesmektir.

Amaçsızca harcanan zaman, şeytanlar için yakıt mahiyetinde. Vaktinizi boşa harcamanız onların hoşuna gidiyor. Çünkü Allah'ın insana ihsan ettiği servetin kıymetli parçalarından biri zamandır. Onun yanında müzik, televizyon, YouTube, Facebook, Snapchat, Twitter nedir? Eğer bu gibi şeylerle saatlerinizi kaybediyorsanız bir servet olan vaktinizi yok etmekten başka ne yapıyorsunuz ki? Sizden o serveti alıyor; emin olun hiçbir şey şeytanın bundan daha çok hoşuna gidemezdi. Allah size bu ayartmalardan korunacak kuvvet versin. Benim nacizane sürekli dile getirdiğim tavsiyem, daha iyi arkadaşlar edinin. Bu gibi çirkinliklerin dışında bir dostluk geliştirin ve onlarla daha çok vakit geçirmeye çalışın. Allah'ın izniyle bu alışkanlıklardan bu şekilde kurtulacaksınız.

5. BÖLÜM

AHİRET ODAKLI YAŞAMAK

Hayatı Bir Perspektife Yerleştirmek

فَمَا أُوتِيتُمْ مِنْ شَيْءٍ فَمَتَاعُ الْحَيَاةِ الدُّنْيَا وَمَا عِنْدَ اللَّهِ خَيْرٌ وَأَبْقَى لِلَّذِينَ آمَنُوا وَعَلَى رَبِّهِمْ يَتَوَكَّلُونَ ﴿٣٦﴾

"Fe mâ ûtîtüm min şey'in fe metâu'l hayâti'd dünyâ ve mâ indallâhi hayrun ve ebkâ. Lillezîne âmenû ve alâ rabbihim yetevekkelûn."

"Size verilmiş bulunan şeyler sadece bu dünya hayatının geçici menfaatidir. Allah'ın yanında bulunanlar ise iman edip sadece Rablerine güvenen kimseler için daha hayırlı ve daha kalıcıdır."

(Şûra Suresi 42: 36)

Anlatmayı düşündüğüm konu için ayet seçmek benim için çok zor oldu, bir süredir üzerine düşünüyordum. Düşünme sürecinin sonunda fark ettim ki dinimiz fıtratı gereği çok sade ve ilkeleri de çok doğrudan. Bu nedenle benim de tabiatı gereği çok basit olması gereken bir şeyi karmaşıklaştırmamın lüzumu yok. Üzerinde durmak istediğim konu, Müslüman olarak hepimizi ilgilendiriyor. Kendimize hatırlatmamızın çok kolay olduğu, aynı zamanda çok kolay unutabildiğimiz bir husus. Ayetin tercümesi ile başlayayım.

Allah kırk ikinci sure olan Şura Suresi'nde buyuruyor ki; "Fe mâ ûtîtüm min şey'in fe metâu'l hayâti'd dünyâ" "Size ne verildiyse," *Fe mâ ûtîtüm* ifadesindeki "*mâ*" cümleye bir genişlik manası katıyor: Size verilen şeylerin bütünü. Ve tüm bunlara ilave olarak, o *min şey'in*. *Mâ ûtîtumûhu* şeklinde de söyleyebilirdiniz, zamir olurdu. Fakat zamir ilave etmek yerine, *min şey'in* kullanılmış. *Şey'en* bir değil, *şey'in* ifadesi kullanılmış ki çok sıra dışı bir dildir. Size verilmiş, aklınıza hayalinize gelebilecek her türlü şeyi düşünün. Bu iki kelimeyi yan yana kullanarak Allah ayette sahip olduğunuz her türlü somut nesneyi kast ediyor; elbise olsun, araba, ev yahut neye sahipseniz, sizin isminize kayıtlı her ne varsa. Buna ilave olarak, Allah aynı zamanda hayat deneyimlerimiz açısından sizin sahip olduğunuz ve benim sahip olduğum şeylerden de bahsediyor. Ailelerimizi, bize ihsan edilen gençliği, fırsatlarımızı, arkadaşlıklarımızı ihtiva ediyor. Bana verilen ve tecrübe ettiğim her şey "*fe mâ ûtîtüm min şey'in*" ifadesinde bahsedilmiştir.

Benim *Beyyine*'de ders verirken birebir muhatap olduğum öğrencilerin yaş ortalaması düşük. Cuma hutbesinde genelde genç bir dinleyici kitlesi oluyor. Bunun yanında günümüzde bakımevleri var, kendilerine bakma hususunda zorluk çeken insanlarla ilgileniyorlar. Onların şimdi sahip olmadıkları bazı şeylere sahip olduğumuzu farkediyoruz. Doksanlarında, değnek kullanan yahut iki adımı dahi kendi başına atamayan birinin yanından geçerken kimimiz onlara bakıp da, "Subhanallah, bu insanlara ne kadar acıyorum" diyebiliriz.

Fakat gerçeğimizin farkında olmalıyız. Nedir o gerçek?

Kendi Hakikatimizin Farkında mıyız?

Önümüzde görünen iki son var: Ya yaşlanmadan evvel toprağa gireceğiz, ya da bu insanlardan biri olacağız; o duruma geleceğiz bir gün. Yaşlılara sorsanız, "Bir geriye dönüp baksan, hayatında neler gördün geçirdin?" Derler ki, "Sadece bir gün yaşamış yahut göz açıp kapayıncaya kadar geçmiş gibi."

Zaman öyle çabuk geçiyor ki! Subhanallah. Vaktin bizden usulca ayrılıp gittiği gerçeğine gözlerimizi açmamız gerek. Zaman nimeti kalıcı değil. Ömrümüz geçip gidiyor, nihayetinde bize kalan yegane şey ahiretimiz oluyor.

Rabbimiz buyuruyor ki; *"Ve mâ indallâhi hayrun ve ebkâ"* Sizinle paylaşmak istediğim mevzu şu, bu hayatta bazen gelecek beş yahut on yıl için plan yapıyoruz: Şunu şunu tamamlamak istiyorum, ezberlemek istediğim Kur'an şu kadar, şu kadar para kazanmayı planlıyorum, şu tarihte evlenmek istiyorum gibi. Kendimize bu şekilde hedefler koyup o doğrultuda çaba gösteriyoruz, bunda yanlış hiçbir şey yok. Ama size bu ayeti içselleştirmenizden bahsediyorum. Zihninizin bir kısmına tüm bu planlarınızı koyuyorsunuz, öbür kısmına ise ahiretinizi inşa etmediğiniz takdirde tüm bunların hiçbir şey ifade etmeyeceği idrakini yerleştiriyorsunuz. Eğer beni Allah'a hazırlamıyor, O'na yaklaştırmıyor ve beni O'nun kulu kılmıyorsa; bütün bu planlar anlamsız ve kıymetsizdir, birer başarı sayılmazlar.

Bir yanda insanların bizimle ilgili algıları var, öbür yanda ise hakikat var. İnsanların algıları, bizim algılarımız ve hakikat. İnsanların algıları sizin başarılı olduğunuz yönünde, ilim sahibi olduğunuz yönünde yahut bir başarı elde ettiğiniz yönünde olabilir. Yahut tam tersi de olabilir, belki insanlar

"Allah'ın kelamına bu sebeple sahibiz biz. Allah'ın kelamı ışığında kendimizi görelim; bize kendi hakikatimizi göstersin diye."

sizin kıymetsizin biri olduğunuzu düşünüyorlardır. Fakat en nihayetinde insanların algılarının hiçbir değeri yoktur. Allah'ın huzurunda hiçbir şey ifade etmez. Ne hanenize bir ilavesi olur ne de bir şey eksiltir. İnsanların eleştirileri sizden hiçbir şey götürmediği gibi, insanların övgüsü de size bir şey katmayacaktır. Katamaz.

Neticede insanlar her daim başkalarından övgü yahut eleştiri aldıklarında olan nedir? Bu gelen yorumlardan etkilenmeye başlıyorlar. Kendilerini diğer insanların gözünden görmeye başlıyorlar. Sonra da kendilerine olan bakışları kirlenmiş oluyor; çünkü artık kendi hakikatlerini değil, insanların kendileri hakkında söyledikleri sözleri görmeye başlıyorlar.

İnsan böyle bir mefhum. Allah'ın kelamına bu nedenle çok muhtacız biz. Allah'ın kelamı ışığında kendimizi görelim; bize kendi hakikatimizi göstersin diye.

Dostluklarımız, ailelerimiz, sevdiklerimiz ve ait olduğumuz bir toplum var; bunların tamamına sahip olabiliriz. Ancak şu bir hakikat ki, nihayetinde hepimiz yalnızız. Bu dünyaya yalnız geldik, yalnız ayrılacağız. Ve bu yalnızlıkta eğer Allah ile bir bağlantı kuramazsanız, en sonunda hem benim hem de sizlerin Allah dışındaki her şeyle kurduğu sahte bağlantılar yok olup gidecek. Sonsuza kadar yaşamayacaklar. Hakikati örten maskeleri bir gün düşecek; bu dünyada değilse de ahirette. Dolayısıyla Allah'ın bizlere verdiği bu

"Allah'ın vahyi, O'nun size ikram ettiği her şeyden daha hayırlıdır."

güçlü hakikati içselleştirmeliyiz. Bizleri ahirete hazırladıkları ölçüde ilişkilerimize değer vermeliyiz.

"*Fe mâ ûtîtüm min şey'in fe metâu'l hayate'd dünyâ.*"

Sizi şu tablo ile baş başa bırakmak istiyorum; "*Ve mâ indallâhi hayrun ve ebkâ*" "Allah'ın indinde olan daha iyidir." Bizim şu an sahip olduklarımız da Allah'ın indindedir, O'nun mülküne dahil olmayan hiçbir şey bulamazsınız. Fakat burada ma ekini kullanarak Hazreti Allah sanki şöyle demek istiyor; "Size daha nelere sahip olduğumu henüz söylemek istemiyorum." Sizin için bir sırrım var. Benim indimde öyle bir şey var ki, her şeyden ama her şeyden çok daha evla. Diğer bir deyişle, size henüz vermedim. İnsan, "Allah acaba neye sahip ki?" diye düşünebilir. "Cennetten bahsediyor olmalı." Fakat kapıyı, *ve'l cennetü hayrun ve ebkâ* değil de, "Allah'ın sahip olduğu her ne ise" anlamına gelen *mâ indallâh* diyerek açıyor. Allah sahip olduklarının bazısını size şimdi vermiştir, sadece dünyalık açısından değil, cennete giden yol açısından da. O yol kendi Zatında her şeyden hayırlıdır. Allah'ın vahyi, O'nun size ikram ettiği her şeyden daha hayırlıdır. Allah'ın kelamı her şeyden daha hayırlıdır çünkü eğer onun doğrultusunda yaşayabilirsek hem sizi hem de beni çok daha hayırlı yerlere getirecektir.

Eğer insanların bizim hakkımızda geliştirdiği yahut bizim kendi şahsiyetimiz hakkında geliştirdiğimiz sahte algıların tuzağına düşmeksizin bu dünyada yaşamak istiyorsak, bu ayetin içerisinde devamlı yapmak durumunda olduğumuz iki çeşit kıyas var. Gerçeğe uygunluğu ölçücü bu kıyas nedir peki?

وَمَا عِندَ اللهِ خَيْرٌ وَأَبْقَى لِلَّذِينَ آمَنُوا ﴿٣٦﴾

"Ve mâ indallâhi hayrun ve ebkâ. Lillezîne âmenû"

"Allah katında bulunanlar ise iman edip sadece Rablerine güvenen kimseler için daha hayırlı ve daha kalıcıdır."

(Şura Suresi 42: 36)

En azından gerçekten iman edenleri ilgilendiren ciheti ile evvela, "Allah her neye sahipse, o daha hayırlıdır", ikincil olarak da, "daha kalıcı"dır. Dolayısıyla hayatımdaki her deneyimde Allah'ın bana ikram ettikleri ile, halen Allah'ın katında olup da daha hayırlı olanları kıyas ederim. Küçük bir misal vereyim. Bir elbise mağazasına gidip kendinize kıyafetler alıyorsunuz. Elinizdekileri kasaya götürdüğünüz anda düşünün, *"Ve mâ indallâhi hayrun ve ebkâ. Lillezîne âmenû"*, Allah'ın bana kendi katından vereceği elbiseler daha hayırlıdır. Cennette Allah katında makul olan benim için daha hayırlıdır. Bu iman edenler için geçerli. Yemek yiyoruz, yemeğin tadını çıkarırken eğer kendinize, *"Ve mâ indallahi hayrun ve ebkâ lillezine âmenû"* diyebilirseniz, *ahiret* bir klişe olarak anılmaktan yahut yalnızca birinin başı derde girdiğinde hatırlanmaktan kurtulur.

"Hayır, hayır, inşaallah! Allah sana ahirette verecektir." Ayeti bu şekilde pratikte uyguladığınızda günlük hayatınızın bir parçası haline geliyor. *Ahiret* her daim üzerine düşündüğünüz bir kavram olur. Çünkü Allah ahireti sadece semalara ait bir mefhum olarak tarif etmiyor, kendi Zatının oradaki mevcudiyetini vurgulayarak tarif ediyor. Peki, "*inde*" ne demektir? *İnde* yakınlığı ifade eder, dolayısıyla cenneti kazanmak demek muhakkak ki Allah ile yakınlık elde etmek demektir. Bu nedenle, Allah'ın bu ayette vaadi aynı zamanda kendi Zatının yakınlığıdır. "*Ve alâ Rabbihim yetevekkelûn*" "Rablerine tevekkül ederler."

Eğer siz de ben de bu tavrı geliştirebilirsek, dünyalık mal mülkle, kazançlar ve kayıplarla çok daha kolay bir şekilde başa çıkabileceğiz.

Eğer Allah'ın indinde olanın daha hayırlı olduğunu idrak edebilirsek, ilişkilerimiz de kolaylaşacak. Bir dahaki sefere bir arkadaşımızla yahut aileden biriyle aramızda bir gerginlik oluştuğunda ve münakaşa ederken gururumuz ayağımıza dolanıp durduğunda; Allah'ın katında olanın daha hayırlı olduğunu ve bu alemin biz hiç anlayamadan geçip gideceğini fark etmeliyiz. Biz anlayamadan geçip gidecek ve o vakit geldiğinde bu münakaşa hiçbir mana ifade etmeyecek. Yıllarca sırf gururu ayağına dolandığından özür dileyemediği için ilişkilerini mahvetmiş insanlar var. Bir türlü "afedersin" demeyi başaramıyorlar. "Hayır, ben özür dilemem; onun suçuydu. Niçin ben özür diliyorum?" Sonra da meseleyi kabre kadar götürürler. Bu alemde meseleyi çözmek için yeterli zamanları olmadı, ancak Alemlerin Rabbi'nin huzurunda dururken ayağımıza dolanan o gurur artık bizimle olmayacak. Tartıştığınız kardeşinizle beraber Allah'ın huzurunda duruyor ve ikiniz de merhameti için yalvarıyor olacaksınız. Eğer birbirinizi affetseydiniz cenneti kazanacaktınız. Sadece affetme fiili ile elde etmiş olacaktınız.

Bu mevzuyu bir perspektife yerleştirdiğinizde, gururunuz gerçekten de o kadar değerli mi? Öfkeniz hakikaten Allah'ın size vaad ettiklerini elde etmek için çabalamayacağınız kadar ağır mı?

Meseleleri bu bakış açısıyla irdelediğimizde, hayat başa çıkılması daha kolay bir yer oluyor. Şu sözü öğreniriz; "Büyültürsen büyük, küçültürsen küçük olur."

Bu ayet, ahireti büyültüp dünyayı küçültmek üzerinedir. Bütün mesele budur! Hayatı tecrübe edeceğiz, kariyerimiz, akademik başarılarımız ve yaşadığımız birtakım zorluklar olacak. Bunların hepsi başımıza gelecek. Ancak mevzunun özü nedir? Bunların tamamı "geçici"dir. Hepsi geçicidir.

Gün gelecek, cami cemaati namaz için toplanacak, cenaze var diye duyuru yapacaklar ve bu seferki sizinki olacak; benimki olacak. Başımıza gelecek olan bu. İnsanlar bizim namazımızı kılacaklar, sonra da çekip gideceğiz. Ve çok da zaman yok, yakında olacak bu, çünkü zaten ömrümüzün çoğu geçip gitti. O günden uzaklaşmıyoruz, gittikçe o güne daha da yaklaşıyoruz. Her şekilde yaklaşıp duruyoruz. Dolayısıyla Allah katında olanın bizim için en hayırlı olduğunu ne kadar çabuk içselleştirirsek, kendimize o kadar büyük iyilikte bulunmuş oluruz.

Vaktimizi doğru şekilde nasıl değerlendirebileceğimizi öğrenmeliyiz. On yıllık, on beş yıllık planlar yapıyoruz, fakat ahireti düşünmüyoruz.

Ahireti Nasıl Düşünebilirsiniz?

Uygulamada ahiret için ne tür bir planlama yapabilirsiniz? Ahiret için on yıllık veya on beş yıllık değil, günlük plan ya-

"İnsanlar mesai saatinin dışındayken, ofislerinden çıkış saatleri kayda geçip de özgür olduklarında nasıl rahatlıyorlar, biliyorsunuz. Doğrusu, biz meleklerle daimi bir mesai halindeyiz."

parsınız. Meselenin özü uzun vadeli hedefler belirlemek değil, kendinize "Bugünümü nasıl geçirdim?" sorusunu sormaktır.

Cuma namazından sonra ne yapacaksınız? Yarınınızı nasıl geçireceksiniz? Saat kaçta uyanacaksınız? Boş vakitlerinizi nasıl değerlendireceksiniz? Telefonunuzdaki o işe yaramaz oyunları ne zaman sileceksiniz? Aşırı miktarda televizyon izlemeyi ne zaman bırakacaksınız? İnternet ortamında laflayarak yahut mesaj panolarına bilerek yanlış mesajlar bırakarak zaman öldürmekten ne zaman vazgeçeceksiniz? Ne zaman? Eğer bugün değilse, yüksek bir gaye uğruna ne zaman gayret edeceksiniz?

Günlük hayatınızı ne zaman gözden geçireceksiniz? Nasıl uyuduğunuz, nasıl uyandığınız, ne söylediğiniz, neler yaptığınız ve özellikle sizin "serbest zaman" olarak nitelendirdiğiniz boş vakitlerinizi nasıl değerlendirdiğiniz... Çünkü aslında bu vakitler serbest değil. Boş vaktimizi beleş zamanlar olarak görüyor, şimdilik bir ödemede bulunmuyoruz, ama bir gün onun için Allah'ın huzurunda ödemede bulunacağız. Bir bedeli var. Bir gün onun için ödemede bulunacağımızın farkında değiliz. Her şey kayda geçiriliyor.

İnsanlar mesai saatinin dışındayken, ofislerinden çıkış saatleri kayda geçip de özgür olduklarında nasıl rahatlıyorlar, biliyorsunuz. Doğrusu, biz bu meleklerle daimi bir mesai halindeyiz. Mola vermiyorlar, eğer verecek olurlarsa da yerle-

> "Hazreti Allah bizleri kendi hakikatinden perdelenenlerden eylemesin. Hak Teala yüce Kitab'ını kendilerimize daimi bir ayna kılsın, o aynada kendi hakikatimizi müşahade edelim ve devamlı daha güzele doğru gitmeye çalışalım."

rine bir başkasını bırakıyorlar. Dolayısıyla, planımızı günlük hayatımız üzerine yapmamız gerek, inşaallah.

Cuma günü yeni alışkanlıklar edinmek için iyi bir gündür. Nefis muhasebesi yapmak için güzel bir gündür. İbadet etmek için, Allah ile buluşmaya hazırlanmak için bir şekilde ekstra bir zaman harcıyoruz o gün. Allah diğer günlere nazaran cuma gününde bizi manevi olarak daha güçlü kuvvetli kılıyor.

Öyleyse niçin kendiniz için ciddi kararlar almıyorsunuz?

Başkaları ile paylaşın diye değil, sadece kendiniz için. Gerektiğinde, kendinizin en sert eleştirmeni ancak siz olabilirsiniz. Siz ve ben hayatlarımızda neyi farklı yaşamamız gerektiğine karar vermeliyiz, çünkü "gayet iyi durumdayım", "aslında bakarsan hayatımda pek de değiştirmek isteyeceğim bir şey yok, her şey tamam" demeye başladığımız anda, bilin ki bir sürü insanın üzerimizdeki kanaatleri sonucu bizde bu sahte vehim oluşmuştur. Nice zamandır gözlerimiz körleşmiş; gözlerimize o kadar çok toz toprak serpmişler ki şimdi kendimizin kim olduğunu dahi bilemiyoruz.

Niyazım o ki, Allah bizleri kendi hakikatinden perdelenenlerden eylemesin. Hak Teala yüce Kitab'ını kendilerimize daimi bir ayna kılsın, o aynada kendi hakikatimizi müşahade edelim ve devamlı daha güzele doğru gitmeye çalışalım. Amin.

Küçük Başlangıçlar

Daha evvel Kehf Suresi üzerine verdiğim bir hutbede, birbirleriyle münakaşa eden iki bahçe sahibine dair Rabbimizin bizlere aktardığı bir kıssadan bahsetmiştim. Burada ise, Allah'ın bizlere talim ettirdiği dersten hemen sonra gelen konuşmayı sizlerle paylaşmak istiyorum. O kısımda Allah aynı zamanda buyuruyor ki:

"*Ve'drib lehüm mesele'r raculeyn*"

"Onlara iki adamın kıssasından dem vur." Kıssadan dem vur emri dilimize çevrildiğinde biraz garip duruyor. Bu nedenle sizlerle beraber bu ifade üzerine biraz tefekkür edeceğim. Bu emir aslında Hazreti Peygamber'e verilmişti. Kur'an Allah'ın tüm insanlığa bir hitabı, her bir insan ile birebir konuşmasıdır. Fakat bu ayet ve benzeri durumlarda, doğrudan bizlere "*na'drib lekümü'l emsal*" "Biz sizlere bir misal vereceğiz" demek yerine; Allah Peygamberine "insanlarla konuş" diye emir veriyor.

Niçin? Çünkü Hak Teala bu ayette Hazreti Peygamberin önemine vurgu yapıyor. Kur'an, Allah'ın onu öğretmesi için atadığı en kamil öğretmen olmadan anlaşılamaz. Kur'an'ı bir müfredat gibi düşünebilirsiniz, fakat bir müfredat ancak onu öğretecek bir öğretmen olduğu müddetçe bir mana ifade eder. En nihayetinde her ne kadar dersler Allah'ın zatından olsa da bu dersleri insanlığa öğretmesi için Allah en güzel öğretmeni görevlendirmiştir, ki o da Hazreti Peygamberin ta kendisidir. Dolayısıyla Allah tarafından nazil olan ayetler bizatihi çok güçlüdür; fakat Hazreti Peygamber onları sahabeye öğretene kadar etkilerini göstermezler. Bu sebeple Allah diyor ki; "Onlara bir misal ver, misali sen verdiğin zaman onun bambaşka bir etkisi olacak."

Buradan bir Kur'an öğretmeni olan Hazreti Peygamberin (sallalahu aleyhi ve sellem) önemini değil sadece, aynı zamanda Kur'an ve içindeki derslerin kamil bir öğretmen tarafından öğrencilerle paylaşılması gerektiği yönündeki Sünnetullahı da öğreniyoruz. Bunun kişisel bir deneyim olmakla kalmayıp bir topluluk içerisinde tecrübe edilmesi gerektiğini anlıyoruz.

Aslında birbirimizle "Kur'an" hakkında muhabbet etmeliyiz; gelen emir her ne kadar öncelikle Hazreti Peygambere hitap olsa da aynı zamanda bizleri, tüm iman edenleri de kapsıyor. Birbirimize Kur'an'dan hatırlatmalar yapmamız gerek. İman eden bir kimse iman eden bir kardeşine Kur'an'dan hatırlatmada bulunduğu zaman belirli bir etkisi oluyor. Kendi kendinize Kur'an yahut tefsir okuduğunuzda daha farklı bir etki bırakıyor.

İnsanların iletişim kurması ile edilen nasihatte bir etki var. En başta verilen emir "Onlara bir misalden dem vur" şeklindeydi. "*A'tîhim misâl*" "Onlara bir misal ver" denmedi. Bunun yerine, "*Ve'drib lehüm meselen*" dendi. Ne anlama geliyor bu? *Darabe* Arapçada vurmak demek. Söyleyeceğiniz şeyin bir etkisi olacaksa bu ifade kullanılıyor.

Bir şey bir yere çarptığında bir ses çıkarır, bir patırtı oluşturur, herkesin dikkati o yöne çekilir. Ofiste otururken birden dışarıdan gürültülü bir çarpma sesi gelse mesela. Derhal koşup camdan dışarı bakarsınız, çünkü bir şey başka bir şeye çarpmıştır ve hemen dikkatinizi celb eder.

Evde uyurken mutfaktan düşme sesi duysanız, hemen orada neler oluyor diye düşünüp fırlarsınız. Gideyim de bir bakayım dersiniz. Yani, çarpma sesi dikkati celb etme sebebidir. "Bir misal verdiğin zaman, dikkatlerini çek." Allah'ın bize burada öğretmek istediği şey birbirimizin dikkatini çekebildiğimiz anların birer fırsat olduğu. Başka vakitlerde de insanlarla konuşup misaller verebilir, nasihat yahut öğütte bulunabilirsiniz, ancak eğer dikkatleri başka yerlerdeyse tavsiyede bulunmak için doğru zaman değil demektir.

Çoğu zaman bir nikaha yahut velîmeye iştirak ettiğim zaman, insanlar birbirleriyle tatlı tatlı muhabbet ediyor, yemek yiyorlar, çocuklar etrafta koşuşturuyor; sonra biri kalkıp diyor ki, "Abi, bir konuşma yapsana." İnsanlar yemek yiyor, birbirleriyle konuşuyorlar; kimisi telefon görüşmesi yapıyor. Zamanı değil ki konuşma yapmanın. Zamanı değil, çünkü insanlar dikkatlerini veremeyecekler. Çocuklar arkada bağırıyorlar, çoktan herkes koyu muhabbete dalmış... Nasihatte bulunmak için doğru vakti ve zemini siz kendiniz bulmalısınız. Doğru zemin sadece camilerdir demiyorum, ancak söylediğiniz şeyin insanlara tesir edeceği vakti tahmin edebilecek kadar da ferasetiniz olmalı. Bir dostunuza nasihat etmeye çalışıyorsunuz, ancak o telefon ile konuşuyor. Muhtemelen doğru bir zaman değildir. Bırakın konuşmasını tamamlasın, izin verin siz onunla konuşurken başka bir şeyle meşgul olmasın. Bu bile "*ve'drib lehüm*" ifadesinin içinde saklıdır.

"Ve'drib lehüm mesele'l hayâti'd dünyâ kemâ enzelnâhu mine's semâi fe'htelata bihî nebâtü'l ardi fe esbaha heşîmen tezrûhu'r riyâhu ve kânellâhu alâ külli şey'in muktedirâ"

"Ey Muhammed! Sen onlara dünya hayatının misalini ver. Dünya hayatı, gökten indirdiğimiz bir su gibidir ki, bu su sayesinde yeryüzünün bitkileri (her renk ve çiçekten) birbirine karışmış, nihayet bir çöp kırıntısı olmuştur. Rüzgarlar onu savurur gider. Allah her şeye muktedirdir."

(Kehf Suresi 18: 45)

Allah iki bahçe sahibi örneğini verdikten sonra ne yapıyor? Diyor ki; "*Mesele'l hayâti'd dünya*" "Size dünyalık hayata dair bir örnek vereyim, tamamen dünyevi bir yaşam üzerine." Hayat manasına gelen "*El hayat*" kelimesini kendi başına kullandığınızda, örneğin birine "Hayat nasıl gidiyor dostum?" dediğinizde, tutup da ahiret hayatını düşünmeyecektir. "Hayat nasıl gidiyor?" dediğinizde, insanın aklına buradaki hayat gelir, şu an sürdürdüğümüz hayat manasında. Fakat Allah, "*el dünya*" kelimesini ekleyerek "*El hayâti'd dünya*" diyor. İbni Aşur gibi kimi ulema bu ilave hususunda şöyle bir yorum getiriyorlar; "*Fîhi me'âni el hakareh*" "İçerisinde küçümseme anlamı barındırır." Allah buyuruyor ki, onlara hayatın en aşağı biçiminden örnek ver. Dünya kelimesi aslında "edna"nın dişil formu. Edna ise yakın olan yahut aşağı olan bir şeyi ifade için kullanılır. "*El dünya*" ise sıfatın en uç derecesi. Dolayısıyla cümlenin bütünü şöyle bir manaya geliyor; "Onlara mümkün olabilecek en aşağı hayatın örneğini ver."

"Aşikar ki, insanlar cennet için yaratılmışlar. İlk mekanımız cennetti, bizler oradan buraya, yeryuzune getirildik."

Bu Dünya İçin Yaratılmadık

Aşikar ki, insanlar cennet için yaratılmışlar. İlk mekanımız cennetti, bizler oradan buraya, yeryüzüne getirildik. Her ne kadar Allah'ın arzı bizler için bereket dolu olsa da, Allah bizzat kendisi bizlere bu hayatın aslında daha yüksek bir amaç için vesile olduğunu öğretiyor. Bu dünya ne kadar güzel olursa olsun, halen hayatlar içerisinde en aşağı, en düşük olanı, "*el dünya*". En düşük seviyesi. Aşırı derecede bağlandıkları bu hayattan bir örnek ver buyuruyor. Bu güzel ayette Allah bizlere hangi örneği vermeye karar kılıyor?

"*Ve'drib lehüm mesele'l hayâti'd dünya kemâ.*"

Bu kıssaya geçmeden evvel, *mesel* kelimesinin *misl* kelimesinden farklı olduğunu bilmek önemli. Allah bazen *misl* kelimesini, bazen de *mesel* kelimesini kullanır. Verdiği örneğin her bir noktası eğer bir ders içeriyorsa, *mesel* kelimesini kullanır. *Mesel* bu manada çok yönlüdür. Bir *mesel*de öğrenilecek çeşit çeşit şey vardır. Fakat *misl*'de, sadece bir kıyas vardır; "*Hüve mislühü*" "Adam aynı onun gibi." Bu kadar. Birebir bir analiz söz konusu. Fakat meselde birçok yön var. Hassasiyetle bakmanız ve her bir detayına dikkat etmeniz gerekir.

Allah sizin ve benim hayatımı tarif etmeye başlıyor. Öncelikle bize bu hayatın en aşağı seviyedeki hayat olduğunu söylüyor ki; ona çok kapılıp gitmeyelim. Faydası, bizim ona çok bağlı olmamamız. Bu dünyadan alınacak zevkler de acılar da çok zor. Zorluklarla başa çıkmak zor; zevkleriyle değil. Üzerine çok düşmeden yaşaması çok kolay değil. Fakat zihninizin bir köşesinde dünya hayatının geçici olduğunu ve çok daha büyüğünün bizi beklediğini tutarsanız, o zaman bu sorun küçülecektir.

Allah Teala'nın vereceği örneğe geçmeden evvel bu konu üzerine bir misal vereyim. Erkek kardeşinizle kavga ettiniz, kapı komşususunuz aslında ama tartıştığınız için artık konuşmuyorsunuz. Aradan birkaç ay geçiyor, siz hala tek kelime etmemişsiniz. Ancak bir gün bir uyanıyorsunuz ki evinizde yangın var, burnunuza dumanın kokusu geliyor ve kardeşinizle daireleriniz bitişik. Dolayısıyla eğer sizde yangın varsa, tehlike nedir? Onun da evi yanacaktır. Ne yaparsınız? "Gidip de ona söylemeyeceğim, üç aydır konuşmuyorum onunla, onun için şimdi kapısını çalıp 'Merhaba kardeşim, biliyorum konuşmuyorduk ama ev yanıyor' dersem garip kaçar, yok, boş ver gitsin", böyle mi diyeceksiniz? Hayır! Daha büyük bir sorun var. Ortada daha büyük bir sorun varsa, küçük sorunu unutursunuz gider. Artık problem olmaktan çıkar, "Haydi, gidiyoruz! Gidiyoruz!" Yani, ne olur? Eğer önünüzde daha büyük bir mevzu, bir tehlike varsa, o zaman bütün problemleriniz ortadan kayboluverir, çünkü artık daha büyük olanı ile başa çıkmak zorundasınızdır. Bizim ahiret anlayışımız da aynen bu şekilde. Birbirimizle alıp veremediğimiz bir sürü şey var, fakat yüzleşmek zorunda olduğumuz daha büyük *yevmu'l kıyame* tehlikesini fark ettiğimiz ve bunu aklımızda tuttuğumuzda problemlerimiz küçülüyor. Çözmek kolaylaşıyor. Çünkü hakkında endişelenmemiz gereken daha öncelikli bir sorunumuz oluyor.

Allah diyor ki; "*Ke mâ*" "Dünya hayatı bir su gibidir." "El mâ'" demiyor. İsmin belirsiz halinde "*mâ*" diyor, ki bu da aslında "azıcık bir parça su" anlamına gelir. Bu dünyanın en esaslı rızkı, biliyoruz ki sudur. Hepimiz su sayesinde hayatta kalabiliyoruz. Yeryüzünün bitki örtüsü su vesilesiyle oluyor. Siz ve ben her gün belirli miktarda su içmek zorundayız. Hayat suyun işlevsel hali gibi. Ezcümle, bu hayattaki en büyük servet sudur ve kapitalist bir dünyada yaşadığımızdan, suyun kıymetini ve gücünü anlayan bazı insanlar dünyanın her yanındaki su kaynaklarını satın alıyorlar! Tarih boyunca su kamusal kaynaktı, hiçbir zaman bir mülk olarak bir insanın tek elinde bulunmazdı. Ancak günümüzde su rezervlerini satın alan şirketler var, çünkü anladılar ki, insanların yeryüzünde oluşturduğu tüm bu kirlilik nedeniyle, suyun kendisi petrol gibi kıymetli olacak. Su gelecekteki en önemli kaynak olacak. Coca Cola gibi şirketler dünyanın her yanındaki devletlerden göller, nehirler ve arsalar alıyor, tam bir çılgınlık! Dolayısıyla, gün gelecek suyun ne kadar büyük bir hazine olduğunu anlayacağız. Fakat bu ayette Allah azıcık su, azıcık şundan, azıcık bundan diye bahsediyor.

"*Enzelnâhu mine's semâ*"

Hemen ardından diyor ki, her ne kadar azıcık olsa da, Allah onu semalardan indirdi. Semalardan indirdi.

Şimdi, yapacağım ilk şey kıssayı, örneğin kendisini izah etmek olacak. Sonra da Allah'ın bu misalleri aktarırkenki muradının ne olabileceğini açıklayacağım. "Semalardan indirdiğimiz az bir su" diyor. "*Fehtelata bihî nebâtü'l ard*" Bu su sebebiyle de sürgünler ve bitkiler birbirlerine sarmalanmaya başlıyor. Ağaçlar büyüyor, daha çok ağaç büyüyor, kökleri ve dalları birbirine sarmalanmaya başlıyor. Baktığınız zaman bir ağaç nerede bitiyor öbürü nerede başlıyor ayırt edemiyorsunuz. Bitkiler büyüyor, filizler de birbirlerine sarmalanıyorlar. Bu şekilde bir tasvir kullanılmış, çünkü eğer verimsiz bir araziniz yahut çiftliğiniz varsa, bir filiz şurada öbürü buradadır, ağaçların dalları da ayrı gayrı durur. Fakat bütün bitkiler sarmaş dolaş haldeyse, bu aslında çok fazla yeşilliğin mevcut olduğu muhteşem bir bahçe demektir. Her nebat birbirini kavramıştır, bir diğerinin içine dahil olmuştur.

Dolayısıyla, Allah burada çok bereketli bir topraktan bahsediyor. İlginç, çünkü ayete çok az bir sudan dem vurarak başladı, ancak devamında inanılmaz bir verimlilikten bahsetti. Allah'ın bize öğrettiği şey şudur; O size ufacık bir rızık, ufacık bir ihsanda bulunur, siz ise ondan olağanüstü düzeyde verim elde etmeye başlarsınız. O kapılar size nasıl ardı ardına açıldı, hiç bilemezsiniz bile. Allah yolunuza tek bir dost çıkarır, onunla bağlantı kurarsınız. Ticaretle meşgul olanlarınız, çok az bir miktar parayla işe başlarsınız; yüz dolarla işe koyulur ve tek bir bağlantı kurarsınız, tek bir satışta bulunursunuz; sonra işler büyür, büyür ve daha da büyür. Bir şey öbürünün içine dahil olur; bir kontakt öbürüne vesile olur, bir müşteri bir diğerine, bir satış bir sonrakine, derken yüz dolar bir gün bakarsınız milyonlarca dolar olmuş. Bütün bu büyümeyi oluşturan ve sağlayan başlangıçtaki azıcık bir miktar sudur halbuki. Bir bitki büyür, öbür bitki yüzlerce tohum verir, sonra tohumlar toprağa düşer ve her biri yeniden filizlenir. Çok az bir miktardan devamlı surette büyüyüp gelişen rızkımız Allah'tandır.

Bazı insanlar kibirlenir, "Ticarete ilk başladığımda sahip olduğum tek şey laptopum, yüz dolarım ve sırtımdaki elbiselerimdi; sonra bazı zekice yatırımlarda bulunmaya başladım" derler ve devamında da size başarı hikayelerini anlatırlar. Allah o başarı öyküsünden evvel neler olduğunu bize kendisi bildiriyor. Sadece az bir sudan birçok bitkinin yeşerip büyümesi hususuna vurgu yapmıyor Allah, buyuruyor ki, gökten *Bizim* indirdiğimiz bir su ile bir sürü nebat büyüyüp serpildi. Başka bir deyişle, ticaretinizde başlangıçtaki yatırımınızı nereden elde ettiniz? Nereden geldiğini düşünüyorsunuz? Gururlanmaya mı başladınız? Çok az bir sermayeyle başladım, bak şimdi nasıl da büyüdü işler... Allah buyuruyor ki, o çok azıcık olan dahi size ait değil, tarafınıza ihsan eden benim. Ticaretinizi başlatan benim, siz değilsiniz. Kariyerinizi başlatan ilerlemenize yardım eden benim. "*Fehtelata bihî nebâtü'l ard.*" Tasvir edilen bahçe şimdi çok büyüleyici. Ve bu arada da surede aktarılan örnek bütünüyle bir bahçeye dair. Diyor ki Hak Teala, "*Fe asbaha haşîmen*". Çok güzel (latif) kelimeler bunlar. Zamanla *haşîm* hale geldi diyor. Arap dilinde *haşîm*, kopmuş ve parçalara ayrılmış şey manasına geliyor. Küçük bir dalı koparır yahut bir sürgünü sökerseniz; *haşîm* haline gelir; artık incinmiştir. Bir ağaçtan yahut bitkiden bir yaprak kopardığınızda bu yaprak artık *haşîm*'dir; yani ait olduğu yerden ayrılmış, artık işlevsiz hale gelmiştir. Artık canlı değildir. Ona bir daha yaşam üfleyemezsiniz, ölmüştür.

Allah Teala buyuruyor ki, büyüyen bu bitkiler, birdenbire işe yaramaz hale geldiler, *haşîm* oldular. O kadar işlevsiz oldular ki, esen yel onları nereye isterse oraya götürüyordu. Üstelik sadece bir rüzgâr da değil, Allah çeşitli rüzgarlar manasına gelen *riyâh* kelimesini kullanıyor. Bir rüzgâr bu tarafa, öbür rüzgâr başka tarafa sürüklüyor. Çok ilginç bir kıssa.

Geçenlerde Seattle semtinde bir alışveriş merkezinin etrafında yürürken, bir antika dükkanı gördüm. İçeri girdim; 60'lardan, 40'lardan, 20'lerden kalma antika eşyalar her yana yerleştirilmiş. 1920'lerden bir radyo görünce insan içinden şöyle geçiriyor, "Ne garip! Bu radyo bir zamanlar kendi döneminin en lüks, en pahalı aletiydi." Bir zaman gelecek, birileri o antika dükkana girdiğinde içeride bir iPad sergileniyor olacak ve diyecek ki; "Ne kadar da eski. Vay be, insanlar cidden bunu mu kullanmış?" Böyle olacak, doğru mu? Gün gelecek, antika olacak.

Peki satın aldığınız o şeylere ne oluyor? Eskiyene kadar kullanıyorsunuz, sonra yüklüğe yahut doğrudan tavan arasına kaldırıyorsunuz. Taşınacağınız zaman da tavan arasında ne var ne yok ihtiyaç sahibi birine bağışlıyorsunuz. Böylece dönüyor dolaşıyor ve en sonunda kendini antika dükkanında buluyor, değil mi? Niçin bu kadar dolanıyor peki? Kimse elinde tutmak istemiyor, derhal ellerinden çıkarmak istiyorlar çünkü artık kıymetsizleşmiş. Allah bunu şu an elinizde bulunan ve çok kıymetli olduğunu düşündüğünüz ancak kısa süre içerisinde tavan arasında yerini alacak eşyalarınızla kıyas ediyor. Hikayeleri bir gün çöplükte sonlanana kadar, insanların elinde dolaşıp duracaklar. Oradan oraya sürüklenecekler; bir zamanlar çok güzel, yemyeşil olan o bitki, gün gelecek bahçeye gireceksiniz bir bakacaksınız ki yok olup gitmiş. Nebat kuruyup çer çöp olmuş, onları da rüzgar oradan oraya savuruyor. En son nereye varacakları konusunda bir fikriniz dahi yok,

"*Tedrûhu'r riyâh. Ve kânellâhe alâ külli şey'in muktedirâ*" "Ve Allah her şeye muktedir olandır." Burada *sümme*'nin tam tersi olan *fe* ekinin altını çizmeli. Arapçada "*fe esbaha haşîmen*" dediğinizde, zaman içerisinde bitkilerin kötü duruma geldiği anlamı çıkar. Ölmeleri uzun zaman almıştır, en sonunda da işe yaramaz hale gelmişlerdir. *Fe* eki aslında "*müfaceaten*" demek, birdenbire, öylece oluverdi anlamında.

Allah bizlere neyi anlatmak istiyor? Siz ve ben, mal mülk sahibi olabilirdik, işler tıkırında gidiyor olurdu. Malımıza bakıp şöyle diyebilirdik, "Elhamdulillah, bence artık her şeyi garantiye aldım. İşlerim yolunda. Para hususunda artık endişe etmeme gerek yok." Bu garantide olma hissi, daha evvel bahsi geçen bahçe sahibinin probleminin ta kendisiydi.

Şöyle düşünmüştü; "*Len tebîde hâzihi ebedâ*" "Bu artık asla yok olmayacak." Aynen böyle demişti. Bahçesine bakıp dedi ki, "Haydi ama! Öyle güzel bir yatırım ki bu. Her şey tam da olması gerektiği yerde; satış tahminlerim yükseldikçe yükseliyor. Her geçen gün daha çok işçi tutabiliyorum. Her şey çok iyi görünüyor. Bunların hiçbiri yok olmaz." Peki Allah ne yapıyor? Bir gecede bütün bahçe yok oluyor. Bir gecede!

Bu misalde yeşillik örnek olarak veriliyor. Ancak aslında öylesine bir yeşillik değil; o kadar yeşil ki, bitkiler birbirlerine geçmiş, sarılmış durumda. Öyle olunca insan, "Bu bahçe nasıl yok olabilir? Öylesine bereketli ki!" diye düşünüyor. Sonra birdenbire işe yaramaz hale geliyor. İnsanlar üzerinden geçiyor, umursamıyorlar bile. Rüzgar içerisindekileri oradan oraya atıyor. Eğer rüzgar bir şeyi sürüklüyorsa, bu herkese açık demektir. Dallar, yapraklar, yerdeki ufak çakıllar; bunlara herkes erişebilir değil mi? Bir ücret ödemeniz gerekmez. Kimse onları tutup da cebine atmaz, çünkü hiçbir kıymetleri yoktur. Havada uçuşan kağıt dolarlar göremezsiniz, çünkü onların bir değeri vardır. İnsanlar onları toplayacaktır. Allah kullandığımız şeylerin bir gün işe yaramaz olacağını öğretiyor bizlere. İşe yaramaz olacaklar. "*Ve kânellâhe külli şey'in muktedira.*"

الْمَالُ وَالْبَنُونَ زِينَةُ الْحَيَاةِ الدُّنْيَا وَالْبَاقِيَاتُ الصَّالِحَاتُ خَيْرٌ عِنْدَ رَبِّكَ ثَوَابًا وَخَيْرٌ أَمَلًا ﴿٤٦﴾

"El mâlu ve'l benûne zînetü'l hayâti'd dünyâ ve'l bâkıyâtü's sâlihâtü hayrun inde rabbike sevâben ve hayrun emelâ."

"Mallar ve evlatlar, dünya hayatının süsüdür. Baki kalacak salih ameller ise, Rabbinin katında, sevap olarak da ümit olarak da daha hayırlıdır."

(Kehf Suresi 18: 46)

Büyüyen bu nebatın ve bahçelerin örneğini verdikten sonra Allah bizlere öğretiyor: Para ve çocuklar, dünya hayatının süsleri, güzellikleridir. Bu aşağılık hayatı güzel kılan şeyler onlardır. Allah önce paradan, sonra çocuklardan bahsediyor. Henüz evlenmemiş yahut yeni evli, kariyerine yeni başlayan, okulunu yeni bitirmiş bir gençle konuşuyorsunuz; ilk maaşını alıyor. Tek düşüncesi parası ve onu nasıl harcayacağı olacaktır. Eğer kendisine ödenen nakit para değilse, paranın sonucu olan bir şeydir. Bir araba, mobilya yahut elektronik bir cihazdır, doğru mu? Bir şekilde para sayesinde elde edilen şeylerdir, bunların bütününe Arapçada *mal* denir. *Mal* sadece kağıt para değildir, paranın size verebileceği her şeydir. Apartman daireleri, tatiller, elbiseler, her şey; tamamı *mal*'dır. Saplantı haline getirdiklerinizdir. İnsanlara sahip olduklarıyla ilgili soru sormanıza bile gerek yok. Genç bir delikanlı beni BMW'siyle almaya geliyor, biner binmez diyor ki, "Evet, birkaç yıl önce aldım." Sormadım ki. Ama sorun değil, çünkü kafayı ona takmışsın, anlaşılır bir durum. Bana illa ki söylemen lazım, ama sorun değil, çünkü Allah bize insanın bu dünyanın zînetlerine mal mülk yolu ile saplantılı hale geldiğini bildiriyor.

Daha yaşlı olanlarıyla tanıştığınızda, daha lüks bir araba kullanıyor olsalar dahi arabalarından bahsetmezler. Onun yerine, "Bir oğlum, elhamdulillah, tıp okuyacak. Diğeri de hafızlık yapıyor" derler. Bütün yaşlı insanlar bana bunu yapıyor, çocuklarından bahsediyorlar çünkü onların hayattaki zevkleri bu. Belki evlatları onlara iyi davranmıyor, onları arayıp sormuyorlar bile; fakat onlar hala çocuklarıyla gurur duyuyor, sürekli onlardan bahsediyorlar. "Oğlum filan işle meşgul, maşallah, şunu şunu yaptı, avukat benim oğlum", "Çok parlak bir çocuk, doktorasını yapıyor" vesaire. Çocukları onlarla iletişimini koparmış olsa dahi, onlar konusunda hep gururlanıyorlar, çünkü sizden geriye kalan tek güzel şey çocuklarınız.

Allah insan hayatının tamamını özetliyor; "*El mâlu ve'l benûne zinetü'l hayati'd dünyâ.*" Hemen öncesinde verilen ayete dair ilginç olan nedir? Allah bahçe sahibinin malından bahsetti; bir bahçesi vardı ve devamında, "*Ene ekseru minke mâlen ve veledâ*" bahçe sahibi çocuklarının da olduğunu söylüyor. Allah diyor ki:

El mâlu ve'l benûne zinetü'l hayati'd dünyâ, ve'l bakiyâtü's sâlihat hayrun inde Rabbike sevâben." Subhanallah. "Sürecek az bir şey ise," buyuruyor Allah. *Bakiyât* kelimesi bu şekilde çevrilmelidir, küçük ve az olan manasındaki kelimenin çoğul halde kullanılmasıdır. Dilimize basitçe çevirmeye çalışırsak, "sonsuza dek sürecek olan azıcık birkaç şey ise..."

Allah haddi zatında çocukların ve malın mülkün ebediyen sürmeyeceğini söylüyor. "Size ebediyen sürecek o birkaç şeyi söyleyeyim mi? *Es salihât*: İşlediğiniz birkaç iyi amel, sonsuza dek sürecektir."

"*Hayrun inde Rabbike sevâben*"

Mükafat söz konusu olduğunda, işte o iyi amelleriniz Rabbiniz katında daha evladır. Bu tabir içerisinde (tam anlamıyla) bir hazine barındırıyor; "*Hayrun inde Rabbike sevâben.*" Birincisi: Daha hayırlıdır. Kimin için? Sizin için daha hayırlıdır. Fakat bununla da kalmayıp ekliyor; "*İnde Rabbike.*" Allah buyuruyor ki yaptığınız o iyi ameller, Allah katında daha evla olmakla kalmayıp, sizleri Allah'a daha yakın kılar. Allah kendisine yakın olan kulları ile beraber sizi de cennetine koyar, ardından da size mükafatta bulunur. *Sevap*'tan bahsetmeden önce *inde Rabbike* buyuruyor; kendi zatının yakınlığının cennetten dahi daha büyük bir mükafat olduğunu vurgulamak istercesine, evvela kendi yakınlığından, daha sonra mükafattan dem vuruyor. Cennete alacağımız her ne ise; köşkler, konfor, zevk-ü sefa, cennetin tüm güzellikleri; bunların tamamına mükafat manasında *sevap* denir ancak *sevap*tan önce, size *inde Rabbike*'nin ne anlama geldiğini söyleyeyim: Rabbinizin perspektifinden O'na olan yakınlığınızdır. Mükafat ardından gelecektir.

"*Ve hayrun emelen*" "Ve daha hayırlıdır" Ne kadar güzel bir son. Yaptığınız bu birkaç güzel fiil içlerine katık ettiğiniz umutlarınız nedeniyle de çok kıymetli. Amel Arap dilinde "uzun vadeli dilek" demektir. Bankada azıcık bir paranız var, birkaç günde bir, hatta belki her gün hesabınıza giriş yapıp sürekli bakiyenizi kontrol ediyorsunuz ve diyorsunuz ki; "Tamam, bu parayı şuna harcayayım. Bir kısmını filan iş için kullanayım, bir kısmını da diğer bir işe kullanırım. Birkaç seneye şu mülkü üzerime alırım. Belki evi biraz daha genişletirim, belki arka bahçeye havuz eklerim, belki onu yaparım, belki bunu yaparım..." Tüm bu planları yapıyorsunuz. "Çocukların okul harcını bu parayla öderim. Yatırımlar yaparım." Devamlı surette uzun vadeyi düşünüyor, gerçekleştirmeyi umduğumuz hayalleri kurgulayıp duruyoruz.

Allah buyuruyor ki; "Elbette ki eğitiminize, nerede çalışacağınıza, nereye taşınacağınıza, nerede yaşayacağınıza dair uzun vadeli hayalleriniz olabilir. Hangi arabayı alacağınıza, nasıl bir evde yaşayacağınıza, nasıl bir ticarete başlayacağınıza dair uzun vadeli planlar yapabilirsiniz. Uzun vadeli arzularınız olabilir, ancak bunları arzu ederken bir taraftan da amelde bulunduğunuz ve hiç ölmeyecek birkaç salihât olmalı. Vakitlice kıldığınız namazınız ölmeyecektir. Namaz canlıdır ve kıyamet günü size fayda sağlayabilmek için geri gelecektir. İhtiyaç sahibi olup da kendisi talepte bulunmamasına rağmen el uzattığınız din kardeşiniz; bu da Allah ile giriştiğiniz bir yatırımdır ve asla bitip tükenmeyecektir. Üstelik bu yatırımda hesabınıza tekrar tekrar girip kontrol etmenize de gerek yok. Yatırımınızı büyüten bizatihi Allah'tır. Yahut küçücük bir tavsiye ile birini hasenata teşvik etmeniz. Peygamber Efendimizin buyurduğu gibi; "İyiliğe teşvik eden iyiliği kendi yapmış gibidir." Çünkü biri sizin teşvikiniz vesilesiyle fayda görmüştür. Hem ben hem de sizler bu yatırımları ahiretimiz için yaparız. Ayette geçtiği şekilde *hayrun inde Rabbike sevâben ve hayrun emelen.*

Şimdiye kadarki tüm betimleme yeryüzünde büyüyüp serpilen nebatın sonradan atıl hale gelmesi ve ardından rüzgarın oradan oraya sürüklemesi üzerineydi.

Devamında Allah diyor ki, şimdi de kendinizi düşünmelisiniz; sizler de bu alemde büyüyüp serpildiniz. Sahip olduğunuz şeyleri ebediyen elinizde tutamayacaksınız; onlar da sonunda oradan oraya sürükleniyor olacak. Bu güzel, bu kuvvetli misalden sonra Allah ne buyuruyor?

> *"Ve yevme nüseyyiru'l cibâle ve tera'l erda bârizeten ve haşernâhüm fe lem nuğâdir minhüm ehadâ."*

"Dağları yürüteceğimiz ve senin yeryüzünü çırılçıplak göreceğin günü bir hatırla. Biz onları mahşerde toplarız da içlerinden hiçbirini bırakmayız."

(Kehf Suresi 18: 47)

"*Ve yevme nüseyyiru'l cibâl*" Öyle bir gün gelecek ki, bırakın bitkilerin rüzgar ile sağa sola sürüklenmesini, dağları yürüteceğiz. Dağlar köklerinden koparıldıkları gün, bitkileri unutun artık. "*Ve yevme nüseyyiru'l cibâle ve tera'l arda bârizeten*" "Ve yeryüzünü de çıplak görürüsün, artık içinde ne varsa dışarı çıkarmıştır." "*Ve haşernâhüm*" "Onları sürüler şeklinde bir araya getiririz" "*Ve lem nugâdir minhüm ehadâ*" "Ve tek bir kimse dahi geride bırakılmaz." Kimse bu toplanmadan muaf tutulmayacaktır.

"Ve urîdu alâ rabbike saffen lekad ci'tumûnâ kemâ haleknâküm evvele merratin bel zeamtüm en len nec'ale leküm mev'idâ."

"Hepsi saf saf Rabbinin huzuruna çıkarılırlar. Onlara, 'Andolsun, sizi ilk önce yarattığımız gibi bize geldiniz. Oysa siz, sizin için hesaba çekileceğiniz bir zaman belirlemediğimizi sanmıştınız' denir."

(Kehf Suresi 18: 48)

"*Ve urîdu alâ Rabbike*" Tam manasıyla bir çiftçi misali; ekin hazır olduğunda hasat zamanıdır, ürün biçilir. Toprağa ekilen tohumlar gibiyiz; hepimiz bir gün toprağa gireceğiz, değil mi? Toprağa ekileceğiz ve hasat zamanı gelecek. Hasat zamanı Hesap Günüdür. Aynı bir çiftçinin ekin biçmesi gibi, hasat vakti geldiğinde Allah her birimizi kabirlerimizden kaldıracak ve bizleri sıra sıra istif edecek.

"*Ve urîdu alâ Rabbike*" Rablerinin huzuruna çıkarılır, "*saf-fen*" saf ardına saf tutarlar. İnanılmaz büyüklükte bir insanlık buluşması olacak orada, sonra Hak Teala diyecek ki; "*Lekad ci'tumûnâ kemâ haleknâküm evvele merratin*" "İşte, sizi ilk yarattığımız zamanki gibi tekrar bize dönüp geldiniz." "*Bel zeamtüm en len nec'ale leküm mev'iden*" "Sandınız ki asla bir buluşma olmayacak, bize hiç geri dönmeyeceksiniz; dünyada öylece, hiçbir sonucu olmayacakmış gibi dünyada eğleşip duruyordunuz." Şimdi hala bu şekilde düşünüyor musunuz? "*Bel za'amtüm en len nec'ale leküm mev'iden?*"

> *"Ve vudia'l kitâbu fetera'l mücrimîne müşfikîne mimmâ fîhi ve yekûlûne yâ veyletenâ mâli haze'l kitâbi lâ yuğâdiru sağîraten ve lâ kebîraten illâ ahsâhâ ve vecedû mâ amilû hâdiren ve lâ yazlimu rabbuke ehadâ."*
>
> "Kitap ortaya konur. Suçluları, kitabın içindekilerden korkuya kapılmış görürsün. 'Eyvah bize! Bu nasıl bir kitaptır ki küçük, büyük hiçbir şey bırakmadan hepsini sayıp dökmüş!' derler. Onlar bütün yaptıklarını karşılarında bulurlar. Senin Rabbin hiç kimseye zulmetmez."
>
> (Kehf Suresi 18: 49)

"*Ve vudia'l kitap*" "Ve kitap ortaya konur" "Fe *tera'l mücrimîne müşfikîne mimmâ fîhi*" "Suçluları, kitabın içindekilerden korkuya kapılmış görürsün." Kitapları önlerine geliyor, açılmak üzere, içindekiler okunmak üzere, bu hayatta yanlışlar yapmış olanlar açılmak üzere olan bu kitap hakkında dehşete düşüyorlar. Şöyle diyecekler; "Aman Allah'ım, daha fenası olamazdı. Nasıl bir kitap bu?" "*Mâli haze'l kitabi lâ yugâdir sagîraten ve lâ kebîraten illâ ahsâhâ*" "Küçük, büyük hiçbir şey bırakmadan hepsini sayıp dökmüş!" En ufak bir detay dahi atlanmamış, söylediğim hiçbir kelime, yaptığım hiçbir yorum, hiçbir sosyal medya gönderimi... Hiçbiri es geçilmemiş. Hiçbiri silinmemiş; hepsi kaydedilmiş.

Ahsâhâ, Arapçada çakıl taşlarını bir şişeye koyarak sayı saydığınızda kullanılıyor. Sayı saymanın geleneksel yolu buymuş. Eğer taşları bir şişeye koyarsanız hiçbiri ortadan kaybolmaz. Artık şişenin içindedirler. Suçlu kişi kendi kitabına bakıyor ve, "Bu kitap her şeyden bahsediyor. Hatırladığım ve hatırlamadığım nice şeyle dolu. Bana küçük büyük demeden yaptığım tüm hataları, tüm amellerimi hatırlatıyor."

"*Ve vecedû mâ amilû hâdiren*" "Her ne yapıp ettilerse, hepsini tam önlerinde bulurlar." Allah bize iki misal veriyor; bir yandan diyor ki yaptığınız birkaç iyi amel sizin için iyi bir yatırım niteliğindedir. Öbür yandan diyor ki, iyi amelleriniz hususunda dikkatli olmaya çalışın, çünkü tamamı kayıt altında ve bir zaman gelecek küçük büyük demeden amellerinizin her biri birer ayna gibi gelip önünüzde duracaklar.

"*Ve lâ yazlimu Rabbuke ehadâ*" "Ve Rabbiniz hiç kimseye zulmetmez." Kimse niçin ateşe atıldığını merak etmeyecek. Kimse etmeyecek; hepsi yaptıklarının ne olduğunu bal gibi bilecekler. Gitmeden evvel, en küçük detayına kadar öğrenmiş olacaklar.

Evet bu dünyada, bazen gizli mahkemeler ve duruşmalar oluyor. Hakkınızda neyin delil gösterildiğini bilmeksizin hapse atılıyorsunuz. Niçin şuçlu bulundunuz? Tüm kanıtlar gizli; bilmiyorsunuz. Gizli olduğunda da biri çıkıp, "Bu insanlar çok büyük ihtimalle masum, onun için delilleri saklı tutuyorsunuz" diyebilir, değil mi? Çünkü bir mahkeme gizli yürütülüyorsa, genelde bir yolsuzluk yapılacağı anlamına gelir. Eğer saklayacak bir şeyin yoksa, açıktan yürütürsün. Okuldaki sınıflarda da aynı şekilde; bir öğrenciyi F ile dersten bırakıyorsunuz. Fakat kağıdını bile göstermiyorsunuz. Öğrenci gelip, "Sınav kağıdımı görebilir miyim?" diyor, öğretmense, "Hayır hayır, F aldın işte" diye yanıtlıyor. "En azından hatalarıma bakabilir miyim?" "Hayır, bakamazsın, F aldın o kadar. Kaldın. Çık dışarı." "Bari sadece kağıdımda ne yapmışım onu göreyim!" Eğer kağıdı ona göstermezseniz ve ısrarla sadece dersten kaldığını söylerseniz şöyle düşünebilir; "Benden nefret ediyor, resmen dersten bıraktı. Bırakmasının tek sebebi bu çünkü ne yapmışım onu bile göstermiyor."

Allah buyuruyor ki; "Hayır hayır. Size ne yaptığınızı en ince ayrıntısına kadar göstereceğim; küçüğünden büyüğüne. Küçük şeylerin de kaydedildiğini belirterek başlıyor, çünkü bizler genelde sadece büyüklerinin kayıt altına alındığını düşünürüz. Günlük bazdaki küçük şeyler kimin umurunda ki? Küçük şeylerle başlıyor. Diyor ki öncelikle size göstereceğim; hesabınız ondan sonra görülecek ki aklınızda bizim nasıl bu yargıya vardığımıza dair sorular oluşmasın. Subhanallah.

Allah bizleri bu hayatın kıymetini bilenlerden ve bu hayatın ahiretimiz için nasıl bir yatırım olması gerektiğini idrak edenlerden eylesin. Hazreti Allah bizleri birbirlerine nasihatte bulunmaktan çekinmeyen ve bu dünyanın geçiciliği hususunda güzel öğütte bulunanlardan eylesin. Bizleri dünya ehli insanlar değil de dünyasını ahiretini inşa için vesile kılmış ahiret ehli insanlardan eylesin. Amin.

Öteki Dünya

Bu son birkaç paragrafta, sizlere Kur'an'ın ilk nazil olan ayetlerini paylaşmak istiyorum. Dinimizde, yüksek ihtimalle diğer tüm dinlerden fazlaca vurgulanan bir kavram var; "Öteki dünya." Kıyamet günü, Cennet, Cehennem ateşi, hesap günü, dünyanın sonunun gelmesi ve hepimizin bu hayattan sonraki hayat için tekrar dirilmemiz. Tekrar tekrar bahsedilen bir konu bu. Defalarca bahsi geçiyor ve detaylıca üzerinde duruluyor. Hal böyle olunca "niçin?" sorusu akla geliyor. Özellikle ilk dönem vahiylerinde imanın temelleri atılırken, bu konunun İslam'daki en merkezi söylem olmasının ne gibi faydaları var?

Esasen bu konu, örneğin Kur'an'daki şu ayette ele alınmış:

كَلَّا بَلْ تُحِبُّونَ الْعَاجِلَةَ ﴿٢٠﴾ وَتَذَرُونَ الْآخِرَةَ ﴿٢١﴾

"Kellâ bel tuhibbûne'l âcileh. Ve tezerûne'l âhirah."

"Yok, yok. Siz acele olanı seversiniz. Ve ahireti bırakıverirsiniz."

(Kıyamet Suresi 75: 20-21)

"*Kellâ bel tuhibbûne'l âcileh ve tezerune'l âhirah* (Kıyamet Suresi 75: 20-21)" "Hayır, gerçekten! Aceleyi seviyorsunuz, insanın yapısında aceleyi sevmek var. Bir şeyleri tüketmeyi ve hemen elde edebilmeyi seviyoruz; özellikle de çok güzel şeylerse. Yahut kötü şeylerin de bizden hemen uzaklaşmasını istiyoruz.

Sonra gelecek olanı, ahireti dahi hayatınızdan çıkartıp atma isteğiniz sonucu oluşmuş mantık yapısına meydan okuyor. Biri size, "Selametin, kurtuluşun için endişelenmen gerek" dediğinde, ancak sizin ölümünüzden sonraki süreci ilgilendirdiği için, şöyle cevap verirsiniz; "Doğrusu şu anda hakkında endişelenmem gereken daha büyük meselelerim var; bir işim, mali durumum, ailevi ve kişisel sorunlarım var. Daha sonra gelecek olanlardansa beni şu dakika alakadar eden sorunlarımın daha büyük önceliği var."

Kur'an'ın bize sağladığı güzellik ise büyük resmi göstermesi. Diğer bir deyişle, yaptığım hiçbir şey artık önemsiz yahut manasız değil. Allah buyuruyor ki:

> *"E fehasibtüm ennemâ halaknâküm abesen ve enneküm ileynâ lâ türceûn"*
>
> "Sizi boşuna yarattığımızı ve bize tekrar döndürülmeyeceğinizi mi sandınız?"
>
> (Mü'minun Suresi 23: 115)

Çok ilginç bir şekilde, Allah buyuruyor ki; "Sizi sebepsiz yere yarattığımızı ve bize geri döndürülmeyeceğinizi mi sandınız?" Diğer bir deyişle, bizatihi Allah'a rücu etmek her şeyin bir amaç için yaratıldığının çok güçlü bir göstergesidir.

Yaptığım fiiller zaman içinde kaybolmaz, meydana getirdiği sonuçlar kayıt altına alınır. Bütün bu kayıtlar hem bu dünyada hem de ahirette yansımalar oluşturacaktır.

Bunun pek çok faydası var elbette. Öncelikle beni amellerim hususunda bilinçli hale getirir. Yaptıklarım sonucunda sadece bu dünyada oluşan yansımaları değil, aynı zamanda öteki dünyadakileri de düşünürüm. Kimsenin yaptıklarımı görmediği için sorumlu olmadığım, amelimin yok olup gittiği fikrini zihnimden uzaklaştırır. Allah yaptığım şeyi gördü, her şey kayıt altında ve onun için hesap vermek durumunda kalacağım.

İkinci olarak, yaptığım her şeyin hesabını verebilir bir hal içerisinde bulunurum. Üçüncüsü, devamlı surette Allah'a affediciliği için müracaat etmem gerektiğini fark ederim, çünkü her zaman yaptığım sayısız hatalarım var. Dolayısıyla, bu hal beni daimi olarak Allah'ın affını dileyen biri kılar. Neticede, Allah'a gittikçe yakın, daha yakın ve daha da yakın olurum. Yani, "ahiret hayatı" kavramı aslında beni Allah'a daha yakın kılar, çünkü İslam'da odak noktası her daim Hakk Teala'dır. Konu her seferinde dönüp dolaşıp Allah'a gelir. Her ne kadar muhabbet Cennet ve Cehennem ateşinden açılsa da asıl hedefi bizleri Allah'a, O'nun Zatına döndürmektir.

Son ve en önemlisi, hiçbir şeye önemsiz gözüyle bakmam. Diğer bir deyişle, her ne kadar Allah'ın ebedi hayatta bana ihsan edeceği süreye kıyasla kısacık olsa da, dünya hayatımı lüzumsuz görmem; çünkü her şey bu hayatta belirlenir. Başka bir ifadeyle söyleyecek olursak kuşak kuşak insanların yaratılmasından evvel her şeye kadir olan Allah beni yarattı. Ruhlarımız yaratıldı, içlerinden biri bir melek tarafından alınarak, bir çocuk doğurabilsin diye bir annenin rahmine kondu. Ancak hepimiz yeryüzünden dahi evvel yaratıldık ve imanımıza dair sorular biz bu aleme gelmeden önce soruldu. Bu dünyada son nefesimizi verdiğimizde, yaşamın başka bir boyutuna geçeceğiz ve bu kuşaklar boyunca devam edecek. Bazı insanların kabre konduktan sonra geçirdikleri hayat yüzyıllardır sürüyor. Oradalar. Hayatın başka bir aşamasındalar. Biz son nefesini vermeyi ölüm olarak değil, hayat yolculuğunun duraklarından biri olarak görüyoruz.

Dolayısıyla, insan hayat yolculuğundaki tüm bu durakları karşılaştırdığında fark ediyor ki bu hayat, yani doğumumuzdan dünyadaki son nefesimize kadarki hayat, bu yolculukta kat edilen en kısa duraktır. Bunu bir defa fark ettiğimde, aynı zamanda bu küçücük yerin ve sahip olduğum bu kısacık yaşam süresinin geleceğimi de tamamen belirlediğini görürüm. Ebedi hayatım buradaki birkaç dakikaya bağlı, onun için burada geçirdiğim vakit artık lüzumsuz değil. Onu en iyi şekilde değerlendirmem, dolu dolu geçirmem gerek. Artık benim için "boş zaman" yok. Öteki dünya kavramı, bana vaktime hürmet etmeyi öğretir. Daha fazla salih amelde bulunabilmek ve fenalıktan daha fazla kaçabilmek için acele etme güdüsü verir; içimdeki tembelliği al aşağı eder. Onun için eğer ben kendimde, sizler de kendinizde tembellik hissederseniz; öteki dünyaya olan imanımızın yeterince güçlü ve berrak olup olmadığını bir sorgulayalım. Belki ahirete dair daha çok hatırlatmaya ihtiyacımız var, çünkü ahireti hatırlamak insana ister istemez bir aciliyet duygusu verir. Ve "Hesap günüymüş, cennetmiş, cehennem ateşiymiş; bunlar çok uzak şeyler" diyenlere, Allah bizatihi buyuruyor ki:

"İnnehüm yeravnehû baîdâ ve nerâhu karîbâ."

"Şüphesiz onlar o azabı uzak görüyorlar. Biz ise onu yakın görüyoruz."

(Mearic Suresi 70: 6-7)

Umarım beraberce yapmaya çalıştığımız tefekkürler hepimiz için faydalı olmuştur. Kişisel olarak, vaktimizi daha iyi kullanabilmek için kendimizi yenilememiz gerektiğini ben kendime hatırlatırken ziyadesiyle fayda gördüm.

Rabbu'l Alemin hepimize ahiret hayatımızda muvaffakiyet ihsan eylesin. Amin.

NOTLAR